AF313354

10,000 Lettres d'impression pour 1 centime.

BIBLIOTHÈQUE POUR TOUS

ILLUSTRÉE

ROMANS, HISTOIRE, VOYAGES, LITTÉRATURE, SCIENCES, ETC.

CHAQUE OUVRAGE COMPLET : **50** CENTIMES.

L'ÉCOLIER DE CLUNY

OU

LA TOUR DE NESLE

PAR

ROGER DE BEAUVOIR

PRÉCÉDÉ D'UNE LETTRE D'ALEXANDRE DUMAS.

Prix : 50 centimes

60 CENTIMES POUR LES DÉPARTEMENTS ET L'ÉTRANGER.

PARIS

LÉCRIVAIN ET TOUBON, LIBRAIRES, RUE DU PONT-DE-LODI, 5

ET CHEZ TOUS LES LIBRAIRES DE PARIS, DES DÉPARTEMENTS ET DE L'ÉTRANGER.

N° 35. — Publié par J. Lemer.

BIBLIOTHÈQUE POUR TOUS

PUBLIÉE PAR J. LEMER

L'ÉCOLIER DE CLUNY

ou

LA TOUR DE NESLE

Par E. ROGER DE BEAUVOIR

PRÉFACE

Notre siècle est à la fois trop facile et trop dédaigneux pour les fouilles historiques. C'est un riche ennuyé qui achète à tout hasard et sur la foi de son intendant. D'ailleurs, son médailler regorge, ses cadres sont déjà remplis. Le *moyen âge*, qui ne refuse rien à personne, s'est chargé de ce travail.

Et d'abord, avant qu'il n'en fût ainsi, il s'est trouvé des hommes assez épris de son amour, peut-être aussi assez forts d'un vrai talent, pour tenter en sa faveur l'essai d'une renaissance.

Les uns ont préféré la couleur des détails au mérite des scènes; d'autres sont entrés brusquement au cœur du vieux langage, se faisant cadres à plaisir, et raillant leur style au point d'effrayer parfois l'intelligence du lecteur.

La poussière de Malingre et de Sauval, mise au creuset par ces alchimistes, a fait de l'or.

Puis après sont venus, comme il arrive, des gens qui ne sont rien de tout cela, badigeonneurs curieux qui croient, en délayant des mots, *rechampir* un siècle comme une maison, sans s'occuper en rien d'une époque et de sa physionomie.

Le public seul a été juge.

Quoi qu'il en soit, et puisque ce livre est de ceux que l'on est convenu de nommer *historiques*, l'auteur sera amené, comme malgré lui, à faire cette confession : que ne pouvant déplacer un drame d'invention de son époque, il en a d'avance accepté l'étude et peut-être aussi l'abus, n'ayant d'ailleurs aucun mérite à encadrer cette histoire de tout le reflet des temps qu'il aime, et n'ambitionnant pas la gloire exclusive du *pastiche* au détriment de sa fable.

Une ligne encore sur ce drame. Il est né de trois mots latins et d'une phrase de Brantôme. C'est une histoire cruelle et nue de passion ; un drame avec deux acteurs.

Après cela, l'auteur pourrait se plaindre du malheur des temps et des préoccupations sinistres de la société. Mais il est de ceux qui se sont fait une religion d'attendre et d'espérer.

Paris, 25 avril 1832.

Ce qui fut cause qu'Octave fit un livre.

(ROMAN EN FORME DE PROLOGUE.)

O amour! amour! amour! amour!
(*Polichinelle*, Intermède 1er. MOLIÈRE.)

Au reste ne prenez pas ceci pour une digression;
je ne fais encore que m'y préparer, en attendant le
trois cent trente-troisième chapitre.
(TRISTRAM SHANDY, ch. CCCXXXIT, liv. 2.)

Après une maîtresse, je ne connais rien de plus perfide qu'un *programme*.

Ce fléau consiste habituellement en un feuillet mince ou large, — souple, insinuant, salué, gris de perle, blanc ou rouge, — un bulletin à grelots, qui vous barre la rue comme un porteur de dépêches. Vous le rencontrez partout; — il est modeste, orgueilleux, ridicule, ingénu, musqué; il se colle au mur, à votre journal, à votre habit; c'est l'indicateur à deux centimes de l'enthousiasme ou du deuil, le crieur d'une fête, d'une monarchie ou d'un livre. — M. de Chabannes ne s'amusait pas sans lui, — et Schaabaam le faisait composer par Marécot.

Le *programme* est de tous les temps.

Il ne peut y avoir de bals et de religions nouvelles sans programme, de romans et de filles à marier, d'opéras et de ventes au Châtelet, d'émeutes et de révolutions sans *programme*.

Et cela expliquerait peut-être l'admirable création d'un personnage en relief au vieux mélodrame, le *traître* doucereux qui vous ouvre les deux battants, et vous laisse sur une *trappe*.

C'est qu'en effet, le plus souvent, c'est une monstrueuse déception que l'affiche, — un jeu de gobelets, et rien de plus. La galerie en est pour ses frais. Parfois, d'ailleurs, on veut taxer trop haut le plaisir, et c'est l'arithmétique de l'ennui. Je doute fort que pour un Anglais le *Freischütz* de Wéber, — un *bal de Milan* — ou vingt *passes* de picadors, dans un combat de taureaux, puissent jamais valoir le coup de poing en ligne droite d'un boxeur. Ici même n'est-ce pas un principe en littérature, qu'on fait de dilettantisme. *Debureau* est le seul contre-poids de Taglioni? Parlez-moi, frères, des plaisirs à bon marché, du rire en plein air! Redites-en vos résurrection du *cabaret* pendant trois semaines, vos chariots de masques, esquisses roulantes de *Duponchel* (1), et votre blason roulant sous table à nos Vendanges de Bourgogne! Vive Dieu! tout cela s'est fait sans affiches, sans relais, sans embarras, et l'on ne lisait pas au moins sur votre landau ce qui se voyait, il y a deux ans, d'ici à la porte du Wauxhall de Londres, en lettres noires de six coudées :

Représentation extraordinaire, *Concert de la senora Marinetta*, etc., etc. Prix d'entrée : un *pound*.

Et *six pence* le programme!

Ce programme, à vrai dire, annonçait bien d'autres choses aux *keeps* (2) qui se pressaient à l'entour, le col tendu, aux bourgeois et aux marins. Par exemple : un combat de chiens contre une meute de rats, — une jument grise d'Ashley, — un aérostat, — deux clowns, — et la présence d'un ministre.

Les affiches anglaises ont du moins cela de supérieur, qu'elles font passer le temps comme un album. Les yeux sont occupés par une foule de caricatures heurtées et grossières, mais toutes exquises dans leur genre. Dans le plus mince produit de l'art domine chez nos voisins la silhouette écolière du *bonhomme*; c'est une signa en un frac, à pantalon à la gê et éperons; c'est ainsi que les *Charlet* de Londres donnent leur acquit au bas d'un journal ou d'une pochade; pour deux sous de France vous avez souvent une longue pancarte d'*images* qui feraient honte mille fois à celles de nos complaintes.

Et ainsi se trouvait conçue et exécutée l'œuvre du jour, — des fumeurs de tavernes, des sauteurs de fil d'archal, des gens qui boxent, des gens qui boivent, formaient à eux seuls l'encadrement, — groupés à l'entour en guise de *culs-de-lampe*.

Ce qui n'empêchait pas que le nom le plus éclatant et le plus lisible, — celui qui débordait à lui seul la marge comme Napoléon faisait de son siècle, — ne fût le nom de la signora *Marinetta*, premier *sujet* du théâtre impérial de Saint-Péters-

(1) Allusion au carnaval fabuleux de cette année.
(2) Ce mot désigne les badauds.

bourg en congé depuis six mois pour les plaisirs de la Tamise.

Aussi, d'après la seule *fanfare* de ce nom, le retentissement continu du pavé, et les guirlandes infinies de verres de couleurs, le gros caissier du Wauxhall pouvait-il raisonnablement espérer sur la recette un chapeau de lady pour sa femme, un sac aurore pour sa fille, et pour lui, un punch vierge d'alcool à la meilleure taverne de Bond Street.

Si le pont du Wauxhall ne vaut pas celui de Waterloo, il a du moins le privilège de vous arracher pour quelques heures à l'éternelle forge de la ville. Lorsqu'après une semaine, et malgré le *pound* régulièrement compté à votre hôte pour votre *unique* chambre, vous avez encore l'injustice de trouver Londre tortueux, maussade, ennuyeux comme ses dimanches et raide comme ses dandies, — prenez le pont du Wauxhall.

Le Wauxhall est le Tivoli *gentilhomme*, le Tivoli que nous n'avons pas : — on y trouve un bon orchestre et de mauvais vins, des théâtres en plein air, des femmes et des dandies en corset, des valets de bonne maison, raides, poudrés et le bas de soie dessinant le *tibia*; des allées bien vertes, et des laités de contrebande, des colonels agrafés dans leur habit, et des bourgeois de la Cité, dont les basques vous accrochent : — un peuple rangé, nombreux, brossé à neuf quelques marins qui chiquent, et des tailleurs qui viennent de faire des *études*. C'est un grand *rout* avec des quinquets aux branches, et des musiciens au centre, dans un pavillon qui ressemble à un chapeau chinois. On boit, on ne boit pas, on se promène, on s'attable, on paie souvent : — cela dure jusqu'à minuit.

Mais ce jour-là, je vous l'ai dit, était un jour d'*extraordinaire*.

Ce qui fait que rien de ce que j'ai dit ci-dessus n'était changé.....

Seulement, à l'aide de quelques toiles tendues, d'un charpentier, et des tables du restaurant, on avait fait un théâtre. Un théâtre pour le concert; — des tapis couvraient les planches. Il y avait quelques loges supportées par des caissons de New-York ou de Bastia. Le parlement anglais s'assied bien sur des ballots!...

Sur ce théâtre devait chanter la *senora*.

J'oubliais de dire aussi que, pour cette raison, l'assemblée comptait trois professeurs, deux secrétaires d'ambassade, le neveu du Sophi de Perse et quelques *dilettanti* en gants jaunes armés du binocle et du programme;

De plus, quelques-uns de ces braves lords, vieux et gras comme des *abbati* d'Italie, éternels spéculateurs d'un rond de jambe, d'une gamme ou d'un arpège, et dont les *soupirs sterling* finissent par toucher les plus inflexibles *Lucrèces*;

Et aussi — quelques étrangers, de France, d'Allemagne ou d'Italie, — de ceux qui ont subi déjà tous les *Lyons* obligés, la tour de Londres, et les pelouses du Whitehall; — condamnés à boire le matin l'eau de la Tamise sur un pont, et le soir le *grog* au fond d'un verre, — dignes victimes des *squares*, des tavernes et des combats de coqs, s'usant à comprendre le gaz et l'anglais, et le sybaritisme d'une vie sans vin, sans soleil et sans musée!

Dans cette salle, enfin, quelques toilettes de femmes, — toilettes anglaises exagérées et droites comme les *paniers* de Louis XV. A les voir emprisonnées de cette manière, les plus jolies tailles pâlissent, les roses s'effacent, et l'on regretterait presque le bon goût des dames de France, si quelques-unes de ces têtes tombées du pinceau de sir Lawrence, gracieuses et frêles, vives et penchées, ne vous faisaient, dans une assemblée de cette nature, pardonner à la surcharge des dentelles et à la prétention des poses.

En dehors de tout ce monde, surgissaient quelques-uns de ces contrastes qui se font de suite remarquer. Ainsi était-ce de la société qui tenait la loge à droite à quelques pas de l'orchestre, dont les trombones et les bassons commençaient à s'émouvoir. Sur la première banquette de cette loge et à côté d'une jeune fille de seize à dix-sept ans, les yeux rencontraient de suite la perruque blanche et nette d'un petit vieillard dont le col frisait de si près l'oreille, qu'il masquait de profil sa bouche et son nez. Quelqu'un qui aurait vivi des mondes de France aurait pu faire peut-être à la coupe arrière de son frac le même reproche que le caporal aux culottes d'écarlate de mon oncle Tobie (1); comme aussi à ses gants de fil parfaitement blancs, à son gilet de soie et à ses deux montres décrivant un parallèle sur son torse grêle. Mais tout cela était si ambré, si coquet, si gentilhomme, que son ar

(1) V. Sterne

rière-voisin de gauche, beau fashionable de vingt-cinq ans, foudroyé à bout portant par vingt lorgnettes, à son entrée dans la salle, ne put s'empêcher de lui présenter lui-même la mince affiche de papier rose annonçant les diverses parties de ce concert vraiment mémorable, où la Marinetta devait faire ses adieux au peuple de Londres par Cimarosa, Mozart et Rossini.

Le vieux gentilhomme fit un geste de la main gauche qu'il éleva gracieusement jusqu'à son jabot et qui se traduisait par *merci*.

Il y eut dans ce geste la conscience de lui-même; cela pouvait dire : — « *Je sais parfaitement tout ce qu'elle doit chanter.* — *Je connais la senora.* » Ou bien : — « *J'ai trois programmes dans ma poche droite.* » Comme aussi : — *J'ignore, monsieur, qui vous êtes* (ou, ce qui vaut mieux): — « *Je dois ignorer que vous êtes l'amant non avoué de la senora Marinetta.* »

Je me hâte de dire que, suivant l'usage immémorial des auteurs et des maris qui sont les derniers à apprendre leur histoire, le marquis de L.... ne fit pas cette réflexion.

Au contraire, il fit bon accueil à quelques plaisanteries du jeune homme qui parla, en spectateur distrait, du lustre, des daims d'Hyde-Park, d'un chapeau de femme et de la chaleur. A vrai dire, l'attention d'Octave (c'était le nom du dandy), loin de se diriger, comme il aurait pu lui-même le penser d'abord, sur le vieux gentilhomme qu'il connaissait au moins de nom et à titre de compatriote, — peut-être pour d'autres raisons, — se trouvait étrangement concentrée dans tout le roman d'une *rencontre* qu'il venait de faire au *jardin* presqu'à l'entrée de la salle.

La foule avait envahi l'enceinte de manière à laisser peu d'espoir aux attardés; nombre de bourgeois et d'honnêtes négociants de Londres péroraient infructueusement, comme les candidats sur les *hustings;* l'entrée n'en était pas moins impossible. Les hommes étaient furieux, les femmes mécontentes; le caissier seul renfonçait sa joie et son orgueil sous son auvent. Dans ce désespoir général, dont il advint qu'Octave fut d'aventure le témoin, deux minutes avaient suffi au jeune homme pour assurer et protéger la retraite d'un homme sec et maigre à lunettes vertes, serrant sous son poignet de fer le bras effilé d'une lady à petite capote et taille de guêpe, qu'il obligeait à tenir obstinément son voile baissé, comme un statuaire jaloux qui cache sa Vénus avec un rideau.

Cette fois pourtant, et dans le tumulte de la bagarre, des réclamations et des coups de poing, il avait laissé le bras de la petite à son libérateur, et son parapluie à la mêlée; de telle sorte qu'introduit avec les coupons sauveurs d'Octave dans une loge d'avant-scène, il se demandait encore, en frottant de sa manche ses yeux d'écaille, si les siens étaient bien ouverts, et si le hasard n'était pas le seul ordonnateur des concerts et des destinées humaines.

En ce moment, l'orchestre exécutait l'enivrante ouverture de la *Gazza...*

Le vieux gentilhomme restait sur le devant, la jeune fille de côté, l'homme aux lunettes vertes près d'Octave.

Et bien que cette ouverture soit à elle seule un *opéra*, que depuis cinq mois Octave ne fît pas de musique, et se contentât d'écrire à Rossini, — il regardait constamment la jeune fille...

Le mince chapeau qu'elle venait d'ôter laissait à sa fraîcheur tout l'abandon d'une surprise. C'était mieux qu'une jolie Anglaise aux yeux blonds, aux dents de perle, au fin sourire. Celle-ci, jeune et charmante enfant, avait à son insu tout le piquant d'une beauté ou d'une coquette; elle relevait innocemment ses tresses noires; et de suite vous auriez juré que c'était pour monter sa main, une main frêle et blanche, qui le disputait à l'unique camélia de sa coiffure. Sa mise était simple et n'avait rien de convention. Son éventail jouait entre ses doigts comme une aiguille.

Et elle répondait si naïvement au regard d'Octave, que celui-ci, quelque blasé qu'il fût, oubliait pour elle cet Eden de parures et de jolies femmes, de verdure et de bougies, ces amis de table et de plaisirs, cet Opéra sans foyer et sans coulisses, il oubliait....

Mais tout à coup il y eut un frôlement de robe, puis un tonnerre de bravos... — La Marinetta entrait en scène.

Et l'on put voir en même temps un léger nuage de pâleur sur le front du bel Octave, et l'épanouissement le plus complet sur les traits ridés du marquis.

Alors, à ce premier coup d'archet, la loge à elle seule fut un spectacle unique. La perruque du gentilhomme battait la mesure avec dignité, comme le bâton d'un maestro. — L'homme maigre assurait ses lunettes; la petite lady se penchait vers la

cantatrice. Le lorgnon d'Octave était inamovible, braqué en ligne droite sur Marinetta.

Bien que la *senora* eût passé trente ans, chacun s'accordait à dire qu'elle était belle. Sa taille avait de la grâce, et sa voix de la magie. Elle était venue à Londres dans le plus délicieux *britska* ramené de Saint-Pétersbourg. Parmi les fashionables, gens de balcon et d'opéra, on racontait qu'elle avait *tué* deux boyards et *fait* un marquis, le marquis de L.... vieil émigré, paraissant fort rarement avec elle, comme les grands seigneurs irlandais qui ne résident jamais dans leurs terres. C'était une figure espagnole dans toute l'acception du mot, de beaux yeux noirs fendus en amande, et le regard fier d'une *marquesa*. — On lui donnait dans le monde un jeune Français pour *cortejo.*

Après cela il est inutile de dire qu'elle avait chanté nombre de fois au grand Opéra de Londres, et que plus d'un lord s'était écrié : *Angel!*

Et de fait, depuis le succès d'outre-mer de madame Catalani (dont *le gosier-énigme* fut mis à l'enchère britannique et réservé au scalpel !), la triple couronne de loges radieuse chaque soir du feu de ses mille bougies n'avait, de mémoire d'oisif, renvoyé plus d'encens et de *bravi*, de couronnes et de guinées, à une prima dona; soit qu'Albion n'eût pas encore entendu notre inimitable Desdémone, la pâle fille de Garcia et de Shakspeare, au regard d'ange, au chant qui tremble et qui prie, — belle de sa mort de tous les soirs, et faisant haïr Othello, — elle, notre seule poète, notre seul théâtre, — *Malibran !*

Soit enfin que les trillements, les cadences perlées, les fioritures et les roulades dont la Marinetta semblait prodigue, l'énergie et la souplesse d'une voix brillante, sa taille andalouse, ses mains dignes de Reynolds, — tout jusqu'au repos agaçant de son maintien, — six fenêtres au Stranel, et un landau, l'eussent servie plus encore dans l'opinion musicale des dilettanti de tout genre, que les feuilletons de la gazette de Berlin.

Maintenant que vous dirai-je?

La Marinetta avait encore d'autres talents, comme celui de monter à cheval, et d'aller courir Hyde Park le matin, Hyde-Park aux galeries de feuillages, et aux déjeuners en calèche; — de boire du punch, — de jouer gros jeu et d'être folle au dessert. — Au dessert elle eût fait rire un Anglais!

La Marinetta était bonne fille....

Pourtant elle n'aimait qu'Octave. Peut-être par simple caprice de femme, comme elles aiment une robe, ou leur miroir; Octave était gai, brillant, quelque peu fat, agréable et pâle, faisant bien ses lettres et ses nœuds de cravate, l'homme des courses et des paris, de plus gentilhomme et de mauvais ton à ses heures, parlant moins bien de chevaux que sir *Pelham* (1), mais de sa force à tuer une mouche du bout de son fouet sur le nez d'un *coachman.*

Octave avait au plus vingt-cinq ans, un esprit gai, son couvert à l'ambassade, quelques dettes en France, et un oncle évêque. Sa conversation était franche, emportée, joyeuse; il y avait des moments où vous eussiez regretté de l'avoir lancé dans le paradoxe à propos d'une femme, d'un livre, d'un tableau, car il parlait de tout avec une passion d'artiste, enfant à l'excès, nullement athée, confiant en toutes choses, — un de ces reflets animés d'Hoffmann qui jettent à la vie positive ce qui lui manque, l'imagination et la couleur.

Étaient-ce ces qualités d'Octave qui avaient frappé la senora? ou bien n'aimait-elle que ses défauts ?

Quoi qu'il en soit, depuis six mois il habitait Londres. Depuis six mois (ce qui surprendra bien plus) il était l'*amant* de Marinetta....

Le siècle n'en est pas encore à cette perfection exquise de langage qui permette de dire : *il vivait avec elle*, c'est-à-dire il lui jetait son châle à la sortie du bal, du concert, il acceptait une place dans sa loge, ou bien il lui corrigeait ses lettres en prenant le thé dans son boudoir, — ce qui n'a pourtant rien d'immoral.

Depuis quelque temps d'ailleurs cette intimité devenait plus pâle; Octave était soucieux, triste de bonheur ou d'ennui; mais enfin, il était triste. La senora s'aventurait quelquefois seule sur les trottoirs, suivie à distance de son *tigre* (2), pendant que l'amant chassait au *fox*, ou faisait crier Richemond sous les roues de son *tandem.*

Malgré cela, de fréquentes œillades venaient le rappeler

---

(1) La fleur du *dandysme* anglais, et peut-être le meilleur roman de mœurs qui existe (Voir la traduction de Cohen.)

(2 Équivalent de *groom*.

en scène à ses devoirs ; et le bel Octave, enchaîné de nouveau par un *la* vainqueur, ramené par un *tril*, subjugué par une cadence, oubliait la satiété de cette vie, et répétait fadement son rôle, comme un acteur à la vingtième représentation.

Ce n'est pas du reste que ce jour-là l'assemblée fût distraite comme Octave ; mais après la cavatine de *Don Juan*, un air brillant de Cimarosa, et l'*o patria* de *Tancredi*, que la cantatrice avait à dessein choisi pour exorde, — les conversations particulières circulaient déjà comme les sorbets et les abbés dans les loges d'Italie.

— « Parbleu, monsieur, c'est bien ce qui m'a le plus ému depuis Philidor et Duny... Duny qui a fait *Le briquet frappe la pierre* !... un air que nous chantions tous chez Monsieur, à la Saint-Hubert..... »

— « Que dis-tu, Fanny ? » reprit l'homme maigre, profitant de ce que le marquis voulait bien le mettre en tiers dans cette conversation pour emprunter alors avec plus de confiance une prise à la tabatière que celui-ci venait d'ouvrir.

Et Fanny, qui se trouvait penchée vers Octave, répondit :

— « Je crois me souvenir, bon oncle Isaac, qu'elle a mieux chanté au dernier *mardi* de miss Humboldt où vous avez lu cette dissertation sur les... »

— « Excusez ma nièce, — interrompit vivement l'homme à lunettes, - elle n'a pas l'habitude du théâtre. »

— « Il est visible, reprit le marquis de L...., que la senora était souffrante ou gênée à son dernier air.... »

Il ajouta plus bas, à l'oreille de son voisin : « Une aimable femme ! vous pouvez m'en croire. J'étais mousquetaire lorsque j'ai connu la Mazarelli, qu'épousa le gros marquis de Saint-Chamont.... ! e fâcheux est que celle ci soit aussi nerveuse depuis cette semaine..... Elle use trop de l'éther et des saignées. Voilà trois jours qu'elle garde la chambre, à ce qu'on m'a dit encore ce matin à son hôtel.... et je n'ai pu forcer la consigne qu'aujourd'hui même.... aujourd'hui quatre heures précises ; heure à laquelle je l'ai emmenée dîner à la taverne.... Un souvenir de mousquetaire! »

Malgré le fredonnement en *mi bémol* de cette phrase brève que le marquis affectionnait, son voisin ne l'écoutait pas. Seulement un feu nouveau étincelait sous sa paupière grise. Il considérait dans un calme scrupuleux le médaillon ou *camée* formant le milieu de la boîte du marquis.

— « N'est-il pas merveilleux, continuait celui-ci (s'articulant à lui-même un monologue), qu'elle ait eu pour la première fois l'œil constamment fixé sur cette loge ? En vérité, je serai cause que cette femme-là perdra ses moyens — C'est qu'elle a presque manqué son *fa*... et pourtant j'applaudissais comme à Vestris.... Mais la voici ! plus belle encore! Bravo, bravi ! la bianca ! la Marina mia ! la... Je me crois presque à Milan ! »

— « Silence donc ! voici le *Crociato* ! silence ! »

Et cet air brillant *Oh! come come rapida*, cet air qui fend la voûte comme une flèche, et qui vibre encore à l'oreille après le fracas de ses gammes, fit bondir en masse le dilettantisme sur ses banquettes, et rendit à la senora tout ce que sa joie d'amante lui avait ravi.

Car enfin c'était bien lui, lui seul, — son amant à elle, que Marinetta épiait, Octave qui ne se penchait plus comme autrefois pour applaudir à mi-corps à ses roulades et rencontrer l'étincelle de son regard au milieu des frémissements des écharpes et des *chut* impatients du parterre, Octave qui l'avait vue à *la Scala*, à *Saint-Moïse*, dans le pays des oratorios, des gondoles et des théâtres ; Octave qui n'avait pas eu la douleur de la voir chanter chez les Russes, mais qui l'avait retrouvée à Londres, par un beau soleil, sur les dalles de Piccadilly, et à qui, de suite, elle avait donné le bras ; Octave enfin qui oubliait tout cela ; — ingrat Octave !

En général, — c'est un conseil que vous pouvez donner à une actrice, — « si vous tenez, madame, à un succès, ne cherchez pas votre amant dans la salle, tournez les yeux surtout, si le hasard fait que vous le découvriez dans une loge ; — il peut s'y trouver une jolie femme ; — je vous vois jalouse, et votre *la* est compromis. »

Mais elle avait triomphé, la belle Espagnole. — triomphé de sa passion, qui, après tout, ne lui rongeait pas le foie aussi avant que le vautour de Prométhée. Elle avait vu, distinctement un Octave près de Fanny, Octave distrait, empressé, — et elle ne s'en pas trouvée mal.

Et dans ce fougueux morceau de Meyerbeer, résumant peut-être tout son dépit, elle avait été sublime.

La salle entière ne s'apercevait pas même que l'orchestre la suivait. Elle seule avait à ses pieds le sombre roulis des basses et des trombones, le gazouillement de la flûte et le grincement des cimbales, et elle dominait ces foudres de cuivre comme une de ces déesses de Boucher, poudrées de fleurs et de rubans, sur un cercle de nuages.

Le public et le marquis étaient aux anges. Le public, hors d'haleine comme un chasseur qui suit l'oiseau, le marquis, faisant craquer ses doigts chargés d'émeraudes, en homme qui s'applaudit d'avoir fait un choix.

Voici qu'à cet instant de silence profondément solennel, une voix partit de l'avant-scène...

— « C'est vraiment un *Pirithoüs* ! »

Et l'oncle Isaac, courbé sur la boîte du marquis de L... comme sur un bracelet roussi d'Herculanum, regardait encore le méda...

Après un quart d'heure de doutes, de science et d'analyse, ce cri d'enthousiasme était parti de sa poitrine, semblable au gond criard et inévitable d'une porte qui retombe.

Déjà les huées faisaient justice de cette inconvenante et soudaine interruption ; le marquis reprenait sa boîte, l'homme à lunettes vertes sa nièce, et Octave le chemin de la sortie, quand les bravos couvrirent enfin les rires, les chuchotements et le scandale, et le rideau s'abaissa sur un succès aussi éblouissant que celui de Taglioni dans *la Sylphide*, ou du Paganini en plâtre de M. Dantan.

L'oncle Isaac, chevauchant à travers les curieux et les banquettes, se contentait de répéter : « C'est d'honneur un *Pirithoüs* ! un *Pirithoüs* d'après l'antique ! »

Et Fanny, rouge et confuse, pressait vivement le bras d'Octave.

Cependant tous les spectateurs de cette fête, sortant de l'enceinte, voyaient déjà refroidir leur admiration par une pluie large et subite, qui envoyait ses rafales à leur visage ; les lampions se mouraient aux branches, les blanches robes des ladies se trouvaient déjà bordées d'une frange de sable ; — le vent sifflait, les dandies boxaient la foule ; — chacun craignait le déluge. Vous eussiez dit la sortie des Bouffes, par un vent d'hiver furieux et déchaîné. Au dehors, près du pont, des chevaux et des *tandem* de toutes couleurs, des gentlemen appelant leurs cochers, des enfants dans le ruisseau, des nègres, des valets, un luxe boueux de roues, de livrées et de panneaux, augmenté, comme à plaisir, de tout le tam-tam de la foudre à grand orchestre.

Et dans ce fracas c'eût été pour vous merveille que de voir Fanny svelte et rieuse sauter en oiseau à travers les lords, les curieux et les équipages, joyeuse, abîmée de pluie, son chapeau et ses tresses au vent, son bras à Octave, — pendant que l'oncle Isaac, qui avait perdu son *rifflard*, marchait pensif, comme un confident de la Comédie Française, jusqu'à ce qu'enfin pincé au bras par sa nièce qui lui demandait de faire avancer la voiture, il secoua la tête et se prit à dire :

— « Le marquis possède vraiment un *Pirithoüs* ! »

— « Vous oubliez, mon oncle, que nous demeurons à Robert-Street... »

Cependant toutes les voitures du monde, grandes ou petites, modestes ou fières, se croisaient à l'entour d'eux, et Fanny n'entrevoyait pas celle de son oncle.

Le ciel était noir comme une page de Radcliffe, et l'orage tombait à flots. — L'homme aux lunettes vertes, absorbé dans ses rêves, avait l'air d'une momie de M. Passalacqua. Tout à coup Octave fit un signe à un gros laquais, qui se tenait à la portière d'un landau largement éclairé dans ces ténèbres par ses lanternes comme par deux yeux flamboyants sur le pavé. La voiture avança ; Octave donna le bras à Fanny, l'oncle Isaac se hissa comme un ballot, Octave ensuite ; et le marche-pied se releva soudainement comme la herse d'un pont-levis.

L'équipage allait bon train. D'abord le silence fut profond. Octave serrait le gant de Fanny ; Fanny n'osait parler à Octave ; puis enfin ils échangèrent quelques mots, comme deux enfants sous les yeux du maître. Mais leur seul témoin, bien qu'à deux pas, voyageait peut-être à Padoue, Monte-Cavallo ou Trasimène, mollement bercé sur les coussins, lorsque tout à coup en tâtonnant dans l'obscurité une des poches du landau, il s'écria :

— « Toby ! Toby ! mais ce n'est pas là ma voiture. »

Fanny se prit à rire aux éclats. Octave préparait sa réplique. L'oncle Isaac touchait les crépines et franges de soie de l'intérieur, puis il se mettait à bondir sur les coussins.

— « Que voulez-vous, mon cher oncle ; on ne trouvait pas Toby ! »

— « Monsieur me pardonnera, reprit Octave, — cette voiture est celle de M. le marquis de L... — le même dont vous avez tenu si longtemps la boîte... »

— « Le médaillon de *Pirithoüs !* Alors j'excuse la méprise !
Ce ne peut être qu'un savant. Il doit avoir un cabinet, cet
homme-là ! En tout cas il peut se vanter de posséder un chef-
d'œuvre. Il n'y en a que deux en Angleterre. . celui du poète
Crabbe à Cambridge, et le plâtre de Southey qui lui est infé-
rieur. Le plâtre a toujours quelque chose de crayeux, et rien
du coloris de la chair... Celui-ci est un beau moule, un très
beau moule ! »

— « Un modèle unique ! » (reprit Octave avec feu, voyant
non sans effroi la voiture approcher du terme, et comptant
au plus dix minutes pour faire d'assaut la conquête de
l'oncle.)

— « Un modèle unique ! Et je ne me souviens pas d'avoir vu
son pareil... fût-ce à la villa Farsetti... »

Octave, plus heureux que le singe du Pyrée, avait relu la
veille son livre de poste au mot *Venise.*

— « Vous parlez d'Italie, jeune homme ! Bien, très bien !
Alors vous aurez vu la Cléopâtre et la Niobé. le temple de
Faustine et d'Antonin, Palladio, Le Guerchin, Vitruve et Ra-
phaël ! Dites-moi, estimez-vous dans toutes ses parties le
tombeau de Metella ? N'est-il pas vrai qu'on a transporté à
Naples l'Hercule de Farnèse ? Les cuisses ont été refaites par
Porta, mais grâce aux fouilles qui eurent lieu en... Diable, la
date m'échappe ! »

— « La date est pourtant positive, reprit Octave (d'un air
d'intrépidité qui fit frémir la pauvre Fanny) — C'est, je crois,
l'année de mon voyage à Rome. Je consulterai mes notes. »

— « Bravo ! jeune homme ; cela prouve que vous écrivez.
Ne vous en cachez pas ; voyons... Vous êtes pour l'Hercule de
l'avis de Winckelmann. »

— « Tout à fait, » reprit Octave.

— « Bon ! c'est-à-dire que vous êtes théoricien. Nous pou-
vons fort bien nous entendre. J'ai beaucoup écrit là-dessus
dans le temps. — Fanny seule pourrait dire où courent à cette
heure ces papiers. — Touchez là, jeune homme, vous m'en-
chantez ! Il faut que vous veniez nous voir à Greenwich, et
non à Robert-Street, où je n'ai qu'un pied à terre... »

— « En vérité, Monsieur... »

— « Je vous lirai, reprit l'oncle, mon *Apologia pro Plinio.*
Vous verrez mes manuscrits. »

— « Et notre *yacht !* dit Fanny. Nous ramerons sur la
Tamise... »

— « Mais arrête donc, Toby ! nous voici dans Robert-
Street... »

Et ils touchaient en effet cette rue nouvelle, — où demeure
l'excellent M. Defauconpret, — digne quartier de craie et de
moellons, désert, il y a deux ans, comme celui de François Ier
ou de la Nouvelle-Athènes, malgré son air de campagne et
ses maisons encore vierges de fumée...

Le laquais souleva le lion de cuivre, frappa deux coups, et
la porte s'ouvrit.

— « Déjà ! dit Fanny... »

— « Peste ! dit l'oncle Isaac, les chevaux du marquis pourraient courir à New-Market ! Mais qui me renverra ma voiture ?
j'y tiens beaucoup, jeune homme, elle est modelée sur la
coupe de celle qui servit au Prétendant... »

Mais en ce moment Octave donnait le plus effronté démenti
à la méthode de Londres qui permet de broyer amoureusement dans un adieu les jolis doigts de sa belle. — Octave préférait un baiser muet sur les lèvres de Fanny.

A la française ! — L'oncle Isaac n'en vit rien.

Ce soir-là le spectacle du Wauxhall terminé, et Marinetta
fuyant l'orage avec le marquis : le cœur et la robe à queue de
la prima donna reçurent un échec irréparable. Il ne restait
plus qu'une vieille berline dont le cocher était endormi. Cela
pouvait ressembler à une *brouette* du temps de Boileau.

Le marquis jurait tout haut contre ses gens. La cantatrice
était furieuse contre le marquis, son plaid d'Ecosse bariolé
défendant à peine ses épaules.

Et tout ce monde curieux, moqueur et trempé, put voir la
Marinetta monter dans ce char étrange comme une tragédienne
de province...

Sans compter que la voiture de l'oncle Isaac n'avait qu'une
glace et trois stores, ce qui, joint à l'orage et aux coups de
vent, ravit son *fa* pour trois semaines à la pauvre Marinetta...

II

Richmond fait en terrasse. Richmond aux groupes de sa-
pins, aux sentiers de sable, aux haies de verdure, Richmond,
égayé par des rues et des tavernes, n'a rien du calme allemand de Greenwich, dominé par les flèches de son hospice,
qui se mire dans la Tamise. C'était peut-être pour la soli-

tude de ses échos que l'oncle Isaac l'avait choisi ; d'ailleurs,
l'habitation était charmante, la salle à manger donnait sur le
fleuve ; et le croisement des barques. le chant des mariniers,
où, mieux encore. le terrain incliné d'une belle pelouse au
bas de laquelle était amarré le *yacht* de Fanny. donnaient à
la maison un air de fête et de joie étranger à cette rive. L'oncle
pouvait bien se plaindre quelquefois à déjeuner des cloches
bruyantes de Greenwich ; mais comme elles coupaient court
à une dissertation numismatique, Fanny bénissait la sonnerie
de l'hospice, et profitait du *crescendo* obstiné de ses gammes
pour reprendre avec Octave la conversation de la soirée, un
air d'Ecosse, ou tout autre *duo* dans lequel Isaac ne pouvait
faire sa partie. Il est vrai que depuis une semaine le pauvre
jeune homme achetait bien ce bonheur de quelques minutes
par un noviciat incroyable pour un dandy. Une fois enfermé
dans la *villa* de l'oncle Isaac, les quatre arpents constatés le
potager parcouru. celui-ci, comme Popilius, avait tracé de sa
baguette un cercle fatal autour d'Octave, fermant sur lui les
deux portes en chêne d'une vaste et longue chambre dans laquelle on ne pouvait d'abord distinguer que le ciel gris du
plafond. Le reste des lignes était coupé en tous sens et à chaque minute ; ici par une toile d'araignée, un brassard, un torse ;
là-bas par un éléphant ou une baleine en baudruche qui se
balançait majestueusement comme une comète dans l'espace,
au-dessus de quatre ou cinq tables jonchées de chapiteaux. de
télescopes et de médailles. Il y avait pourtant dans ce fatras
quelques armures d'un bon prix, des cuillers du treizième
siècle ; et au milieu de fossiles, de singes, et de minéraux un
paysage de Tiarini et deux gravures d'Augustin Carrache. Les
livres encombraient le milieu, les bas-côtés et même le parquet. Et devant ce bagne immortel de la célébrité, ce sénat
muet de tant de morts, et la poussière religieusement con-
servée en pareil lieu : son courage chancelait d'abord à Herculanum qui
existe morte sous les laves ; son courage chancelait peut-être,
puis tout à coup il se rappela Fanny : et peu à peu son œil
parvint à s'habituer à ces ténèbres, comme un prisonnier aux
noirs barreaux de sa geôle.

C'est que pour Octave fashionable, Octave oisif et dandy,
l'homme des chevaux et de la paresse, ce fut d'abord une étrange
et brusque condition que cette mort à tous les plaisirs, et cette
vie nouvelle avec son composé de deux passions, l'une vraie
et l'autre fausse ; une bibliothèque s'éloignait autant de ses
idées qu'un cheval arabe de celles d'Isaac, l'agrafe d'un in-
folio l'effrayait presque autant que les verrous d'une douairière se fermant sur lui dans un boudoir. Encore s'il n'avait
fui les trottoirs de Portland-Place que pour partager une fièvre
pastorale, un amour effréné de solitude et d'œillets il aurait
pu fort bien se consoler par la vue de Londres, Londres aux
toits sales et noircis, pressés dans l'air comme des djinns, et
laissant à peine un passage aux blanches épaules de Saint-
Paul perçant le crêpe de ses brouillards. Octave aurait eu le
plaisir d'un contraste avec la ville et les roses, il n'aurait étu-
dié que Fanny ; tout ce temps, sa vie eût été douceur, et il
n'aurait pas regretté sa ruse d'Almaviva pour être introduit
chez Rosine.

Mais l'inflexible acharnement de l'oncle Isaac à faire un
musée de sa campagne, et de l'étude une carte d'entrée à son
parterre, frappait au cœur le pauvre Octave ; Octave avait lu
son arrêt dans chaque ride du bibliophile ; avant tout il avait
compris qu'il lui fallait un air d'algèbre ou de moyen âge,
l'œil éteint et le teint jaune d'un manuscrit, avec un col de
travers et des ongles en *ogive*. Son sacrifice était fait.

Les premiers jours, cette vie eut bien son courage. Si quelque échappé de club ou d'opéra l'avait découvert sous le clair-
obscur de vieux rideaux, le front cloué, comme un religieux
de Saint-Maur, sur une charte de Louis le Hutin, ou le bras
plongeant dans la mâchoire d'une baleine, il aurait cru voir
l'alchimiste de Teniers sans le soufflet magique et le bonnet
d'Egyptien. La bibliothèque de l'oncle lui parut d'abord un
Capharnaüm de manuscrits et d'idées ; tout s'y trouvait compris et resserré comme dans le discours de Petit-Jean depuis
la naissance du monde jusqu'au déluge. Pour se consoler de
ne plus voir Fanny, qui gardait aussi les arrêts le milieu du
jour, Octave déploya d'abord vingt cartes marines, et courut
jusqu'au Zuyderzée, puis il tomba sur des vers de Pope, un
volume de Galien et des poésies étrusques. Il comprit, d'après
cela, que s'il s'avisait de mettre de la méthode dans son travail, il serait perdu sans retour dans l'esprit du bibliophile et
alors il consigna tout ce qu'il lut, une date, un conte d'Hamil-
ton. un combat naval et un remède contre la brûlure ; ne se
donnant plus même le temps de *trier* ses notes, pareil à
l'homme des huîtres ou des cerises, choisissant d'abord les
meilleures — et finissant ensuite par tout prendre.

Et c'était, je vous l'assure, chose curieuse que ce brocantage d'idées, *pandæmonium* de mots bouillons, incorrects, sérieux, semé de sottise et de raison, de latin, de caricatures et de maximes ; — et en vérité cela pouvait ressembler à bien des livres que l'on fait encore en France.....

Peu à peu cependant, ainsi que Thésée armé du fil d'Ariane, Octave débrouilla le fil de ce labyrinthe. Au lieu de s'astreindre aux froides recommandations de son hôte, de sécher sur Winckelmann, et d'essuyer les marbres grecs, sa passion de jeune homme, d'abord sans but, prit une forme et se choisit une idée ; et sur la seule foi d'une armure, Octave se surprit à être artiste ; il devint fou du moyen âge.

Ce qui, je vous l'assure, n'alarma pas même Fanny.

Fanny qui, après tout, n'en chantai que mieux le soir avec Octave ; car l'oncle Isaac était ravi de cet esclavage studieux auquel il allait devoir sans doute un chef-d'œuvre. — Pour Fanny, elle ouvrait dans ces moment-là l'*épinette* de sa chambre, placée au-dessus de la vieille bibliothèque ; et sa voix se déployait comme une voix de fée pour consoler le pauvre Octave enseveli dans le silence ; ou bien elle se hasardait, heureuse et folle, à descendre jusqu'au sanctuaire ; et là, soit que le livre en fût ouvert à cette première page : *Dames galantes ;* ou que ce fût un large in-folio de Félibien, — un casque rouillé, ou bien un coffret incrusté du treizième siècle. — Fanny dérangeait merveilleusement tout cela, jouant avec les cheveux d'Octave, et n'ayant pas même de respect pour ses croquis à la plume, qui ne valaient pas, à vrai dire, ceux de Forêt.

Elle en vint à faire un jour un *tour de lampe* de l'abbaye le Tintern..

Ce dont Isaac fut ému au point d'oublier son verre d'Oporto pour une dissertation sur l'ordre ionique et les constructions en forme de pilotis.

Ainsi était faite la vie d'Octave. Rachetant l'amour par l'étude, il en était venu à payer Fanny de tout lui-même, amoureux et bénédictin suivant l'heure, fier de ces progrès de cœur et de science, se consolant le soir avec les ballades de Fanny et les ananas de l'oncle Isaac, de ses adieux à Richmont et Hay-Market, heureux surtout d'un bonheur vainement rêvé jusque-là : l'amour d'une petite *miss* au teint de roses, ingénue comme un enfant de Greuze et qui l'aimait enfin pour lui, — qui le lui disait partout, et à chaque instant, sans que l'ennui vînt rider cette fraîcheur de joie et d'espoir ; car l'ennui, comme un valet incommode, s'éloignait déjà presque au seul geste d'Octave. Il avait fini par aimer la bibliothèque, comme une de ces bonnes tantes douairières qui causent si bien. Dans ces promenades en *yacht* avec Fanny, il emportait un livre, — je ne sais lequel : le plus souvent c'était Brantôme ; Brantôme, écrivain à fraise et histoires de cour, si naïves et si imprudentes ; seigneur de *Bourdeilles* et autres lieux, et chronicien au jour le jour, sans qu'on songeât à l'arrêter, — il n'y avait pas encore de Bastille. Octave dans quelques lignes de ses *Dames* avait trouvé la clef d'un roman ; et c'était cette ébauche qu'il livrait le soir encore fraîche et incomplète à la frayeur de Fanny, qui se pressait contre lui aux scènes les plus noires, comme si elle eût découvert un fantôme dans chaque ride de la Tamise. Puis le conte finissait par un baiser : ce qui engageait Octave à augmenter les chapitres...

— « Mais vous, qui longez tous les jours ces fenêtres à brique rouge, femmes sur le *Strand*, dites-moi, monsieur, que se passe-t-il chez la Marinetta ? »

Sa douleur n'a rien de celle d'une veuve, ou d'un neveu qui pleure son oncle millionnaire. On ne la voit plus aux promenades, rarement à son balcon, et jamais au théâtre. Elle a décommandé son turban et brisé trois éventails. — Ce qu'elle a lu de romans et d'*aventures* depuis ces huit jours est vraiment incalculable. Lawrence devait faire son portrait ; voici qu'elle s'excuse et dit qu'elle a les yeux rouges. Je sais de sa femme de chambre qu'elle s'enferme avec des lettres, que son thé du soir n'a plus lieu, et que sa harpe a toutes ses cordes.

En vérité, cela devient grave.

Surtout, si l'on ne sent le prix d'un amant qu'à dater de l'heure où il est perdu ; Octave devait avoir dans l'esprit de la donna toutes les perfections imaginables.

A ce moment le marquis de L... entra.

Il la trouva renversée comme Desdémone sur le sopha et respirant le parfum d'une cassolette, pendant qu'un paquet de lettres, toutes grimaçantes et confuses, semblaient déborder sur une table à *pieds de biche.*

Le marquis tira de sa poitrine creuse un *hum* de surprise.

— Le front de la donna se rembrunit.

— « C'est vous, monsieur ; je vous croyais loin depuis ces huit jours... »

— « Pourtant, bel ange, je me suis présenté chaque matin... respectant votre consigne. Le reste du temps j'envoyais Hector ou le domestique de mon hôtel. Je sais ce que c'est que les femmes... les femmes souffrantes surtout. La petite Louison Ray, *danseuse* en double, et figurante de l'Opéra, eut un jour un rhume... Mais je m'écarte de mon sujet. — Avez-vous reçu l'agate en question ? »

La Marinetta souleva un fort bel écrin.

— « Je vous trouve le pouls excellent. Je sais l'hygiène autant que Tronchin. Pourtant, ma chère, j'ai le droit de me plaindre. Rester huit jours sans me voir !... m'exiler des petits appartements !... cela m'est sensible. Nous aurions poussé en calèche jusqu'à Windsor ou Kew. »

— « C'est cela, pour retrouver ensuite une *guimbarde* pareille à celle du Wauxhall !... Allez, monsieur, je n'ai pas oublié ce trait-là. C'est une horreur ! Sans doute vous aviez promis ce jour-là vos chevaux à Lady B... A moins que la petite marchande de Warburton... »

— « Vous n'êtes pas juste, senora ; moi, qui vais au devant de vos peines, comme de vos plaisirs ! Me supposer... »

— « Il est vrai qu'avec votre asthme, vous feriez mieux de vous ménager. Mais non, vous êtes jeune, et vous n'admettez pas même que l'on puisse avoir des ennuis !... »

— « Senora... »

— « Oh ! libre à vous, monsieur ; je ne veux pas vous parler d'affaires, gêner votre essor, et vous mettre en tiers dans mes chagrins. Tout à l'heure encore j'hésitais... Ces lettres...»

— « Eh bien ! que peuvent-elles ? reprit le marquis. Serait-ce, madame, de folles épîtres d'amour ?... En tout cas, cela ne vaudrait pas celles de Bonnard ou de Dorat. Mais enfin... »

— « Eh bien ! monsieur, puisque vous m'y forcez, ce sont des créances, des créances sur un malheureux jeune homme qui a fui Londres depuis près de deux semaines, et que je donnerais tout au monde pour retrouver, fût-ce un quart d'heure. Cette somme promise par moi pour résilier un engagement, il en est le maître, et moi je n'ai que ses lettres, des lettres d'honneur... mais sans signature ; voyez la suscription de celle-ci... Et ne pas savoir seulement l'endroit de sa retraite !... »

— « Rassurez-vous, madame, je vais sommer de ce pas tous les constables, aldermen, shériffs de Londres.. Je soupe avec lord Kampbell, et il faudra bien... »

— « Vivat ! dit la Marinetta après une seconde de réflexion. Cela vaut mieux !... — D'ailleurs (reprit-elle plus bas) ce sera plus original. »

Et s'adressant au vieux gentilhomme, lequel demeurait encore orgueil leux de son moyen :

— « Dans cette recherche, monsieur, j'ai besoin d'un ami qui possède ma confiance, qui n'épargne rien pour découvrir le fugitif. Cet homme prendra ce papier, c'est l'enveloppe d'une de ses lettres ; il ira partout, à pied, à cheval, qu'importe ? Mais il faut qu'il me le ramène ; sans cela tout sera dit. Et maintenant, monsieur, cet homme est vous... »

Parlant ainsi, elle pressa le bras du marquis et le laissa seul...

Bien que fait au commandement, l'ancien mousquetaire ne pouvait revenir de sa surprise.

Il regretta d'abord les *Petites-Affiches* de France où l'on trouve de temps immémorial tout ce qui se perd, un épugneul, — un valet de chambre, — une fille à marier. Puis il courut les tavernes, les maisons de jeu, les salles d'armes, cherchant Octave comme un gant, — inquiet, mouillant de rage sa perruque de gentilhomme, et donnant de bon cœur au diable les lettres de change, le pavé de Londres et les actrices.

Jusqu'à ce qu'un soir, tombant de fatigue et las de chercher vainement son homme, il ameuta contre trois lignes de son écriture tous les huissiers du Foreign Office..

Un soir donc, et quand on finissait le thé à Greenwich, à l'heure de la nuit la plus indue pour les habitudes d'Isaac (il pouvait être neuf à dix heures), Toby, le vieux valet de la maison, ouvrit la grille à un personnage caché jusqu'aux yeux dans son manteau ; et après une livre sterling de conversation, le fit passer dans la première pièce qui lui tomba sous la main, et qui se trouvait précisément être la chambre d'Octave. Le marquis heurta d'abord rudement un Osiris debout près la porte, et se crut dans le cabinet de quelque professeur d'Oxford, à voir les feuilles sans nombre qui se croisaient sur le bureau...

— M. Octave vient de sortir à l'instant même, dit le domestique, voici des pages encore fraîches sur sa table...

En même temps il tourna sa lampe vers les papiers. Un fil de fer et un trousseau d'armes couvraient les feuillets d'un *Elzevir* criblé de notes.

Le marquis, bien que mousquetaire, détourna la vue du fil de fer. — Au fait se dit-il, il n'a qu'à nier la lettre, et alors je me fais embrocher par ce jeune homme comme le pauvre Caylus par Cossé !

Et se tournant vers Toby :

« C'est au maréchal de la maison que je veux parler. »

Il avait de plus besoin d'être seul pour parcourir les masses de papiers éparses devant lui. Il souleva d'abord un tas de cartons et de notes qui semblaient d'une autre main. Tout d'un coup il crut reconnaître l'écriture et lui confronta avec succès la suscription de la lettre, seul corps de délit abandonné par Marinetta à la sagacité de son enquête.

Comme il allait étudier ces pièces... la porte cria sur ses gonds, et force lui fut d'envelopper le livre dans la basque de son habit.

L'oncle Isaac parut.

Le marquis aurait eu peine à reconnaître, sous le rayon indécis de sa lampe, l'homme du *Pirithoüs* enseveli dans une vaste robe à ramages, le front cerclé d'un garde-vue, et les pieds dans ses babouches. .

Il avait son discours prêt.

— « Monsieur (lui dit-il), de grands dangers nous menacent. Votre maison recèle un jeune homme poursuivi par vingt créances, et qui n'a pas, suivant l'usage, jugé à propos de vous en instruire. Dans une heure, les constables vont être ici. Je n'ai pas besoin de vous dire ce que l'on fait en pareille circonstance. Divers motifs d'intérêt m'unissent au coupable, et pourtant m'obligent à lui taire mon nom. De grâce, faites qu'il sorte avant que la justice arrive. C'est un ami qui vous donne ce conseil... Adieu ! »

Et il s'élança hors la chambre, laissant Isaac pétrifié d'étonnement.

Quand il reparut au salon, Octave et Fanny frémirent. Octave pensa voir Banco ; Fanny présagea de suite qu'il allait s'agir d'un *tors* ou d'une notice. L'oncle Isaac se promenait soucieux, de long en large, comme Argan d'après l'ordonnance. Soudain il fit un signe à Fanny. La jeune miss resta convaincue que la conférence allait s'établir. Elle sortit, abandonnant Octave au danger.

Celui-ci ne pouvait comprendre à cette heure le but d'une pareille séance. Le bibliophile était morne, tournant le dos à la cheminée du salon, et cherchant sa phrase au parquet. Son embarras était visible. D'un côté il n'osait avouer à Octave cette étrange visite, de l'autre il voyait déjà les shériffs et gens de loi posant la griffe sur son marteau, peut-être même déchirant ses manuscrits. La sueur perlait son front.

Le jeune homme en eut pitié.

— « Maître, lui dit-il, vous n'osez me faire part de vos chagrins. Pourtant vous ne pouvez rougir devant votre élève. Je gage que c'est encore l'étymologie du mot *pudding* qui vous tourmente. Je me rappelle fort bien cette discussion du déjeuner. Ne nous avez-vous pas dit que les minéralogistes donnaient à une pierre le nom de *pudding-stone*, d'où vous concluez... ? »

L'oreille d'Isaac était ce jour-là fermée aux éloges. Cependant Octave reprit :

— « En tout cas, et pour mon compte, je vous remercie d'avoir fait de moi un *clerkman*. Grâce à vous, je pourrais porter la houppe à Oxford, ce grand Liverpool de la science..... D'ailleurs c'est la vraie philosophie..... Elle console de tous les maux.... » L'écolier patelin singeant ainsi la leçon du maître, au lieu de verser un baume sur la blessure, ne fit qu'irriter le mal. Isaac résolut de s'en venger. Après tout, il était loin de s'aveugler sur l'acharnement d'Octave au travail. Espérant le prendre en faute, il joua le bon homme et reprit :

— « Puisque vous m'y forcez, ce n'est pas de moi qu'il s'agit, O tave, mais de vous, de vous !..... et il soupira. — Il prit solennellement la main du jeune homme.

Je ne sais, dit-il, en vérité, si je ne dois pas m'accuser le premier de mes conseils. Regardez-vous, jeune homme, vous êtes pâle et changé ! Votre santé s'altère, et les livres en sont la cause. Les livres vous tueront si je n'y mets ordre. Je sais que vous vous enfermez quelquefois jusqu'à minuit. C'est trop, beaucoup trop. Tenez, croyez-moi, dans ce moment même vous n'êtes pas bien.

Octave s'imagina que l'oncle Isaac était fou...

Si ce n'est que cela qui vous afflige, dit-il en donnant dans le piège, et se pâmant de rire, je puis, maître, calmer votre frayeur au risque d'encourir votre blâme. Il est vrai que j'aime l'étude ; mais, après tout, je veux vivre et cours de ce

pas chercher mes notes... Vous verrez qu'il n'y a pas à craindre un suicide...

— « Eh bien ! soit, dit Isaac... »

Octave revint consterné. Les feuillets avaient disparu. Il se trouva muet comme un bourgeois sans passeport devant un gendarme.

Le front de l'oncle était radieux.

— « Je le savais bien, monsieur, dit-il, ravi d'en finir, vous avez abusé de ma confiance ; pensez-vous que je sois dupe de ce manège ? J'ai pu fermer les yeux sur vos fautes de prosodie anglaise, vos erreurs sur l'ordre *dorique* ; mais on a des yeux, et je sais qu'au lieu d'un livre... »

Octave allait protester.

— « C'est ma nièce, jeune homme, ma nièce seule que vous préférez à Winckelmann, à Samuel Rogers et Southeby. Vous ne prétendez pas, j'espère, me le nier, quand le bruit public et mes voisins. L'autre jour encore, sir Harry, mon vieux compagnon d'études et membre de plusieurs académies, s'est vu éconduit par moi... Il venait me parler d'établissement, d'alliance pour Fanny. Je lui ai répondu par une lecture *de providentia* de Sénèque. Mais aujourd'hui, et surtout d'après la vie que vous avez menée à Londres, car je suis instruit.. ... monsieur, vous sentez...... enfin..... j'ai pris sur moi.... »

Octave épargna au pauvre Isaac la bombe d'une péroraison. Il partit donnant sa bourse au valet, une larme à Fanny, et l'oncle Isaac à tous les diables.....

La nuit tombait quand le jeune homme entra dans Londres...

Pendant ce temps, le marquis, encore poudreux de sa route, entrait victorieux chez la donna. L'appartement de la belle chanteuse se ressentait presque de tout le désordre d'un orchestre après une première représentation. Ce qu'il y avait de cartons et de paquets, de costumes et d'album, aurait pu ressembler à la friperie ambulante du *Roman comique*. Des mémoires de modiste se croisaient avec des programmes ; la femme de chambre ficelait des boîtes et des soltéges ; mais le marquis transporté ne vit rien de tout cela.

A peine se donna-t-il seulement le temps de s'asseoir : — puis élevant le cahier d'Octave, de l'air triomphant du Camoëns sauvant son poème :

— Voici, madame, votre dossier de créances. Il peut se vanter de m'avoir fait courir, celui-là. C'est égal, il ne m'a fallu qu'un coup d'œil... juste la même écriture. Je vous le rapporte intact, entouré du même fil rose trouvé dans la chambre du jeune homme.... C'est presque le ruban de Chérubin, murmura-t-il en se mirant à la psyché....

Et comme Marinetta semblait distraite.... « Maintenant, dit-il, n'en parlons plus. »

Puis il vint se rasseoir près de l'actrice, qui prit dédaigneusement le cahier et l'enfouit sous l'oreiller du sopha.

Et de fait la Marinetta avait à s'occuper de bien d'autres choses, ce jour-là, que du souvenir d'Octave. Il ne s'agissait de rien moins pour elle que de passer la Tamise. Un engagement superbe à notre grand Opéra, accepté par elle, sous peine d'amende en cas de dédit, seul mystère qu'elle eût voulu cacher au vieux gentilhomme, venait de se représenter à elle comme le plus inextricable embarras. En pareille situation, le monologue d'une actrice ressemble assez à celui d'un ministre qui doit présenter l'état du budget. Si folle qu'elle était, la Marinetta n'avait pu voir sans frémir le chiffre fougueux de ses dépenses s'élever et grandir sous sa plume comme l'obélisque du désert. Jusque-là des lettres de France l'avaient bercée d'un sursis jusqu'à l'hiver ; mais l'inflexible date de l'engagement, mais son nom jeté d'avance à tout Paris par les cent voix des affiches ! D'ailleurs, elle avait assez de Londres ; depuis trois semaines on ne parlait que de la disparition d'Octave, des regrets de Marinetta ; c'était la chronique du beau monde et des tavernes. La cantatrice voulait oublier en France....

Elle se prit alors à regarder le marquis. Celui-ci jouait avec sa canne à pomme d'or comme un financier de la régence, ne sachant trop que penser de ces apprêts, et considérant dans le plus religieux silence un billet de la nouvelle banque d'Amsterdam.

La Marinetta n'hésita plus un instant.

Elle se reprochait d'ailleurs d'avoir employé ce digne homme comme un coureur, le tout pour la recherche d'Octave.

— « Avouez, reprit-elle en lui frappant les doigts du revers de son éventail, avouez, marquis, que vous venez de flirter. Vous prétendez n'être plus jeune et vous battez pour moi tous les carrefours de Londres....

« Il est vrai, senora, que sans vous .. C'est égal, je ne suis pas encore de la force de M de Boufflers, qui crevait six chevaux par jour Vous connaissez le mot de Livry, qui le trouve un jour sur la grand' route : — Chevalier , je suis ravi de vous rencontrer chez vous »

— « Vous contez comme un ange. Me pardonnez-vous, dites-moi ? »

— D'être charmante, ma toute belle ? Jamais. Cela trouble mon repos. Quant à mes courses , cela n'est rien près de ce que j'ai fait à Longchamp du temps de mademoiselle Heinel, danseuse de Stuttgard , la même que le comte de Lauraguais dota, pour présent de noces, de trente mille livres et d'un carrosse, bien qu'elle ne se fût jugée modestement qu'à quatorze mille. Pour en revenir à Longchamp, j'arrivais ce soir là du Lyonnais, et j'ai couru six heures au débotté près la voiture de cette Terpsichore. Il est vrai qu'alors j'étais mousquetaire... »

— « Vous avez gardé l'esprit de corps. »

— « Mauvaise ! »

— « Convenez-en, vous étiez alors un fou! vous ruiner pour des femmes qui ne vous aimaient pas , j'en suis sûre. J'en connais de moins belles peut-être, mais plus dignes de vous... et qui vous pardonnent au moins. — Votre jeu effréné d'hier, à la taverne de Pit.. Croyez-vous que je n'en sois pas instruite ? Corrigez-vous donc, mauvais sujet... »

« — C'est vrai , Marinetta , je suis mousquetaire en diable ! — Tiens, ne m'embrasse pas comme cela. — En vérité, tu ressembles à un portrait de la Guimard. Je ferai quelque chose pour toi , il y a longtemps que tu ne m'as rien demandé... »

Et, dans sa diplomatie d'amour, — vive et tendre , la Marinetta enlaçait de joli bras la perruque du vieux marquis, lequel ne cessait de répéter :

— « Je suis mousquetaire en diable ! »

(Malgré cela, le marquis comprenait déjà le danger de la situation. A soixante-cinq ans, beaucoup de mousquetaires ne sont plus braves.....)

A cet instant critique et désespéré , un *crescendo* bruyant de voix monta jusqu'aux rideaux de la fenêtre.

— On n'entre pas, monsieur. — Je vous dis que cet ordre n'est pas fait pour moi. La senora y est toujours quand j'arrive. Annoncez M. Octave.

Le marquis vit avec joie l'occasion d'un dénoûment.

Il se leva d'un air de résolution et de fierté :

— « Assez, madame, j'en étais sûr, — c'est un rival. Vous entendez merveilleusement les duos. — Il suffit Je ne veux pas même le voir. Je me craindrais trop dans un pareil moment. Je vous annonce mon départ officiel... Ou bien , reprit-il, en faisant crier sur ses gonds la porte dérobée de l'escalier : ou bien, donnez-lui son congé! »

La Marinetta était faite de semblables tirades. Elle avait la connaissance du théâtre et des marquis. Quand le nom d'Octave monta jusqu'à elle, sa politique , loin de se trouver en défaut, prit le dessus.

Ce que j'aime de la politique des femmes , c'est qu'elle les dispense des *protocoles.* Pendant que le comte Orloff met ses bottes, une femme aurait le temps de bouleverser vingt fois l'Europe.

Le marquis une fois dehors, la Marinetta avait couru de suite aux pages d'Octave. Vainement interrogeait-elle du coin de l'œil ce fatras inintelligible pour une femme ; c'était le *Talmud* des Juifs, — des mots à l'encre rouge, à l'encre noire, au crayon; — la pauvre Marinetta crut toucher la bible d'une sorcière. Peut-être espérait-elle saisir aux cheveux l'infidélité d'Octave dans une épître, un madrigal, un mot, — elle ne vit rien que des lignes.

Cependant un jeune homme ravait les tapis de l'escalier, et se trouvait déjà dans le milieu du boudoir avant qu'on eût pu l'entendre...

La Marinetta reconnut à peine Octave.

Il entra sombre et agité, les cheveux en désordre comme un héros de roman, et sa cravate aussi dérangée que sa passion. Au moment de franchir la grille d'Isaac, sous la persienne du pavillon, Fanny lui avait jeté un long regard, un regard d'ange qui semblait lui dire : Reviens! — Ce qui avait achevé la raison du pauvre Octave. Il se berçait, chemin faisant, des rêves de chevalerie les plus absurdes, comptant bien regagner Greenwich à la nuit tombante ; et malgré cela, insensiblement perdu dans tous les détours du Strand, jusqu'à ce que son cheval, habitué sans doute à des idées fixes devant l'hôtel de la *donna*, se fût arrêté, d'un bond, à cet endroit, et que le concierge, en lui refusant la porte, l'eût engagé par ce même à la forcer.

Une fois entré, Octave avait jeté son fouet de chasse sur la table, et s'était établi majestueusement dans un fauteuil, après un *senora* bien froid glissé pour toute excuse de sa prise de possession.

Notez encore, s'il vous plaît, que l'inflexible aiguille menaçait de marquer l'heure du départ à la pendule, et que rien jusque là ne faisait prévoir un raccommodement. Octave avait le nez dans le *Morning Chronicle*, et fredonnait machinalement *di tanti palpiti.*

Alternative plus que fâcheuse en ce moment où la *senora* réfléchissait peut-être pour la première fois de sa vie, ne pouvant comprendre un voyage futur d'outre-mer sans cavalier, — c'est-à-dire sans un ami prêt à s'occuper de mille détails que les jolies femmes ont en horreur, — entre autres bagatelles, des frais du paquebot et du voyage.

C'est surtout en pareille extrémité que se développe avec le génie d'une femme tout le talent d'une actrice. La Marinetta n'avait pas le temps d'être fière. Elle déposa Sémiramis pour Lisette. Tout ce que l'arsenal d'une femme a de grâce et de gaîté, de coquetterie et de malice, ne fut rien près du *jeu* de Marinetta. Ses baisers brûlants vinrent chercher le front d'Octave; elle multiplia pour lui l'agacement de ses poses, de ses roulades, de ses castagnettes, prodiguant les *chero mouzzo*, et l'appelant de ses noms à elle, rieuse surtout, et ne songeant qu'à être gaie, attendu que la tristesse eût exigé des développements sceniques que ne comportait pas la brièveté de l'entr'acte.

Mais hélas! tout ceci fut vain. Octave ressemblait à ces pachas ennuyés que tous les grelots du harem ne sauraient distraire. Son cœur préférait Greenwich à Grenade; Marinetta cédait le pas à Fanny...

Ce qui fait que vous auriez sans doute excusé le mouvement un peu rapide que se permit la senora, — laquelle, perdant patience (d'autant plus que l'heure avançait), bondit en un seul coup du fauteuil d'Octave où elle s'était perchée comme un enfant sur les oreillers voisins du sopha, sans s'alarmer en rien de ce pas — hasardeux même pour une danseuse...

La belle Espagnole, outrée de dépit, ne vous en eût semblé que plus belle Seulement alors son peignoir à fleurs s'étant ouvert, accrocha l'un des coussins, tandis que de l'autre elle cachait mal la vive rougeur de ses joues ..

O capricieuse nature ! va dire un moraliste qui aime les exclamations.

A peine la Marinetta vient-elle de fuir Octave, que celui-ci tombe à ses genoux.

— Position fort respectueuse, continuera le moraliste.

— Fort commode aussi pour manquer de respect.

Je reprends :

Octave a perdu la tête, Octave presse à son tour les mains de la senora. La Marinetta pleure de joie. Octave à ses pieds lui demandant pardon, Octave baisant ses beaux cheveux, c'est une fable, un délire. Qu'a-t-il donc vu, le pauvre jeune homme qu'il n'ait vu déjà, depuis la taille de l'Espagnole jusqu'à son pied mignon qui se perd dans sa pantoufle, un pied qui ferait mourir d'envie une femme au Prado !

— A moins, reprend le moraliste, que ce ne soit le *dernier battement* de la senora. Elle a rasé le sol comme un oiseau ! Sa jambe perdrait un cardinal...

Rien de tout ceci. Le pauvre Octave n'a vu qu'une chose, — la couverture de son manuscrit, encore nouée de son ruban de fil rose, son précieux ruban de Fanny...

C'en est fait, Octave s'imagine de suite qu'une rivale seule a pu lui jouer ce tour, et ravir son trésor; il pleure, il supplie, il sent bien qu'on ne va pas le lui rendre sans combat. Il sait heureusement le faible de la place; il s'accuse et demande grâce.

— « Votre pardon, méchant! assurément j'en suis maîtresse, et vous le donnerais, bien que vous en soyez indigne... Mais... »

— « Marinetta! »

— « Je veux y mettre une condition, une seule... »

— « Laquelle? parle vite. »

— « Celle de votre confession entière. D'abord, monsieur, je vous préviens que je sais tout... Mais c'est de votre bouche, ingrat, de votre bouche seule que je veux savoir à quelle passion vous avez pu m'immoler pendant trois semaines. »

— « Une passion, Marinetta! Oh! celle-ci tu ne la comprendrais point. Elle n'a rien, vois tu, du bruit du monde et de la fumée du cœur. Faite de gaze et de rubans, tu ne croiras pas que l'on puisse l'oublier avec des livres. Qu'a de commun un livre avec une femme? Que vous importe à vous autres la flèche de Cantorbéry, la cathédrale d'Ely ou les galeries d'Henri VIII. Carlo-Dolce, Vandik et les tombeaux de

Westminster? Et pourtant, je t'assure, depuis mon départ, telle a été ma vie, une vie de greffier d'Édimbourg ou d'archiviste. Pour la science j'ai renié mes amis et ma maîtresse, pour la science... »

— « Si ce n'est que cela, mon pauvre Octave, je réserve mon courroux pour la science qui t'a fait si pâle. On te donnerait un anévrisme. Moi qui t'accusais, ce pauvre garçon! Quoi, c'est là tout? Et comment as-tu pu jamais? »

La Marinetta était vraiment rassurée...

Tu me le demandes, et tu as raison. Pour en venir là j'ai eu de la peine. Mais enfin, ainsi me suis-je fait pour deux mois, ainsi pour ma vie peut-être. Elle l'a voulu! et puis elle était si jolie!

— « Que dites-vous, monsieur, *elle?* »

En ce moment Octave vit qu'il était perdu à tout jamais dans l'esprit de la donna.

Il se hâta :

— « J'ai dit moins jolie que toi, Marinetta. Mais elle l'a voulu. Comprends-tu bien ce mot-là? Elle avait tant de grâce à sourire et à demander!.. »

— « Perfide! »

— « Oh! ne m'accuse pas; c'est elle, elle seule. Sans elle je serais vingt fois revenu à Londres; sans elle je n'aurais jamais aimé Greenwich... Sans Fanny! »

— « C'est-à-dire, monsieur, que, grâce à vous, je vais savoir jusqu'à son nom! »

— « Pour elle enfin, Marinetta, pardonne-moi, pour elle seule j'ai fait ce livre... »

Ce dernier trait fit éclater la senora comme un volcan.

— « Allez, reprit-elle en jetant par la fenêtre le manuscrit dormant sous le sopha;

« Allez, monsieur, vous ne serez jamais qu'un antiquaire! »

Octave n'attendait que ce dénoûment.

Ivre de joie, il ramassait encore les feuillets épars sur le pavé, quand il rencontra le marquis, lequel s'était décidé à revenir, et qui le reconnut de suite à la lueur du bec de gaz, pour l'avoir vu nombre de fois au petit lever de sa princesse.

— « Vous la quittez donc à l'instant? » reprit-il.

— « C'est-à dire qu'elle me quitte. Je viens, marquis, de recevoir mon congé. Soyez plus heureux que moi »

Le vieux gentilhomme, à peine entré sous le vestibule, eut peine à distinguer *Marinetta* descendant l'escalier majestueuse et résignée.

— « Eh bien! marquis, cria-t-elle du plus loin qu'elle l'aperçut, vous me revenez. »

— « Du moment que je n'ai plus de rival... »

— « Et nous partons, n'est-ce pas? »

— « Pour Cambridge, Portsmouth ou l'île de Wight? je le veux bien. »

— « Non, pour la France. »

— « Alors, madame, désespéré, grand merci. Mes principes s'y opposent. La France! y pensez-vous? Je suis émigré!... »

Et Marinetta monta seule et avec tristesse sur le paquebot, comme Marie Stuart quittant les côtes d'Écosse...

. . . .

Octave piqua des deux jusqu'à la villa de l'oncle Isaac, rêvant aux échelles de corde, à Gil Blas, et aux charmilles de trois pieds. Quand il arriva les fenêtres étaient fermées comme la grille. La nuit était noire. Octave sonna, mais en vain. Seulement, sur le banc de pierre, il rencontra un mendiant qui venait y jouer souvent de la guitare.

— « Sir Isaac?... » dit Octave.

— « Parti pour le comté de Galles avec sa nièce et lord Fokdey, son prétendu, » reprit le musicien de grande route.

— « Fanny mariée!... Oh! je n'ai plus qu'à mourir! »

Octave ne mourut pas. A défaut de Fanny, il lui restait du moins son livre. Il demeura encore trois mois à Londres. J'allai parfois le consoler à la grande auberge de Sablonnière. Souvent nous descendions ensemble la Tamise jusqu'à Greenwich, assis tous deux sur le bateau, et regardait le rivage comme une île. Un soir, il y a bien d'ux ans de cela, il me montra les volets verts d'une jolie maison penchée à demi sur sa pelouse. La solitude et la fraîcheur de la soirée étaient divines. Octave indiqua du doigt le pavillon, le *yacht* difficile à distinguer entre les saules; puis, sortant de sa poitrine un bout de ruban fané, le pâle ruban de Fanny, il l'agita comme la flamme d'un pavillon vers ces bords alors déserts, et me dit :

Ce qui fut cause qu'Octave fit un livre.

Le Pays Latin en 1832.

—

Cette île, située au sud-ouest, a soixante lieues
de long sur dix-huit de large.
RAYNAL, *Hist. phil. des deux Indes*, p. 347.

Depuis trois siècles au moins, légers dandies de la capitale, la rue Saint-Jacques est pour vous la *province*. Une étroite et longue cité plâtrée de rouge et de noir, enrouée, criarde et savante, encombrée de professeurs et de livres, d'usuriers et de collèges, de restaurateurs et de savants, une cité de labeur et de misère, qui se termine à l'un de ses angles par le Panthéon, à l'autre par l'Hôtel Dieu, — deux temples où frappe parfois le génie. Le premier garde Rousseau, le second vit mourir Gilbert.

Vous me répondrez que vous êtes quittes avec vos souvenirs, que trois ans d'hermine et de Faculté vous ont donné la clef de ce docte et bruyant chaos, que vous connaissez tout, jusqu'à la rue des Sept-Voies où vint descendre Érasme, pour se loger *à l'enseigne de la Corne;* les Pandectes et la Sorbonne, M. Berryer et l'Odéon; ce qui prouve que vous possédez à fond les antiquités.

Et alors au fond d'un tiroir de jeune homme musqué, tiroir en désordre, parmi quelques billets de papier bleu, vous me montrez radieux vos cartes de droit, peut-être même votre carte chez Flicoteaux (1).

Flicoteaux serait pour Nodier le type d'une admirable nouvelle; car à lui seul Flicoteaux résume tous les types; c'est le tiers-état de la cuisine; il a traité l'église et la robe, l'école et le théâtre, Paris et les provinces, les gens de lettres qui font des poèmes pour Séveste, et les acteurs qui chantaient la *Marseillaise* à l'Odéon, les professeurs de vers latins, les maîtres d'escrime et les dieux de Saint-Simon; bien plus, il a vu dîner à quinze sous des avocats qui dînent à ce jour du budget, en attendant qu'ils soient ministres. Flicoteaux a vu tout cela sans prendre des notes, lui simple Vatel en bonnet de coton, devant la Sorbonne de Richelieu, et chez qui l'on mange aussi bien qu'ailleurs, quand on oublie que l'on pourrait manger autre part.

Un soir même, et chez Tortoni, j'ai surpris l'un de vous parlant encore de Flicoteaux, le lendemain d'un bal aux Tuileries où il avait cru le retrouver!

Mais Flicoteaux ne va point à la cour.

Seulement il a fait repeindre ses volets verts, il a jeté du sable à son parquet; que sais-je? il s'est peut être donné un lustre à trois branches, mais tout cela sans faste, sans aristocratie, sans orgueil. Matin et soir, il ouvre sa classe, et il entre plus de monde chez lui qu'il n'en sort de la salle Taitbout ou du jardin Turc, et l'on voit à sa vitre grasse plus de ronds de serviettes et de carafes, plus de flûtes et de journaux que chez Borrel ou Véry. Sa batterie de cuisine et ses opinions sont en règle. De mon temps peut-être il n'était pas sergent de la garde nationale; mais alors on s'inscrivait chez lui comme pour un concert des Bouffes. — Demandez plutôt à tel préfet d'hier ce qu'il en pense, en lui montrant sur la carte de la *Tapisserie* l'angle de la rue des Maçons.

La Sorbonne est devant vous. A droite les ruines de son vieux cloître, devenu tour à tour usine de papier, magasin de mouleur, et salon de conférences de droit. Plus d'une fois, n'est-il pas vrai? vous suiviez de l'œil les arceaux rompus de ses ogives si hardiment entaillées dans la pierre, quand vous passiez par un beau soir devant ses trèfles respectés?

A l'heure qu'il est, un pâté de maisons neuves l'étouffe de son bloc de craie, et l'on dirait une longue affiche à voir tous les écriteaux qui s'y pressent à chaque étage.

Grâce aux nouveaux édiles, cet admirable morceau vient de se voir recrépi à la chaux vive et restauré comme les Tuileries de M. Fontaine.

Que voulez-vous? Il y aura toujours des gens qui feront la guerre à l'ardoise, et c'est la seule guerre que leur bravoure entame aujourd'hui!

Suivez plutôt, si vous la reconnaissez encore, la rue du Cloître-Saint-Benoît. Cette église, dont le *chevet* regarde la montée Saint-Jacques, couvait avec amour ses frêles et

---

(1) Célèbre restaurateur de toutes les écoles, au coin de la place
Sorbonne.

belles ciselures, oubliée dans ce long dédale de rues et de contre-allées, comme une bonne douairière au fond le plus reculé d'une province.

Chose étrange! voici maintenant qu'en ce lieu même où se voyait, près de Pradon le poète, le tombeau de Baron le comédien, un comédien de l'Odéon met le marteau pour en faire un théâtre; le gouvernement donne à M. Eric Bernard un droit de vie et de mort sur tout cela. Vite! vite! jetez bas l'autel et les tombeaux, dressez l'échelle, sonnez les cloches, cachez bien la croix; la salle est pleine, le lustre allumé, place au théâtre! Il y aura d'obscures grisettes encadrées à ces pilastres, de lourdes têtes d'épiciers à ces ogives, tout un peuple d'étudiants dans cette nef, un donneur de contre-marques à ce vieux porche, une affiche à ce bénitier. Plus d'encens, nous voulons du gaz! Passez-moi l'éponge sur ces ruines, jetez du plâtre et de la boue à ces boiseries du chœur, marchez sur le corps de Baron, sur l'orgue, sur l'église; puis quand tout cela sera fait, quand l'architecture sera brisée, la ceinture salie, le temple volé, ouvrez, ouvrez, messieurs, car, à la grande joie de la bande noire, voici le second acte de Saint-Germain-l'Auxerrois. Un théâtre sur une église, un théâtre où s'engage l'abbé Châtel; des gens qui dansent sur des épitaphes, et le contrôle à la porte du temple d'où Jésus-Christ ne chasse plus les vendeurs!

Et remarquez que ce n'est point là le meurtre ordinaire, comme le meurtre d'un culte à part, ou d'une idée religieuse. Dans tous ces dieux qui s'en vont, l'art s'exile le premier. Que pouvait-on enlever à cette église humide et pauvre comme une chapelle de village? Une croix d'argent qui se rouille, trois étoles, un ciboire peut-être!... Aussi n'est-ce point sur cela que vous auriez pleuré, Bonington, toute aventurière et vive que fût votre foi, votre foi de peintre, qui, sur Raphaël, vous fit croire à Dieu! Mais cette main brutale et impie, sur un chef-d'œuvre, vous eût fait bondir, ô mon maître! A tous ces faucheurs de ruines, vous eussiez dit: Arrière et honte! Et si vous l'aviez vu comme nous, ce vieux siècle dont on se joue, honni, adjugé, blanchi, dont les bras au marteau et son corps à la craie, vous n'eussiez peut-être crayonné, de votre vie, Saint-Pierre de Caen, sans qu'une larme ne vînt mouiller cette ébauche que le marquis de Lansdowne montre encore dans sa galerie.

Il faut l'avoir abordée de près comme moi, cette profanation au grand jour, au bruit de la hache et aux tourbillons de fumée, pour se résoudre à vous en parler ici.

Aussi votre joie eût été grande, vous qui n'êtes point de ces hommes, et dont le culte se recueille au lieu de mourir, pèlerins fervents du passé, qui donnez encore des pleurs aux vieux chefs-d'œuvre qui s'en vont, jeunes hommes, amoureux épars de ces ruines sans soleil, vous dont la poésie s'agenouille encore à leur aspect, comme une blanche Espagnole devant une châsse à Madrid.

Votre joie eût été grande si, par une de ces excursions d'artiste qui, dans ce quartier, pourraient se nommer voyages, vous eussiez retrouvé ainsi que moi un de ces édifices sauvés comme Joas ou Moïse, et gravés pierre à pierre dans votre mémoire d'enfant, quand la Faculté ou l'ennui vous réclamait, et devant lequel vous me preniez parfois à son tirer à la vue de ces fenêtres sculptées à jour, de la roche de son donjon, et des chiens de plomb de sa façade, sur laquelle repose encore la plaque de marbre clouée par la Ville, et qui porte ces mots: *Hôtel de Cluny.*

A quoi bon rester ainsi les bras croisés et le regard fier auprès de cette mince baraque de brocanteur, zébrée sur ses vitres de gravures de toutes couleurs, et semée, sur le devant, de poêlons, de chandeliers et de poèmes à côté du libraire classique Delalain?

— Entrez, vous dis-je, et soyez humble, car la portière en sait plus que vous.

Et de fait, elle m'a tout dit, cette bonne femme qui n'a rien, en vérité, d'une vieille portière du Marais ou d'une duègne de couvent; son bonnet n'est pas janséniste et sèchement lissé comme le front d'une une quêteuse de Saint-Séverin. Je me hâte de vous dire qu'il n'y a pas de serins et de canaries dans sa loge, mais son fils, joyeux garçon, qui taille artistement sur sa longue planche les parements d'un caporal ou l'alpaga d'un étudiant en médecine.

Au dehors on ne voit guère que les lignes de l'hôtel, et presque le bas de la façade. Une fois entré, vous jugez de son coup fatal, de toute antiquité jusqu'à ce sept croisée, et aussitôt que vous touchez au donjon où se dévide encore l'escalier, toute une image d'Amboise se compose de l'autel, les diables sculptés et de corniches, d'œuvres à mes abbés indignement taillades dans leur écu où l'on

distingue à peine quelques monosyllabes aidant à former cet ensemble: *Observationi Cluniaensi....*

Aujourd'hui, sur le mur à gauche, deux écriteaux d'un pied de blanc: *M. Leprieur, libraire; M. Belin, imprimeur.* Les fenêtres du premier ont été repeintes, la cour a seulement quelques herbes à son pavé.

Peut-être étais-je moi-même absorbé dans la contemplation de ces débris, quand mon guide en cornette m'amena par la basque de l'habit à l'ouverture d'un large puits surmonté de sa vieille flèche de fer. Ce n'était qu'un prétexte pour me montrer le cercle gigantesque d'une énorme cloche, décrit le jour de la fonte sur le mur de la cour, et qui pourrait ressembler au formidable anneau de fiançailles de messire Gargantua.

« Voici le bourdon de la chapelle, » me dit la bonne femme; « maintenant il est à Rouen, où, l'autre hiver, un Anglais m'a dit l'avoir vu... »

« — Il y a donc une chapelle? »

— « Ah! que oui! mon cher monsieur, » fit-elle en soulevant un trousseau de clefs, « et une bien vieille encore!

« Mais il faut d'abord que je prévienne M. Open, le « sculpteur... qui va se faire un plaisir.. »

En deux secondes elle était de retour et m'indiquait le chemin. Je baissais la tête à chaque voûte, et ne donnais pas même un coup d'œil aux bains de César, noire étuve dont il ne reste qu'un arc en ruine, brisé comme un cerceau d'enfant, malgré le gothique ciment des caveaux qui se continuent le long de la rue de La Harpe.

Nous arrivons à l'atelier de M. Open. C'est un merveilleux local d'artiste, noir et enfoui comme un bijou d'antiquaire; un jour de vitrage tombe à plomb sur les ciselures de ses œuvres, car M. Open restaure les objets d'art; il a chez lui des chaises et des escabelles qui pourraient lutter avec celles de Charles le Chauve ou de Dagobert à Saint-Denis, et je conseille aux artistes d'aller voir en ce moment la chaire qu'il travaille; c'est un morceau d'un goût excellent, qu'eût envié la galerie d'Horace Walpole et qui ne peut appartenir qu'à la collection d'outre-mer de quelque membre du parlement.

En ce siècle athée aux beaux-arts, c'est vraiment chose merveilleuse que cette croyance intelligente d'un ouvrier aux délicatesses florentines d'un meuble du treizième siècle qu'il va réparer, ou à l'excellence d'un bas-relief mangé de vers qu'il ajuste; aussi, le dirai-je? fasciné par mes souvenirs, je croyais presque, au sortir de là, passer le seuil de Jean Goujon en donnant un dernier coup d'œil d'adieu à l'atelier.

Restait à voir la chapelle; et, je l'avouerai, l'escalier de quelques marches qui y conduit est bien de nature à recueillir les idées. Vous tournoyez sans aucun jour, et quand vous ouvrez les yeux, vous voilà dans la plus délicieuse extase de sculpteur ou d'antiquaire, vous oubliez l'imprimerie et ses cylindres qui grincent sous cette voûte, et le casque en papier gris du pressier, en ces lieux où régnait jadis une mitre d'évêque.

Je ne sache personne qui ait parlé de ce morceau vraiment enfoui. Son style gothique rappelle au premier abord celui du château d'Amboise, une des gloires de Tours. Ses fuseaux de pierre ornés de monstres, de chimères et de feuilles de vigne, reçoivent encore le reflet de trois ou quatre vitraux conservés dans l'avancement qui devait former l'autel. C'est un hochet de l'art, une miniature en relief, où l'araignée tend ses filets, et que le jour caresse à peine, et qui pourtant m'a plus ému cent fois que la blanche et neuve chapelle de Windsor, dont la ruine est d'hier, jeune et faite exprès pour les arbres verts du parc, ruine de commande, sans regrets et sans souvenirs! admirable par son fini, mais qui laisse le cœur froid comme les marbres de sa nef!

Et puis, ce simple ouvrier, recéleur d'une chapelle, possesseur obscur d'un siècle, à peine visité par l'ennui d'un Anglais ou le caprice d'un peintre, cette cour bien nette et comme passée au râteau sur son pavé, et de devant cette petite porte la rue Sorbonne, triste montée, déjà grise sous le brouillard; tout ce deuil vous prend au cœur, malgré le tumulte continu du quartier, véritable Capharnaüm de clinique et d'eau-de-vie, de réformes et d'idées de tabagies et d'émeutes, et qu'il semble deviné d'avance aux larges coups de pinceau de Whitefriars.

Ne croyez pas cependant, à voir ce morne cabaret qui occupe en maître le coin de la rue avec sa branche de gui flottante, et les en rennes fraîches à son treillis, que le vin de Beaune, arrivé de Haut de Seine, se soit transmis de père en fils au dernier Bacchus de l'endroit, comme un message héréditaire. Non, ce bouge n'a pas toujours eu ses crochets de messagers, de rouliers, caffetiers et de pauvres marchands qui s'enchantaient le soir au soleil comme les muletiers devant quelque venta de Grenade.

Ni même de querelles d'ivrognes sous les thyrses peints de ce fronton, robustes querelles d'Ajax pour une Hellène de carrefour.

Ni les combats de cochers sur des questions politiques.

Encore moins une arrestation d'émeute qui sortant ainsi sans payer.

Au temps dont je veux parler, et surtout le soir, à ce même angle de la rue des Mathurins, une fois l'ombre épandue sur les maisons, scintillait à grand'peine, comme une étoile, un maigre filet de mèche à travers la corne qui lui servait de lanterne, laquelle, dans sa forme oblongue, réussissait pourtant à éclairer le nom de messire Robin, *logeur*, et l'effigie de saint Salomon, grotesque portraiture de roi, agitée à cette heure par le vent, et dansant sur sa longue flèche de fer, comme David devant l'arche.

Au premier aspect, la maison seule vous eût singulièrement effrayés par le jeu fantastique de ses lucarnes et le grincement presque infernal des piliers de bois tombant les uns sur les autres, comme les frêles remparts d'un jeu de cartes. Son corps seul semblait décrire une spirale, tant l'affaissement des étages supérieurs était visible; la toiture avait dévié de sa ligne, les fenêtres perdaient pied, le porche seul restait intact, et ainsi par quelque hallucination de la brume rêvant à ce toit qui penche, vous eussiez cru voir un long cyclope, le front penché sur l'épaule, dardant sur vous le seul éclair de sa prunelle.

Au sommet pourtant, et presque sous les combles de l'hôtellerie, un auvent qui venait de s'abaisser laissait passer à ses fissures nombreuses quelques jets d'une lumière pâle, en même temps que le bruit des serrures et le glas accoutumé d'une clochette voisine, ordonnant d'éteindre le feu, annonçait la fermeture des portes dans ce quartier où le bruit venait s'éteindre.

Que si dans ce moment quelques chevaux de sergents et d'hommes d'armes piaffant sur le pavé, et un bruit de ferrures plus strident encore vous eussent donné frayeur, à l'aide du bâton d'Asmodée, j'aurais pu fort bien, mon bel étranger, vous mettre à la main le pan de mon manteau, percer la muraille, et vous déposer sans trop de crainte, sur les marches assez mal jointes du *logeur*.

Et là, vers la sommité la plus aiguë de la toiture, démons aussi invisibles que lui, sans recourir à sa prison de cristal, si cela vous plaît, regardons et prêtons l'oreille.

CHAPITRE PREMIER

LE DRAME

Avez-vous prié Dieu ce soir, Desdemona ?
OTHELLO, act. V.

Voilà, certes, une terrible humeur de grande dame !
BRANTOME, liv. III. (*Dames Galantes.*)

Le timbre aigu de l'église des Cordeliers venait de frapper sept heures.

« Le couvre-feu, mon petit Jehan ! Oyez-vous pas crier « les verrous de messire l'hôtelier ! jà voici les lampes qui « s'éteignent, et, tenez, m'est avis que vos yeux se fatiguent « sur ce parchemin blanc et fin de Sorbonne. A l'heure qui « tinte, on ne peut veiller, sous peine de passer pour un « docteur, et mon petit Jehan ne l'est pas encore.... Mais « voici, je crois, qu'on tend les chaînes aux deux bouts « de notre rue.... »

L'écolier fit un geste d'impatience...

— « Et c'est dans l'ordre ; maintenant l'huis de la maison « doit être clos pour tous, comme le portail de *Saint-Denis-* « *du-Pas* pour les lépreux ! Et puis, sans ces bonnes cordes « de fer, ces enfants maudits manqueraient ils leur sabbat ; « chaque nuit qu'ils vont répéter nouveaux mystères, boire « à la table de marbre, ou voir brûler mauvais Juifs. Mais « toi, cher enfant, tu sais que spectacles de nuit et de ta- « verne sont péchés. Jusqu'ici, du moins mes paroles de « mère ont eu leur fruit.... Et, de fait, ce serait merveille que « tu pusses avoir regret à ces histoires de boute-feu et de « ribauds, que le ciel confonde ! ces brelandiers, tireurs de « manteaux, effrontés coureurs, chérubins de gouttières, qui « devraient être contents de passer chaque mois par les

« verges du recteur, sans aspirer à la corde du prévôt « des halles.... Ces... »

Il y eut un moment de silence ... et, à la clarté d'une vieille lampe, placée sur le mantel de la cheminée, on eût pu, dans un vaste fauteuil de cuir rouge de Cordoue aux franges de soie absentes ou noircies, distinguer la figure quelque peu sévère d'une bonne femme, dont les doigts ridés parcouraient dévotement les grains énormes d'un chapelet, tandis que de longs ciseaux, déposés sur une robe fourrée d'hermine, témoignaient assez du travail de sa soirée. Le fauteuil de la vieille était le seul ornement d'une masure aux fenêtres étroites et cintrées, qui recevaient pourtant assez de jour pour éclairer ses habitants jusqu'à trois heures.

L'écolier paraissait couché sur le livre.

— « Au moins, mon petit Jehan n'a jamais été de compa- « gnie avec ces méchants disciples de Navarre ou Montaigu. « Saint Babolin ! qu'en feraient ils de mon pauvre angelot « d'enfant ? Et pourtant, messire Jehan, m'est avis que ce « damné d'Arthur vous pipe d'.... C'est que pour endosser la « docte robe à rebours, il n'en est qui le vaille un jour « d'examen ! D'ailleurs qu'espérer d'un jeune gars courant « à toutes les passes d'armes à l'heure des leçons, raffolant « des courses de bague, joutes, tournois, carrousels, et « regardant le Pré-aux-Clercs comme sa classe ?... Vas-tu le « défendre encore, parce qu'il est ton ami ? »

— « Et pourquoi pas, bonne mère ? » reprit l'enfant, que le nom d'Arthur venait de tirer de sa rêverie, et qui d'ailleurs, accoutumé chaque soir à cette attaque périodique, avait pris ses mesures pour la défense. « Arthur est mon ami, mon « frère, et s'il n'aspire pas au bonnet de docteur, au moins « est-il vrai de dire que, pour abriter le chef d'un ami « contre coup d'espadon... »

— « Bel emploi pour un étudiant de Cluny ! La robe est- « elle sœur du haubert ? Non, que je sache ; à moins que « l'Université n'ait encore sur les bras quelque mauvaise « querelle avec un prévôt hérétique ou un sergent mal ap- « pris ! C'est une méchante fille, ainsi que le disait frère « André au dernier prêche, que votre Université, et je serais « bien empêchée de dire pourquoi tous ces priviléges qui « la soutiennent. N'est-ce pas honte que de remettre les « verges à ceux qui les ont reçues ? Brûler un archer en plein « vent, voilà-t-il pas beau spectacle pour des clercs ! et c'est « pourtant leur triomphe. N'ai-je pas vu, moi qui te parle, « dresser l'échelle de ce pauvre Hugues Aubriot, un prévôt « de Paris pourtant, accusé, non de judaïsme mais d'injures « à l'Université par un tas de garçonnets, et faisant amende « honorable aux docteurs et aux étudiants, une mitre de « papier en tête !

« C'était merveille que la foule qui ce jour-là encombrait « le marché aux pourceaux. Élèves et chapelains de toutes « bannières, nombre de dames pimpantes et bien atournées, les « unes à pied, les autres en trousse derrière leur écuyer, « riant à gorge déployée, ou soulevant de temps à autre le « rideau de leurs litières pour voir la figure de ce malheu- « reux prévôt. Et moi aussi, j'étais alors dans ces cortéges, « avenante et belle autant que femme d'échevin couverte « de fourrée de martre et portant chaîne d'or large comme « gourmette de destrier, et maintenant je me trouve avec « mes rides, quelques miches de pain noir, et toi, mon petit « Jehan, pour qui je travaille encore, pour qui je passe mes « nuits ; mais je ne me plains pas, et celle-ci peut-être « encore... »

Le regard faible et déjà lourd de la vieille, rencontrant alors un des éclairs rapides et étincelants du foyer, se reposait, d'aventure, sur quelques linges d'autel épars sur la table auprès de larges fioles de forme bizarre, poudreuses et comme oubliées depuis longtemps, les unes vides, les autres pleines, et qui pouvaient ressembler à quelque fonds de pharmacopée du treizième siècle. Un long fourneau d'alchimie dont la tuile rouge avait subi de nombreux outrages, grimaçant, écorné, perdu, semblait les prendre en pitié comme un vieux seigneur orgueilleux de son blason.

— « Vois plutôt, » reprit-elle ; « il me faut vendre encore ceci. Aussi bien est-ce là tout ce qui nous reste depuis la mort de Richard Buridan, ton pauvre père. Notre-Dame des genêts nous soit en aide ! c'était bien l'homme le plus mal venu des étoiles. Esclave à trente ans ; et, pendant les seize années de son servage en Afrique, payant à grand' peine les messes d'un prêtre chrétien, il apprit de lui à distiller goutte à goutte les herbes de ces fioles, si bien qu'à son retour en France on voulut le prendre pour un sorcier maure qui trafiquait avec Belzébut et Astaroth, ainsi qu'ils osaient dire, tout cela parce que le feu de tourbe lui rendait le teint plus noir. Il riait parfois, le pauvre Richard, de se voir montrer au doigt comme un loup gris, parce qu'il guérissait les pauvres des maladreries et les souffreteux de Saint-Jacques, jusqu'au jour où, pauvre lui-même, il ne me laissa pour tout bien que ce livre d'heures à belles et grandes marges... Le voyez-vous pas, mon petit Jehan, avec ses enluminures d'oiseaux et de bêtes de vénerie ? Par la corvée ! si j'étais reine de ce bel état de France, voudrais que chaque pauvre *capéte* eût son pareil au bras, finement doré comme icelui, avec orfévrerie de Florence ! Et si à telle heure je te disais : A telle antienne de ce livre j'ai mis ton nom, ton joli nom de Jehan ! me croirais-tu ? »

Ivre de joie, l'enfant se penchait déjà sur le trésor. La vieille l'arrêta.

« Pourvu, reprit-elle de l'air imposant d'une bohémienne qui tire les cartes, pourvu que de ceci tu te souviennes. En mourant, Richard m'a dit : « Femme, ayez garde ! Ceci « renferme mieux qu'il n'appert au toucher; dans cette poche « droite du livre réside un secret qui fut le mien. Je t'en fais « legs. » Ce ne pouvait être sans doute que les cheveux ou « ossements en poudre de quelque sainte. Aussi n'ai-je eu « garde de l'ouvrir.... Maintefois pourtant, et sans le fatal res- « sort, je fus prête à le vendre pour acquitter messire Hobin « qui nous loge... Mais à ce jour, veille de la Sainte-Brice, « tu comptes seize ans bien nombrés, je te rends tout mon héri- « tage. Oh ! si tu m'aimes, oh ! ne t'en dépars jamais ! C'est « le missel de mon vieux Richard ! Il n'y a point à pleurer « encore..... Le ciel est là... oui là-haut, pour nous autres pau- « vres gens... Un jour... enfin... »

Le capuchon de la bonne femme venait de s'abaisser insensiblement sur ses yeux; ses mains jointes avaient ouvert passage aux grains bénits du chapelet qui venaient de couler à terre, et sa tête, à demi penchée sur la pelisse grise, semblait appeler le sommeil. Seulement, au mouvement presque inaperçu de ses lèvres, on eût pu croire qu'elle poursuivait encore quelques *oremus* oubliés, ce que semblait confirmer encore la corne récente du large Missel couché près d'elle comme un ange gardien de son sommeil.

L'écolier leva la tête.

Il attendait ce dénoûment obligé de tous les sermons du soir avec une impatience difficile à décrire. Mais avant de se réjouir, il eut soin de quitter doucement l'escabelle qu'il occupait, pour s'assurer du parfait assoupissement de la vieille femme qu'il aurait pu réveiller vingt fois, n'était le soin qu'il apportait à cette reconnaissance intime.

Tout d'abord, il se pencha furtivement et presque entier sur cette figure creuse de rides, mais conservant encore un sourire presque effacé de bonhomie; puis, jugeant un prochain réveil fatal à ses projets, il se hâta de fermer le livre, replia ses longues thèses imagées d'après l'usage, sur beau parchemin acheté à la foire du Landit, prit sa cape de laine brune, enfonça son chaperon, et près d'entr'ouvrir la porte, il prêta l'oreille une seconde fois, retenant jusqu'au souffle de ses lèvres, comme un enfant peureux qui s'attend à voir surgir un fantôme.

De temps à autre, quelques mots inarticulés sortaient de la bouche à demi fermée de la vieille qu'éclairait encore la mèche charbonneuse de la lampe. Ses mains sèches et pâles semblaient se mouvoir au feu presque éteint du foyer, puis tout à coup se raidir contre un rêve pénible.

« Arthur !... Arthur !... » s'écria-t-elle en ce moment, tremblante et à demi levée.

Mais Jehan avait déjà fui, et se trouvait alors près les volets rouges encore entr'ouverts par la négligence de l'hôtelier. Il glissa comme une ombre, non sans entendre le bruit des serrures qui se croisaient derrière lui comme la herse féodale d'un manoir.

— « Par les saints, je suis dehors !..... »

Et il gagnait du pied comme un fuyard, l'œil à l'aguet, et muché jusqu'aux yeux dans sa cape de serge.

La rue Sorbonne se voyait alors protégée à chaque bout de deux larges portes aux gonds énormes, qui ne ressemblaient pas mal aux chevaux de frise d'un fort normand; sauvegarde octroyée par la police du Châtelet aux habitants de ce quartier pour les mettre à l'abri des scènes fréquentes de tumulte qu'occasionnait alors le désordre des clercs, démons errants de la Basoche.

Une ordonnance expresse et rassurante les condamnait à demeurer closes la nuit durant, et ce mode de défense avait été aussi adopté pour la rue du *Fouarre*, la rue *Saint-Côme*, celle des *Grès*, et plusieurs autres. De telle sorte que l'en-nemi se trouvait ainsi cerné dans ses domaines, qu'un cabaretier de Saint-Jacques pouvait quelquefois dormir dans les fiefs de l'Université, et qu'un chanoine de Cluny humait encore son gâtinais en commentant saint Jérôme, sans craindre un caillou lancé contre sa verrière.

Bien plus, de bonnes et longues chaînes fermaient encore à cette heure les cours désertes des colléges qui flanquaient alors la Sorbonne, comme autant de tours et bastions de défense, depuis la porte Saint-Michel jusqu'à la porte Saint-Jacques. Braves mesures qui n'empêchaient pas toutefois que plus d'un transfuge de Montaigu, Narbonne ou Navarre ne franchît le soir les grilles et les hauts murs; et que des coups de hampe n'éveillassent en sursaut les religieux de Saint-Germain, et que le livre rouge du Châtelet n'inscrivît par semaine ses trente noms de sorbonistes.

— « Par les clefs de messire saint Pierre ! il ferait bon que « le diable eût pris les miennes ! De vrai Dieu, ce serait fête « pour ces drôles !... »

Et le gardien, à demi baissé, ainsi qu'un nain mystérieux, ne vit pas maître Jehan franchir le seuil de ces deux portes dont il redoutait déjà les battants énormes comme deux bras de géant prêts à l'étreindre au passage.

L'écolier bondit de joie.

Et, de fait, c'était heur inouï pour un échappé des grilles, que ce voyage de contrebande, cette expédition nocturne par un clair de lune joyeux, seize ans, et l'inexpérience du guet. Il y avait là tout un roman, d'autant que le pauvre enfant s'était construit ce beau rêve à lui seul et à l'insu de tous; que le plan avait eu ses obstacles, le secret son mérite, et qu'enfin il avait su nuit ! Sa nuit ! Une belle nuit, large d'ombres et de lumières, fraîche de son lointain brouillard, projetant sur un pavé de neige les formes obscures des gothiques pignons, des dômes crénelés, et des tours d'église; silencieuse comme le sommeil, mais sombre comme le mystère.

Aussi rabaissa-t-il vivement son capuce pour respirer largement cet air du soir, interdit comme par décret à son âge, pour marcher plus fier, et flairer les aventures. Car il n'avait oncques trahi la règle de Cluny, qui voulait que chaque étudiant s'endormît aux saints tintements de son moûtier. C'était son premier pacte avec le diable, lui, naïf encore, et préservé jusqu'à ce jour de la contagion de l'exemple, au point qu'il aimait mieux dormir que rober de compagnie, ce qui était vrai scandale aux yeux des malins disciples, qui, de plus, l'enviaient d'être avenant et rosé comme un page, et de savoir chanter juste au lutrin.

« Il y a loin d'ici, répétait-il, à la taverne du Porc-Épic. »

Et il doublait le pas, regardant de temps à autre, et laissant derrière lui la grande rue de la Harpe, qui se déroulait comme un serpent avec ses masures inégales, ses toits à perte de vue, et les ruines du vieux palais des Thermes, fières de leur ciment romain.

Dans cette rue seulement quelques vitres encore éclairées, car il y eut toujours là travail et misère : quelque vieux greffier inscrivant, à la lampe, sa procédure, ou bien un clerc se façonnant à l'éloquence, dans une chambrette non payée. A peine un archer, moitié ivre, frappant de sa pique à l'huis d'une maison basse et cintrée comme le fronton du beffroi. Quelques jongleurs à plume rouge, dont la voix rauque estropie un noël, serrant sans bruit leurs écus dans une ceinture de chamois. Au lointain et sur les hauteurs de Saint-Jacques, la crecelle bruyante des lépreux, redoublant ses échos comme un bourdon félé de Notre-Dame.

« Ce brave Arthur va m'attendre..... Un grand jour sans le « voir ! Mais je lui garde bonne surprise quand il va me toi- « ser tout à l'heure, ma bisague danoise au côté, et le chape- « ron de travers comme un garçonnet qui s'insurge à la Ba- « soche ! Lui qui m'a dit tant de fois que je craignais la robe « de livrée du grand-prévôt ! N'est qu'il doit se faire tard, je « cuide le voir muni d'un cuissot de porc et me réservant ma « bienvenue avec un hanap plein de vin d'Andresy.... »

L'écolier crut entendre des voix confuses, puis un pas d'homme retentir au loin sur le pavé.

La lune laissait dans l'ombre le quai désert des Augustins pour accuser d'un plus vif éclat la longue ligne de craie faisant suite au Louvre comme un blanc feston, jusqu'à l'île Louviers. Une brume légère laissait à peine entrevoir les flèches aiguës de la Sainte-Chapelle, les clochers de Saint-Germain le-Vieux, et de Saint-Barthélemy, s'élevant du lit bleu de la Seine, comme une ville à part au milieu de la grande ville.

L'autre hier un vidame,
Ma dame,
Vous dit à quelques pas
Tout bas :
Quand on porte une épée
Trempée
Au Jourdain valeureux
Des preux,
On est déjà capable
A table
D'oublier pour vos doigts
L'arbois,
Et c'est bonheur insigne
Qu'un signe.
Et votre gant donné
Fanné!
Mais quand de baronies
Bénies
On tient les clefs en roi,
Je croi,

Que l'on peut, sans rien craindre
Ou feindre,
Se dire aussi d'un cœur,
Seigneur !
— Oh! venu! par la messe!
Comtesse,
J'ai qui vaut mieux pour vous
Qu'eux tous,
Dit la vieille ribaude
Qui rôde
Autour des clapiers chers
Aux clercs.
Il est plus frais, je gage,
Qu'un page ;
C'est la fleur du printemps,
Seize ans!
Un gent clerc, et de fine
Hermine,
Si le marché vous plaît,
C'est fait!

Ce noël, qu'il chantait sans le comprendre, égayait encore pour l'enfant le sentier monotone des courtils et des jardins qui bordaient la pointe de Nesle en cet endroit.....

— « De vrai, je détonne aussi bien qu'Arthur, à cette heure, « et malgré le brouillard de ces ruelles... »

— « Arrière et passage, » cria tout d'un coup à trois pas de l'écolier une voix sourde qui semblait partir d'un muid défoncé...

Mais l'ombre était si épaisse de ce côté, que force lui fut de se ranger, sans prétendre à une découverte. Toutefois il ne put le faire assez tôt qu'il ne se vît heurter rudement, de telle sorte qu'il perdit l'équilibre, et entraîna dans sa chute un homme gros et court qui semblait en précéder deux autres.

« Par la carcasse de Satan! qui marche donc ainsi comme « ombre de la passion? » cria-t-il, sur les cailloux. « Que je « brûle un cierge à madame Geneviève. si je n'ai cru rouler « d'un bond dans la Seine. Le prévôt te fasse pendre, ca- « naille ! »

Et à la lueur blafarde et inégale d'un falot que l'un des hommes tira subitement de sa casaque de fil rouge, maître Jehan put voir le plus hideux des visages fixer sur lui ses yeux ternes et gris, comme pour lui demander raison de sa chute.

Un bruyant éclat de rire succéda comme l'éclair à ce courroux, dès qu'il se fut relevé, et qu'il eut fixé le pauvre bachelier à demi pâle d'effroi.

« Adonc, » cria-t-il, « c'en est un ! Mais il en pleut, cette « nuée ! »

Et il se retourna vivement vers ses deux compagnons, dont les épaules semblaient plier plus qu'à demi sous le poids d'un sac fermé de cordes de chanvre.

Il rit plus fort, mais d'un rire de réprouvé.

« Monseigneur, Dieu soit béni! voilà un frère qui nous « arrive en secours. Or çà, petit chapelain de Saint-Côme, « ne crains mal ; et seulement, petit..... prête un tant soit « peu ton coup de main pour asseoir ce charbon du port sur « les grèves de Nesle ».

L'écolier ne se le fit dire à deux fois ; il avait cru voir l'acier d'une dague à deux tranchants briller à mi-côte du mystérieux personnage que suivaient ses deux hommes aux chaperons rabattus.

— « Assez, beau fils! De par saint Nicolas! c'est aussi lourd « que battant de cloche, et pourtant... »

Il rit encore en pinçant les lèvres, pendant que Jehan regardait la Seine refléter au loin, comme un lac bleu, les arches du pont Saint-Michel.

« Maintenant, un dernier coup! » lui cria-t-il en faisant signe aux autres de se tenir à trois pas, comme pour observer. Et de sa main de fer il poussa le bras de l'écolier contre le sac à demi courbé sur le parapet d'une vigne.

. . . .

Il n'y eut qu'un bruit sourd sous le pont, seulement quelques rides à la surface de l'eau, comme après une fronde lancée ; puis le cercle s'effaça.

« Sauve, sauve! » cria l'un des hommes resté près des grèves comme une vedette perdue.

Et quelques pertuisanes brillèrent auprès, le long des fossés de la porte de Nesle. On entendait grande rumeur, puis un pas de chevaux bruyant et soutenu qui semblait venir du coin de la rue Guénégaud.

« Au meurtre!. . à la hart! les rufiens, les damnés de Mon- « taigu ! »

Et ces cris qui partaient sans doute du fond de quelque taverne chaude encore d'un nocturne délit de la Basoche, se virent bientôt couverts par les voix et le froissis des archers du guet, la tête enfoncée dans le heaume, et couverts de leurs hoquetons mi-partis blancs et noirs arrivant en grande hâte, selon l'usage, lorsque tout était fini. Le guet des Métiers était venu à son aide.

Cette fois ils étaient en masse, escortés de bourgeois en robe, et prêts à pointer la mèche, d'hommes d'armes portant torches de poix, et taillant croupières aux fuyards. Une grêle de galets et de pintes à demi brisées vint tout à coup pleuvoir de l'angle noir d'une maison aux poutres croisées, qui semblait servir de retranchement à l'ennemi. Seulement alors aussi quelques coups de haquebute prouvait que le guet ne voulait plus rire.

— « Par notre prieur! j'ai, de vrai, distingué des robes « de Cluny parmi ces damnés ribauds!... »

Et force fut au bachelier qui faisait cette réflexion, de serrer le coin de la muraille qui protégeait l'hôtel de Nesle et ses jardins. Le vent sifflait, et du ciel plus noir de larges gouttes d'orage tombèrent sur sa cape, dont il ramassait les plis d'une main, tandis que de l'autre serrait bravement sa dague.

« Sus, sus! voici qui doit nous payer! Alerte! et droit à ce gibier de grilles... »

Et quatre sergents, lâchant bride à leurs montures, donnèrent chasse au bachelier demi-mort, gagnant de toute sa vitesse le coin des fossés de la tour.

La pluie balayait déjà la longue chevelure des saules de Nesle, étouffant ainsi de sa grésille la résine des torches qui pâlissaient au moindre souffle.

Les cris « sus, sus! » redoublaient avec fureur.

Le pauvre Jehan se sentait mourir, n'ayant plus ses ennemis qu'à un demi trait d'arbalète.....

Tout à coup, et comme il levait les yeux vers le moûtier de la tour, la trace rougeâtre et fugitive d'un éclair lui permit d'aviser à l'une des fenêtres treillissées une figure de femme dont le doigt lui faisait signe au-dessus d'un étroit passage.

Ce fut l'ange d'une vision. Il se précipita demi-mort vers cette porte entr'ouverte, franchit d'un bond les degrés, non sans ouïr sur-le-champ retomber sur lui, comme par miracle, les lourds battants à clous de fer.

« Par ici, messire..... »

Et il suivait encore la rampe tortueuse de l'escalier, quand une main saisit la sienne. « Que madame Marie et les saints « vous récompensent, qui que vous soyez!..... »

Le frôlement d'une robe sur les marches ardues et disjointes lui fit soupçonner son guide.

Un panneau de bois glissa sur ses gonds, et maître Jehan se trouva introduit dans une chambrette assez basse et bien close, d'où s'échappait dès l'ost forte odeur de parfum et de verdure fraîchement coupée.

C'était du reste la seule esjouissance de ce lieu nu autant qu'étroit, éclairé à demi par une lampe opposée sur un bahut près de la couchette aux larges courtines, que surmontait un long tableau représentant les *dix commandements d'amour*, œuvre d'un frère lai de Saint-Benoît, enrichie d'oiseaux et d'enluminures. L'âtre enfermait toutefois tisons de bruyères sèches qui pétillaient ardemment, non sans répandre douce et avenante clarté.

« Soyez le bienvenu, bel ami... »

L'écolier resta muet, lorsque en ramenant les plis de son capuce, il rencontra le sourire mystérieux d'une femme à demi vêtue.

Au premier aspect de cette figure pâle de blancheur, immobile sous ses longs cheveux, et comme parée de son désordre, il y avait fascination. Sa taille était grande, ses bras nus, aussi éclatant qu'hermine, un œil insidieux de mollesse, tout un éclair de volupté.

Le pauvre enfant recula.

« Et donc, sire bachelier, votre cape ruisselle encore, besoin est tout d'abord .. »

Et d'une main elle souleva le chaperon de l'écolier, tandis que l'autre approchait une escabelle dont les rayons du foyer semblaient redorer les moulures ternies.

Maître Jehan, immobile encore, laissa voir la plus jolie tête de Cluny, dégagée de son camail noir.

« Humeriez peut-être, après si grand orage, tesson de Cer- « voise ou d'Epernay ? parlez, mon gentil cœur.. ..Si gâteau « de mil, cidre, ou beurrée.... »

Il n'eut le temps de songer à une réponse; car en dirigeant sa lampe sur l'angle obscur de la chambrette, son hôtesse lui montra deux bahuts recouverts d'un ais en guise de table, avec joyeuse et fraîche apparence de coulation. Toutefois on eût pu remarquer un léger désordre dans la symétrie des corbeilles, et des traces récentes de lie au vieux gobelet à demi renversé sur sa large patène d'étain.

La chambre avait aussi quelque apparence de surprise ou d'abandon. Des vêtements de femme épars çà et là, un hanin rouge, broderies fanées, traînant sur une Bible à fermoirs brisés, quelques fleurs, pâle souvenir de la veille, attachées avec force amulettes et pardons d'outre-mer au bras d'une vierge sculptée en brocart jaune et rouge. Par-dessus tout, les tentures enfumées de l'alcôve et relevées comme à la hâte, et les courtines du lit grimaçantes à l'instar de figures cabalistiques...

De tout cela l'écolier ne voyait rien.

Sur le seuil d'un rêve inconnu, brusquement jeté par le hasard devant une vision qui n'était pour lui qu'une énigme, il n'eut pas même le loisir d'opposer à tout ce merveilleux une de ces vagues résistances d'imagination qui vous sauvent de la magie. Enlacé d'avance par le charme, il restait là pensif, dans un étonnement timide, comme une de ces figures soumises à la baguette enchantée du Bohémien qui endort, ou l'une de ces têtes si délicieusement recueillies de Murillo dans un demi-jour vague et suave.

Son regard pur et assuré, comme celui d'un enfant, parcourait avec une innocence avide la femme placée devant lui, et dont l'œil restait fixé sur le sien tout le temps de cette scène muette.

Il y avait dans ces deux regards une puissante énergie de contraste; l'un étourdiment distrait ou naïvement hardi curieux, étonnement d'une âme qui s'ignore; l'autre fixe et prolongé, ivresse lente et réfléchie; le premier brillant comme l'éclair, le second dévorant comme un feu.

Cette femme approcha la table du foyer, la pluie ruisselait à larges flots sur le village. Maître Jehan s'assit.

Hors quelques tableaux oubliés çà et là dans les vastes corridors de Cluny, et représentant dame Vertu, dame Beauté, et autres, ou bien encore quelques tapisseries fraîchement exposées à l'hôtel de monsieur le prévôt et où plusieurs *saintes et belles femmes* étaient peintes, l'écolier eût en vain cherché dans ses rêves de seize ans quelque figure approchant alors de celle qu'il avait alors sous les yeux. A peine si, dans ces flots de masse blanche ou noire rayonnante par un beau soleil de fête sous les arcades de Saint-Germain-le-Vieux, son cœur eût battu au pas timide d'une jeune fille élevant la bannière de Notre-Dame, aux tintements des cloches, et aux marjolaines effeuillées sur le saint passage. Encore moins peut-être à l'une de ces beautés frisques et galantes, longeant, au tintement du couvre-feu, la rue *Tirechape* ou de *Froidmantel* avec leur bonnet pointu, leurs pas agaçants et leurs boutonnières dorées, avant qu'une ordonnance de 1360 les eût privées de manteaux, ceintures ou broderies.

Les traits de la femme offraient à eux seuls la plus singulière expression. Vous eussiez dit une de ces beautés fatales que Callot, Michel-Ange ou autres, semblent, dans leurs tableaux, traîner par les cheveux devant un saint du désert. Un abandon étrange de mollesse et de fatigue, mais aussi des sourcils noirs et arqués, un sourire presque éteint sur des lèvres pâles et minces, mais des yeux à éblouir le soir au Lido. Et puis ce désordre qui est toujours une parure, et cette voix de femme qui chante à l'âme des mots inconnus.

C'était donc pour lui chose nouvelle que toute cette réalité fantastique qui le pressait, ce hasard qui faisait un pas vers lui, surtout cette étrange figure étendant, pour le sauver, son bras de madone.

L'énigme le tourmentait; d'autant qu'à bien prendre, les traits de cette femme demi nue à trois pas de lui, comme un cristal soumis aux jeux du soleil, offraient à eux seuls une énigme inexplicable. Sa blancheur de lis pouvait être aussi de la pâleur, et les roses de son teint la fièvre de la fatigue; plus que jamais la science humaine se fût perdue à voir ce sourire d'amour, et cette innocence plaquée de fard sur les joues; c'était à la fois et l'ange et la vierge folle de l'Écriture, un morne statue, un délire de séduction. Lui ne réfléchissait en rien, il voyait. Capricieux enfant qui se laisse aller au flot, il jouissait de tous les périls du rêve; c'était un naïf enchantement, un délicieux effroi, quelque chose d'une âme au ciel... L'innocence ne comprend que cela.

Elle vint le baiser au front.

« Adonc vous avez, je crois, honte à boire l'hypocras, messire, » dit l'écolier. « Un gentil clerc comme vous! et qui va courir le guet à cette heure, malgré décrets et ordonnances? Sans doute pour quérir bon et gras souper? ou peut-être... »

Elle s'arrêta...

Son regard semblait jouer avec l'enfant, qui balbutiait quelques paroles d'excuse, en tournant à plusieurs reprises dans ses mains la coupe placée devant lui.

« Mon petit docteur, » dit-elle en souriant, « vous qui savez

« tant de choses... concevrez-vous ce que je vais vous dire?
« Je possède un secret pour deviner votre pensée. »

Jehan recula comme par un instinct de crainte.

Elle souleva le gobelet qu'avaient effleuré les lèvres roses de l'enfant et le vida d'un trait. Son œil était un éclair.

« O... maintenant je sais tout, » s'écria-t-elle, « vous aimez « quelqu'un? »

Jehan ne se prit pas même à songer à ce mot.

« Sans doute, ma mère d'abord... Elle m'aime aussi, pauvre « mère!... et si elle savait!... »

« Mais encore?... N'avez-vous pas?... »

« Oh! par madame Geneviève, » s'écria-t-il, comme tout ému du souvenir de sa mère, « j'aime aussi..... »

« Et qui donc? »

Il y avait plus de curiosité que d'effroi dans cette demande.

« Un enfant, un ami, et comme moi écolier de Cluny, « Arthur..... »

Elle devint aussi pâle qu'un linge.

L'écolier crut voir dans l'âtre un rayon du foyer monter rapidement, puis s'éteindre.

Son âme était un chaos. L'idée que tout autre aurait eue que, pour sa première nuit, il rencontrerait une femme belle et moitié nue, jetée là comme une fleur sur son passage, rose étrange et mystérieuse d'amour, trouvée au bord du chemin, lumière unique dans l'ombre, avertissement d'aimer, tout cela pouvait subir l'analyse de Faust, mais arrivait comme un sabbat joyeux et inouï à cette imagination d'enfant.

Tout à coup il sentit un bras l'étreindre avec puissance, un baiser rapide brûler ses lèvres.

La lampe jetait alors quelques lueurs inégales sur la tête placée devant lui. Deux yeux seuls brillaient comme une flamme, puis une robe blanche comme un fantôme, et un souffle tiède comme la brise envoyant par intervalles quelques mots à son oreille, comme la musique d'un rêve.

« Ma mère, ma mère! »

Et ce cri qu'il jeta soudain ressemblait au geste rapide que fait le naufragé, serrant contre sa chemise de matelot sa dernière amulette. Il se passait dans ce cœur un combat violent d'idées, car tout ce cœur parlait, et dans ce concert intérieur, la voix du rêve dominait, chanteuse inconnue, à la fois timide et délirante. C'était une haleine de feu passant d'abord sur les boucles de ses cheveux; puis un regard d'ange tombé lascif et suave, un bras qui repousse, un bras qui cède, une bouche qui prie, un front ployé sous une caresse, un combat de réprouvé, un étonnement d'élu.

« Je serai ta mère, » disait-elle.

Il voulut écarter cette vision et repousser le fantôme.

En ce moment, le lit rougeâtre de clarté lui apparut.

« L'enfer! » cria-t-il.

« L'enfer à deux! » reprit-elle.

L'étreinte de la statue enlaçant dont Juan de son bras de pierre était moins fatale. Il n'était plus temps de crier au ciel.

L'écolier céda. . . . .

. . . .

La nuit fuyait à peine, et quelques rayons pâles et indécis, qui venaient se briser à travers les vitraux trop illisés en losange de la fenêtre, annonçaient le jour, que le sommeil de Jehan durait encore. Qui eût pu voir sur les courtines de ce lit sa blonde chevelure, la fraîche immobilité de ce visage d'enfant, et cette bouche ouverte comme une fleur au soleil, se fût réjoui ainsi qu'à l'aspect de la première colombe sortie de l'arche, et se posant à terre avec le rameau d'olivier.

La paix de cette figure en faisait la vie. L'un de ses bras était appuyé sur son front, l'autre allait rejoindre une main de femme jetée comme une chaîne à son cou. C'était chose divine que cet abandon innocent près du désordre étrange des traits de l'autre figure. Quelque chose de Madeleine ou d'Ève après le péché, mais une insouciance de courtisane; puis, à voir ce sein immobile sous les lacets demi-rompus, ce plaisir éteint sur ces lèvres pâles, et ce front demi-penché comme une urne, toute cette beauté de morte, enfin; vous eussiez reculé, et cela comme près d'un linceul.

Dans un sommeil de femme il y a souvent tout un langage, un parfum éloquent de la pensée. C'est l'innocence qui repose, ou la volupté qui se joue; délicieux enchantement de la douleur ou de la joie, rêve d'azur du mol Orient, surtout si c'est une jeune fille qui vient de vous jeter son âme ingénue avec son dernier voile de pudeur; et alors, vous le savez quel front délicieux d'amour, qu'elle paisible et chaste poésie, surtout si cet œil si cruel tant que cette âme est repliée sous elle-même, est presque doux et effrayant d'Aïssa, mélancolique et suave comme le front d'une Grâce de l'Albane, au doigt posé sur les lèvres. On lit à livre ouvert sur un pareil front. Et alors, penché sur cette haleine de femme, vous écoutez ce silence, vous jouissez de ce sommeil, vous êtes l'enchanteur, remords et beauté, combat de l'âme et du regard, vous avez endormi tout cela! Regardez auprès de vous, c'est votre esclave qui dort! rêveuse et douce comme au harem, la pauvre enfant, jusqu'à ce que vos jeux l'animent, et qu'elle reprenne l'éventail!

Mais il est aussi d'autres sommeils auxquels le regard seul peut croire : une lutte active et formidable des sens contre la pensée, un chaos fatal, étouffé, auquel il ne manque que l'organe, effrayant par cela seul qu'il est muet, cauchemar inouï, convulsif, et voisin du râle, c'est à vous faire mettre à genoux, vous, simple spectateur de ce martyre, si vous l'envisagiez une fois. Les Bacchantes de la Fable n'ont rien de cette rage qui ne peut trouver un cri. Ainsi défait, un visage de femme est souvent horrible, délirant, inexplicable : car ces mots de l'âme inachevés inquiètent, ces noms confus, ces phrases sans suite, sont la plus lente des agonies. Puis qu'il vienne un jour blafard à tout ce rêve, à ce sein gonflé, à ces bras nus, vos cheveux ne se dresseront-ils pas comme à l'aspect d'un meurtre, et verrez-vous encore un ange dans ce sommeil de démon ?

Et celui de cette femme était ainsi fait : mélange inouï d'abandon et de souffrance, de joie lascive et de fureur. Et ainsi pourtant elle était belle, plus belle que Desdemona qui se meurt!

Le moûtier de la tour renvoyait lentement son dernier écho quand Jehan se réveilla.

Tout d'abord il étendit les bras comme en un rêve, parcourut d'un regard la chambre en désordre, les vitraux battus de pluie, la table et son hanap renversé ; puis son œil retomba sur cette femme endormie, dorée par un blond rayon du soleil.

Il la contemplait de nouveau, aspirant jusqu'à son souffle, et se perdit plus que jamais dans ses rêves : car le charme durait encore, et le doute avec lui ; et ce flux et reflux d'idées le poussait, il se demandait raison de toute son âme, dont jusqu'alors il n'avait pas même senti la place ; et puis ce bonheur imprévu, ce parfum de quelques heures, cette femme sans nom pour lui, cependant assez puissante pour séduire, assez fatale pour damner, c'était sur tout cela qu'il méditait, soutenant sa tête blonde de ses deux mains, n'osant même déranger, par un seul geste, ce sommeil étrange et si proche de lui ; semblable à l'enfant qui tremble de réveiller sa mère.

Tout à coup un bruit de pas faible et sourd retentit sur les marches de l'escalier, il se perdit un instant, puis se rapprocha bientôt du seuil de la chambre.

L'écolier sauta hors du lit, courut à sa robe de camelot violet, et fit sortir de l'une des manches tombantes une dague de moyenne longueur, dont la lame jeta un éclair.

« Jehan ! » dit une voix.

Cette voix tremblait comme la peur ou le remords.

Il vint se replacer près du lit.

La chambre était alors dans l'ombre ; on n'entendait autre bruit que le sifflement aigu des girouettes de la tour.

Il se pencha, et alors il sentit des lèvres de femme effleurer sa bouche tremblante, puis elle attira la tête de l'enfant vers ses blanches épaules, l'empêchant ainsi de regarder, lui parlant bas avec amour, et l'étreignant avec rage.

Il y avait quelque chose qu'il n'était pas donné de comprendre dans cette fureur et ce silence.

Son œil était fixe, ses bras tendus, sa gorge haletante. Elle le tordait sous ses baisers, le parcourant comme une proie ; ce n'était plus une caresse, mais une morsure.

Lui, demeurait ivre, sa main droite balançant à peine sa dague, dont la pointe glissait sur les courtines du lit.

« A jamais à vous ! ou à moi ! maîtresse, » murmurait-il avec un soupir. « A jamais à vous ! qui que vous soyez ! Mais ce nom, ce nom tant chéri, fiez-le-moi … »

A l'instant même, et d'un seul bond, il recula...

Ses dents claquèrent, tout son visage avait la pâleur de l'éclair.

« Horreur !... » cria-t-il.

Il venait de se retourner, et son œil rencontrait à deux pas de lui un spectre immobile appuyé sur la boiserie de la couchette, et le glaçant d'un sourire. Sa tête à demi voilée sous un large chaperon laissait à peine apercevoir un œil terne et fauve ; il avait un manteau large et tombant, une ceinture de chanvre et des genouillères rouillées. Son regard restait cloué sur l'enfant ; il ne fit pas même un pas en le voyant brandir sa dague.

« A moi, ma dame et Dieu ! » cria l'écolier, en la couvrant

« de son corps ; à moi, ce duel sans merci ! Vive Dieu ! nous « portons aussi le poignard ; et autant vaut cape de laine « qu'armet de fer. Donc, n'ayez crainte, si c'est mari ou ja« loux... Arrière, damné, tiens-toi, et avise comme on joue « d'estoc à Cluny ! »

Et cependant la dague tournait dans ses mains comme la rouelle d'une épée. Puis il se rua d'un seul bond sur l'étrange figure, mais son estoc glissa sur un long surcot de fer ; une main osseuse broya la sienne et le jeta rudement à quinze pas sur les dalles.

En même temps un panneau rapide glissa sur ses gonds comme un trait...

Quand l'écolier put reprendre connaissance, il ne vit plus que cet homme et lui dans la chambre.

Le lit était resté vide.

Il se releva comme un lion.

« Qu'en as-tu fait de cette femme ? dis, qu'en as-tu fait ? « Oh ! par pitié, dis-le : elle m'appartient d'hier, et je suis à « elle ; rends-la-moi, je t'en supplie à genoux, si tu le veux... « J'ignore jusqu'à son nom. Si c'est la tienne, eh bien ! tue« moi .... Oh ! tu souris... Tu l'as tuée !... »

Dans sa rage, il tordait les draps du lit, il parcourait la chambre en insensé, allant et venant, et secouant les tentures.

L'homme se prit à rire.

« Réponds, jeune gars, croyais-tu pas qu'elle fût pour toi « seule, ou bien te faisais-tu foi de nous échapper en jouant « de la bisague ? Sache donc que sous le règne de notre roi « le Long, à nous seulement est réservé l'amulette de salut « que monseigneur Louis apporta de Terre-Sainte. Ainsi « donc prépare-toi, et rentre en grâce avec Dieu et madame « la Vierge. Pour ça je te donne un quart d'heure. »

. . . .

. . . .

Jehan tressaillit et se retourna vivement, sa pâleur était mortelle.

De temps à autre il jetait sur son hideux compagnon un œil tremblant et incertain, cherchant à sonder cette âme, et frissonnant lorsqu'il rencontrait un regard.

L'homme s'était assis sur une mauvaise escabelle ; il avait entr'ouvert lentement sa cape, et déployait en sifflant un énorme sac noué par une corde à sa ceinture comme un filet de pêcheur. Il l'étendit sur le sol, puis il l'ouvrit, et plongea son large bras jusqu'au fond, comme pour s'assurer des fils de cette toile. Tout à coup il la replia, entr'ouvrit la fenêtre, et fit rouler joyeusement dans sa main quelques festons à la couronne ; puis son front se rembrunit en voyant ce demi-jour élargissant déjà son cercle d'azur. Il semblait attendre avec impatience, et tournait souvent les yeux vers les grèves nues et désertes de la Seine. Son chaperon masquait en partie son visage sillonné par de fortes rides.

Il poussa brusquement le vitrage.

« En hâte, messire bachelier... et léguez votre âme à Dieu.. »

En même temps il arracha les draperies rouges et fanées du lit, et les refoula dans le sac avec son pied.

« Bien ! » se dit-il.

L'écolier se signa.

« Est-ce un jeu, messire, et de quoi suis-je coupable ? Que « veut-on de moi, pauvre enfant ? parlez, parlez. Ne suffit« il donc de me la ravir à moi qu'elle aime ?... Pitié, messire ! « Pour une nuit, messire, pour une seule nuit !... C'est elle « qui l'a voulu, elle seule... Quel réveil ! O monseigneur « Dieu, sauvez-moi ! »

Des larmes ruisselaient le long de ses joues glacées. Il pressait les mains de cet homme, il l'adjurait à genoux, puis se roulait devant lui.

« Nommez-la-moi, du moins, avant de me mettre cette « dague à l'aine. Nommez-la-moi, et puis après jetez-moi sur « la claie, messire, comme un lépreux ou un damné. Oh ! « dites, quelle est cette femme ? quel pacte vous unit ? et « pourquoi vais-je mourir ?

— « Debout ! chérubin du diable, tu ne seras pas le pre« mier. On en a vu d'aussi jolis que toi, par Aaron ! faire la « moue du haut d'un gibet neuf. Ne te plains donc pas « Alerte ! vois plutôt, je suis humain, et te laisse encore ta « défroque violette..... »

Disant ainsi, il serrait la main de Jehan pendant qu'il lui jetait sa robe de camelot sur ses épaules.

C'était la robe de Joseph ! seulement le sang de la citerne y manquait.

Tout à coup le livre d'heures s'en échappa, et vint rouler sur les dalles.

— « A toi, ce livre, » cria Jehan, « à toi, si tu le veux ! »

L'homme baissa la main, toucha les riches agrafes, puis recula tout à coup en jetant le missel à terre.

— « Loin, bien loin, cela nous maudit ! »

Il le ramassa, et parvint à le renfoncer dans une des poches de la soutanelle de Jehan.

— « Or donc, es-tu prêt ? » cria-t-il, en se redressant plus sombre. « Songe bien qu'on attend ! .. on attend, te dis-je ! »

— « Pitié ! » dit l'enfant. « Sait-elle seulement qu'on me tue ? »

— « Rassure-toi, elle me paie. »

— « Oh ! tu mens, tu mens, n'est-ce pas ? femme de cette « nuit ?.... »

— « Par Isaac ! je n'ai pas de temps à perdre. Songe à ton « âme et non à cette femme. »

— « Ici, je t'en adjure, moi suppliant ! moi chrétien qui « rampe à tes pieds ! Un seul mot encore ! ô juif ! un seul « mot ! son nom ?... »

L'homme hésita, puis il fit un pas, et détachant d'une main rapide un nœud de son pourpoint, saisit un sifflet grossier dont le son aigu fit vibrer les poutres.

A ce signal, deux ombres parurent, deux ombres d'hommes aux larges épaules dont on n'avait pas même entendu le pas, armés de coudres ferrés, acteurs silencieux comme ces eunuques attendant une tête à la porte basse d'un sérail.

A leur front courbé comme une serre d'oiseau, leur cape éraillée, leurs cheveux roux et leur barbe de synagogue, qui n'eût des juifs de carrefours et de gibet, pèlerins maudits, nécromanciens et tueurs que la justice d'alors accusa d'avoir empoisonné les puits du royaume ; espèce bâtarde de sicaires se vendant au poignard pour un tournois, et accomplissant dans sa vie errante le crime comme un vœu !

L'écolier plongeait dans leurs yeux. Il les vit s'approcher de l'homme, se toucher entre eux sans parler, compter sur leurs doigts, se montrer l'enfant ; puis l'étrange conclave se dissipa, et le terrible personnage fit un pas vers l'écolier, qui tout à coup se leva sur son séant.

— Sénéchal de mort ! n'approche pas..... Arrière, bouc d'Israël, ou je cracherai sur ce front que tu t'obstines à couvrir. Tu n'oserais le nommer, ô lâche ! Tu me la renies et tu m'accuses !! Ta robe de juif n'a-t-elle donc assez de boue ? Assassin de Dieu, viens et frappe... »

Et ses mains d'enfant, blanches et tremblantes, s'efforçaient de se raidir en bouclier, son visage pâlissait pourtant et l'écume couvrait ses lèvres.

« Nomme-la ! » s'écria-t-il une dernière fois, livide et rugissant.

« Nomme-la, et je te donne ma part du ciel, à toi, damné ! sinon je me brise contre ces barreaux, et alors... tu ne m'auras pas !..... »

« Tu le veux, » reprit l'homme.

Il conservait son rire féroce.

De son large gantelet il écarta froidement les rideaux.

« Bachelier, tu vois le lit de Jeanne de Bourgogne... »

— « La reine !... une reine de France ! » dit l'enfant. Et sa tête retomba sur sa poitrine avec un sanglot. Il la releva muet, et fixa d'aventure sur le parquet un objet étendu. Cela pouvait ressembler à un suaire.

C'était le sac aux cordes de chanvre.

« Je ne crains rien, » continua le juif ; ce secret, tu vas « le dire aux poissons ! »

« Et maintenant me reconnais-tu ? »

Il fit voler à trois pas de lui son large feutre, et découvrit à maître Jehan une figure qu'un souvenir tout récent semblait dominer de son horreur.

L'écolier se voila le front de ses deux mains.

Il y eut un éclat de rire étouffé que répéta l'écho de la tour.

« Manassès me confonde si tu ne me fus en aide cette nuit, sacristan d'amour, le long des grèves de Seine !.... Pour ce, je ne te ferai pas languir.... Par Job !.... Je suis humain et me souviens d'un bienfait... »

Et il fit signe à ses deux compagnons de le saisir...

« L'espace d'un *miserere*, messires.... »

On le lui accorda ; seulement, ils s'approchèrent, et alors reformèrent conseil.

L'enfant se traîna vers la fenêtre et se cramponna au treillage ; ses genoux ployaient sous lui, son œil était fixe, il regardait le ciel, le ciel déjà bleu, chassant les ombres, puis la Seine avec ses bateaux endormis, les grèves désertes et les arbres de l'hôtel de Nesle balançant sur la tour leurs grappes de feuillage. Il n'avait pas une arme...

Seulement l'horrible secret l'avait frappé droit au cœur ;

il n'existait plus que par les yeux, abîmé dans sa stupeur, égaré dans son dédale, désenchanté, perdu, ayant à peine assez de force pour prendre son âme à deux mains, et la regarder encore.

Pauvre enfant ! jusque-là si heureux de sa vie facile ! Des livres tout le jour, des livres avec la paix et de longues promenades sous les châtaigniers en fleurs de Cluny, des causeries innocentes, l'étude et les jeux, une couchette d'écolier avec trois planches dures ; puis le soir une vieille mère auprès du feu restant là comme une bonne vierge qui écoute et console, l'aidant de ses conseils et le couvrant de son amour, veuve à présent de son unique joie, et l'attendant au soir sur le seuil avec l'espoir ou les larmes. Tout cela effacé de sa vie, de sa vie de seize ans libre et joyeuse, et jetée au vent comme la feuille !

N'était-ce pas source amère de regrets, surtout si dans cette âme jeune vivait un souffle impérissable d'avenir, que de larges et fortes pensées eussent parfois sillonné comme l'éclair ce front joyeux d'enfant, et qu'il se fût promis en acceptant l'existence de rendre au ciel tout ce qu'il en avait reçu ?

Et ce pacte était le sien.

Jehan Buridan à seize ans paraissait souvent morne et grave ; il fuyait à certaines heures dans la chapelle, et secouait de ses jeunes doigts la poudre des in-folio ; et puis sa mère n'avait qu'un rouet et lui ; il la soutenait de ses citations bibliques et de sa tendresse, lui parlant de résolution et de courage ; et sans doute espérant un jour redorer par lui-même cette vieillesse en lui créant à son tour un avenir.

Toutes ces idées se courbaient devant la plus horrible de toutes, la découverte de l'énigme.

Appuyé contre cette fenêtre, il semblait tourner le dos au remords ; aussi que son œil obliquement hagard rencontrât seulement un coin de cette chambre, alors revenait l'agonie des souvenirs et la stupeur de sa pensée ; une prostitution royale et bacchante, assurant le secret par la vengeance, un amour dont il n'emportait qu'un linceul ; une femme qui l'avait bercé pour le rejeter au bourreau ! A ses yeux, l'enfer était moins horrible que ce sérail de six pieds étrange et muet, ces trois hommes attendant, à trois pas de lui, sa prière à Dieu dans un silence effrayant, et se partageant sa vie.

Tout à coup il lui vint en pensée de demander un confesseur.

Accroupi comme un chacal en son coin, l'homme murmurait ce chant inintelligible et monotone en tournant la toile entre ses doigts :

> « Qui veut très bien plumer son coq,
> « Bouter le faut en un houzeaux,
> « Qui boute sa tête en un sac,
> « Il ne voit goutte par les trouz ;
> « Sergens prennent gens par le nez
> « Et moustarde par les deux bras (1).

« Je veux un prêtre, » dit l'enfant.

Le bourreau répondit en riant :

« La Seine lave tout. »

Se levant alors, il lui frappa joyeusement sur l'épaule en lui montrant un coin de la fenêtre que traversait un rayon tranchant comme une lame neuve.

« Vois-tu ces noms, bel ami ?..... »

L'écolier put remarquer, en effet, sur ce mur brillant et décrépi quelques caractères et des chiffres en forme de date.

« Ce sont chrétiens la plupart dépêchés par nous sans un prêtre. »

« Leurs corps, du moins, ne pourriront pas en Terre-Sainte ; « le lit de la Seine est discret, et le poisson n'en est pas « moins tendre. »

« Regarde, » reprit l'homme, « il y en a de bien moulés, « autant que lettres d'où pendent sceaux de cire jaune.... « Mais à d'autres la main a tremblé..... celui d'hier est du « nombre. Le mal des ardents me cuise, s'il se doute en l'au- « tre monde que tu as poussé à sa visite en nous aidant cette « nuit de ton joli bras à le dévaler en Seine..... »

— « A toi ce crime, juif damné ! » cria l'enfant, qui recula d'épouvante. « De quoi m'accuses-tu ? »

— « Il te le dira là-haut..... Mais vois ceci..... »

Et sur l'appui rongé de la fenêtre l'écolier put lire ce nom fraîchement écrit : « Arthur. »

(1) Estienne Pasquier.

« Arthur ! Arthur aussi, et c'est moi !... »

A l'instant même il se sentit enlever par les cheveux. Un bâillon couvrit ses lèvres, un bandeau sa vue; ses pieds s'agitèrent dans le vide, puis bientôt glissèrent dans une toile dont tous les fils craquèrent au bond que fit le corps dans ce linceul. Tout cela dans un instant. Il n'y eut qu'un cri sourd et étouffé, puis l'on resserra les câbles, et le juif leur cria :

« Marchez ! »

Ils descendirent lentement les degrés, leur guide en tête, gardant leur silence de mort.

La herse de la tour était entr'ouverte.

Un soleil naissant éclairait déjà son architecture sarrasine et ses figures d'animaux groupés comme les signes du zodiaque autour de sa voûte en ogive. Cet hôtel, comme un immense serpent, repliait sur la Seine son flanc de pierre, en regard du Louvre. Ses bâtiments de brique et ses jardins, ses deux tours rondes, entre lesquelles surgissait comme une bastille la porte de ville, jetaient leur ombre sur un pont formé de quatre arches au fossé large et profond comme le lit d'un fleuve.

Il couvrait en entier le quai de Conti, la rue Mazarine, celle de Nevers et la Monnaie, bâtie depuis sur ses ruines.

Au parfum de ses ifs et au silence de ses tourelles vous en eussiez fait un couvent; ce qui explique sans doute comme, en 1232, Eustache de Saint-Pol, femme d'un châtelain de Bruges, l'adjugea à saint Louis, qui le céda à Blanche de Castille. La sainte reine n'en prévoyait guère la destination. Par une suite incroyable de contrastes, Philippe le Long, en 1308, l'achetait d'*Amaury de Nesle* pour la somme de cinq mille livres, quelque temps après y plaçait Jeanne de Bourgogne sa femme, et le mausolée de Mazarin, fondateur des Quatre Nations, devait s'élever trois siècles plus tard sur ce terrain, royal confident de tant d'orgies.

Sans s'alarmer de ces vengeances boiteuses et de ces meurtres de nuit, fouillant l'ombre avec un poignard, courant la ville sous le manteau, et réalisant l'ombre insaisissable du Dante, la justice d'alors avait assez de crimes publics et des punitions journalières. Se réservant la Grève pour ses jours de solennité, Paris comptait alors presque autant de gibets que d'églises; c'était un luxe de tortures dont s'armait hautement la justice, d'ailleurs faible et cauteleuse. Chaque seigneur ou suzerain, chaque prieuré ou abbaye s'ingéniait pour se construire un Montfaucon. De là force échelles et pilotis, effrayant de leur crête sanglante le tireur de laine, encore timide et inexpert dans cet art damné mis en vers par le poète Villon.

Il n'y avait pas de lenteur dans cette justice, mais elle était par là même trop occupée pour savoir, trop inquiète pour atteindre; le glaive s'émoussait la nuit, et ne frappait qu'au grand jour ; il lui fallait le soleil. Les crimes d'état ou de religion faisaient seuls l'occupation du bourreau. Le reste se couvrait du voile ou de l'impunité du pouvoir. Et dès ce temps il y avait amnistie pour lui seul, ce qui n'empêchait pas de déclarer Paris :

> « Clé de paix, vrai repos de justice,
> « Isle ayant port de consolation,
> « Séjour royal à tout humain propice! »

De l'hôtel à la Seine il n'y avait au plus que cinquante toises d'intervalle. Le bas de la rivière, gardé par la Tour de bois en regard de celle de Nesle, offrait une solitude propice; la berge, à moitié minée par les eaux, se couvrait déjà de leur frange d'écume; à peine quelques barques amarrées devant Saint Nicolas du Louvre, remontant la Seine pour joindre l'île aux Vaches ou l'île Louviers; puis les Gerdains du roi, tristes et solitaires créneaux où se dessinait à peine, entre les feuilles pâles, l'ombre innocente d'un archer.

A cette heure, parfumés d'une brise fraîche, quelques nuages venaient brillanter le caillou encore humide de ces grèves; les fenêtres en ogive des rues voisines s'entr'ouvraient, et Notre-Dame donnait déjà le branle à son armée de cloches soulevée comme une tempête.

Cependant le pâle convoi marchait toujours. Le juif avait pressé le pas, et, comme ses deux compagnons, jetant un regard furtif autour de lui, applaudissait tout bas à ce silence, ne s'inquiétant au monde que de deux choses : la pauvreté et le pilori. Pour éviter la première, le truand avait d'abord, pendant nombreuses années, vécu de l'usure, faussant même avec bonheur aignels et parisis, angelots et tournois, poursuivant l'œuvre hermétique avec rage; puis la chance avait tourné, la misère avait fait ce front chauve et cette âme plus vile encore; il avait perdu son nom et une oreille au gibet;

depuis ce temps, il avait compris qu'il ne pouvait être à toutes les haines, prêtant son poignard à qui voulait, ainsi qu'un vendeur de sang vulgaire, et il s'était mis aux gages d'un crime inouï, d'un crime affreux, quotidien, d'un parricide inconnu contre tout ce qui était jeune, ingénu, naïf et justiciable de lui.

Depuis son pacte avec une reine, il se croyait tourmenteur à part; il y avait dans chacun de ses gestes fierté et puissance; pour son âme, il n'en restait vestige. Le souvenir de tant de pleurs à ses pieds, de tant de bras suppliants jetés à son bras de fer, ces voix de la nuit et ces soupirs connus à Rachel, tout ce deuil n'arrivait plus à sa pensée; exécuteur stupide, il tuait par habitude, gardant la liste et le secret de ses morts, pourvoyeur et familier de la tombe; car de ce boudoir fatal lui seul sortait pour rentrer.

Il avançait donc cherchant un gué favorable, comme un pêcheur qui va jeter un filet, et dont l'écume mord les sandales...

> *« Huc usque venies ! »*

Ce refrain en faux bourdon l'étourdit au point qu'il ne reconnut pas même au premier coup d'œil le personnage qui lui saisit le bras.

C'était le clocheteur des trépassés, un petit homme, noir et trapu, mais toujours plus gai que son emploi, qui consistait à sonner la nuit, de rue en rue, avec le cri lugubre et si connu :

> « Réveillez-vous, gens qui dormez,
> « Priez Dieu pour les trépassés. »

Il avait été jadis massier de monsieur le recteur au chapitre de Navarre, ce qui fait qu'il avait retenu le latin, et, mieux encore, le chemin de la taverne du Porc Épic. Comme il s'enrouait à crier toujours : « Priez pour les morts, » il avait pris le parti prudent de s'humecter, et il sortait avec l'aurore, cuvant sa Bible et son vin et déroulant au grand air le rauque tonnerre de sa voix.

« Que faites-vous là, maître, avec vos deux acolytes? Est-ce « à vous de tâter l'onde à cette heure au lieu de bon et joyeux « gâtinais? à moins que vous n'attendiez la toue du passeur « de l'île de Notre-Dame pour ce beau sac de pure farine; « auquel cas je vous dirai que vaudrait longer jusqu'au « pont Saint-Michel, où j'ai laissé l'autre soir ma pauvre cre- « celle engagée à l'hôtelier de Saint-Georges. Dieu veuille qu'il « n'en fasse enseigne ! Mais depuis quand ce commerce de « grains, beau sire ? »

En ce moment plusieurs tournelles envoyèrent de larges et joyeuses volées. Saint-Barthélemi répondait à la Sainte-Chapelle; Saint-Landri, Saint-Pierre-aux-Bœufs se renvoyaient à l'envi le son des plus discordants marteaux ; une vague rumeur paraissait mener envahir l'angle des Augustins.

— « Compère, » dit le juif, laisse-nous; un autre jour, « sous ton bon plaisir, nous pourrons songer à tels ébats; « mais à cette heure... »

Et son bras eut fait dix fois tournoyer l'ivrogne sur ses jambes, lorsque déboucha tout à coup par les rues voisines une troupe étrange, joyeuse, rouge de lie, hurlante, échevelée, avec masques et bannières, hymnes saintes et répons de ribauds, armée de corbeilles et d'épieux, de falots et de bâtons, foule grotesque, poudreuse, bariolée; lasse d'elle-même et de la veille; saturnale de nuit à cette heure de jour, se ruant comme l'orgie, et traînant après elle ses dieux d'hier, un mannequin d'osier et une robe de régent. En un mot, des écoliers qui revenaient du champ du Landit.

Ce n'était que bruit, jurons, voix confuses, exploits menteurs et jactances d'écoles.

— « Comme si mon destrier de bois ne valait pas ton hau« bert de carton ! soldat de Narbonne!

« Et cette pelisse grise, tout l'or d'un capète de Montaigu : « abbé de Saint-Josse!

« Marche donc, souffreteux d'église!

« Ohé! porte-colle, chaffoureux de parchemin, tu as sur « ton dos la charge d'un âne ! Je donnerais quinze ans à un « scripteur pour noircir ces belles légendes.

« Par mon espade! mieux vaudrait bouteille clissée de vin « breton à dégousiller !

« Droit comme ta bannière, sacristain! »

— « Or, enfants, il fera bon une autre fois de nous défier « des brocs de messire Thibard... un routier qui met en sa « cuve un bras de Seine..... Suis marri de dire que je n'avais « lu son enseigne : Au puissant vin! (*Au puits sans vin*) »

— « Noël! Noël! cria la troupe.

« Noël Saint-Germain des Arras! voici notre belle Seine
« brillante, comme ostensoir d'argent renversé. A vrai dire,
« enfants, nous marchions mieux que Clopinaux et Malan-
« drins pressés par fins courratiers... »
— « Pour ce rien de tel que la pourchasse d'guet. »
— « Ohemi! vous autres, cuidez-vous pas marcher ainsi jus-
« qu'aux grèves! »
Cria dans la foule une voix glapissante.
« Madame Marie m'exauce! avons arpenté depuis hier
« un ruban de terrain long comme le nez de notre gracieux
« recteur. »
— « Et sans ramener seulement fille ou veuve de Saint-
« Denis, buandière ou fripière, fille de porchiers ou d'oise-
« leurs. »
« Un bahut d'Epernay pour arrière-train! »
— « Un arquebusier sur un auvent! »
— « Ou même un bourgeois sur un âne! »
Les bouffonneries redoublaient; petits et grands, de quelques robes ou tribus qu'ils fussent, riaient et couraient frappant sur leurs ventres à poulaines et leurs tambours, se renvoyant à plaisir les mots et les coups, les tessons brisés et les
noëls de tavernes. Tous les bourdons étaient vaincus.
A la fin, cette vague énorme tournoya sur elle, et rebondit
sur les grèves; vous eussiez dit une trombe, et sur cette
trombe toutes les couleurs de l'arc-en-ciel. Ces masques joyeux
étaient pourtant pour la plupart fatigués de leurs prouesses,
harcelés qu'ils étaient depuis Saint-Denis par les boulayes
acharnées d'hommes d'armes qui s'étaient bravement lassés
de les suivre, se contentant de quelques blessés et captifs qu'un
large bateau devait toutefois le soir ramener devant ces mêmes
cailloux broyés à cette heure sous tant de pas et de tumulte.
— « Ici, frères, et comme Moïse plantons nos tentes! »
Cria du milieu des bandes un théolog en porté en *Silène*
sur un bahut vide. « Le lieu ne peut être meilleur pour at-
« tendre.

« Relliquiæ Danaum. »

Reprit avec orgueil un petit clerc de Saint-Jacques.
« Voilà ce qui demeure de Troie et des sergents. »

— *« Sat patriæ Priamoque datum ! »*

« Il nous reste quatre bannières et trois amphores de cidre
« nous avons aussi de bons verduns, des coudres ferrés et
« des trous à nos soutanelles. »
— « Sans compter que notre armée a l'honneur d'asseoir
son camp en regard du Louvre! »
— « Vivat! oh! quel est ce monstre sorti du sable qui cher-
« che issue à travers nos robes? Hurra sur cette auguille de
« Satan! »
Le cri terible, une fois répété par l'écho, la chaîne se forma
de rang en rang, le mot d'ordre courut, et au moment où le
branle eut lieu, la victime se trouva enlacée, poussée et re-
poussée par un rire universel.
C'était le pauvre clocheteur, qui, considérant une retraite
prochaine comme un moyen nécessaire à son salut, se hâtait
de regagner la lisière des Augustins, dressant l'oreille en
lièvre qui fuit devant la meute.
« La bouffonne sonnette de pendu! » criait l'un.
« Le sale marsouin! » disait l'autre.
« Que diable venais-tu faire ici sans ton grelot? »
« Quel est ton fournisseur de casaque, grosse tonne? dis-
« lui de ne pas te faire un estomac de requin avec échine de
« chameau? »

> Et si dois ton habit bailler (1)
> A tel qui le sache tailler
> Et faire bien séant les pointes
> Et les manches droites et cointes!

— « Çà; qui vous fit cette trogne d'archer violette comme
robe d'évêque? »
« Et ce museau goudronné de vin d'Arbois? »
« Et cette écume de sanglier sur les lèvres en forme de bave
de trépassé? »
« Et ce jambes en piliers de Saint-Médard? »
Ils chantaient en chœur:

> « As-tu connu le chanter Patrice,
> « Que [illegible]
> « C'était un b[illegible]
> « Qu[illegible] »

(1) Roman de la Rose.

« Principalement que cherchais-tu à heure si matin de vis-
« à-vis les créneaux de madame Jeanne? »
« Il clameur jadis..... » dit le petit chapelain, « nous te
« sommons d'avouer.... sinon suspendu en guise de cha. sur
« deux fourches, à l'instar des Perses..... ou fondu sous un
« fagot, comme cloche de Saint-Julien-le-Pauvre.
« On attelé à ce traîneau d'osier qui porte le sublime roi
du Landit,
« A moins que tu ne préfères revêtir cette larve saignante
« de chien écorché. »
— « Miséricorde! » criait le suppliant, étendant avec angoisse ses bras maigres et montrant avec douleur sa large
dalmatique noire, semée, selon l'usage, de larmes peintes et
d'ossements en croix, déjà morcelée à plaisir par les efforts
de la bande.
« Messeigneurs, je ne suis qu'un pauvre homme..... faisant
« du bruit malgré moi avec ma crécelle de trépassé..... quand
« elle n'est pas en gage..... comme aujourd'hui... Par pitié,
« ne me forcez pas à sonner ma dernière heure.... Saint
« Eustache et mes morts vous en sauront gré! Songez, mes
« doux maîtres, que les temps sont durs! Cette année, pas
« une peste ou une croisade... On s'obstine à vivre, et mon
« carillon s'enrhume. Lâchez-moi, par grâce, lâchez-moi! »
Il n'était pas grand clerc en fait d'oraison, et ne voyait pas
même dans cette crise le personnage que retenaient ses bras
à sa prière. C'était un gros masque de sorbonnien, enluminé
de mûres et de raisin, laissant à deviner le personnage d'*Hercule* avec sa peau de lion en housse de toile fauve, ses an-
guilles de la foire et sa massue de parchemin.
« Relève-toi; nous te l'ordonnons, mulet sans grelots;
« nous te gardons pour la table de marbre, où tu pourras, à
« toi seul, valoir *un mystère*. Mais avant, par les linges de la
« Vierge! il faut nous dire ce qu'à cette heure tu venais ici
« flairer..... Si c'est pour histoire de calebasse.... tu nous en
« diras l'endroit, *mandamus et præcipimus*, ainsi que por-
« tent les chartes de notre bon roi Jean, car notre gosier res-
« semble à cette heure au Pré-aux-Clercs par un soleil de
« midi. »
— « Messires, oyez-moi; voudrais avoir pour si gracieux
« maître la vigne précieuse de Noé; mais par le feu des ar-
« dents! n'ai seulement tâté depuis trois jours d'un seul jus
« hérétique ou théologal .... J'en atteste ici mes mânes du
« purgatoire, pour qui je carillonne chaque nuit.... Je ve-
« nais humer l'air au lieu d'un tesson, ainsi que pourrait l'at-
« tester cette ombre de juif qui se projette à ce beau soleil..... »
On distinguait, à vrai dire, entre les glaïeuls une ombre
assez large et qui parut lentement se mouvoir sur les cailloux.
« Un juif! hurra! un juif! A nous, mes fils! sus à lui!....
« par saint Paoxa et Mardi gras! »
Ce fut un tonnerre de cris, la meute bondit de nouveau;
robes noires et bleues, masques et clercs, rires et bâtons, tout
vint s'abattre comme une vague sur la place que désignait le
doigt tremblant du clocheteur.
Le pauvre homme était sauvé, il avait détourné tout un
orage de brocs et de bahuts qui eût remplacé pour les Enfants
sans soucis le vin de la veille courant à grands flots sur leurs
manches.
« Hurra! » crièrent-ils, « le juif! »
Et en effet c'était lui, le juif roux et pâle près de ses deux
mornes compagnons, hébété de sa mission de crime, suant la
peur, et acculé comme un sanglier contre ces grèves. A
l'ombre de quelques maigres glaïeuls qui le masquaient, il
espérait n'être pas découvert, attendant avec anxiété la fin de
ce tumulte, et protégé par les galets amassés en tel nombre à
cet endroit, qu'ils formaient une sorte de jetée dont l'angle lui
parut un asile. Vingt fois pourtant, pressé d'en finir avec
l'heure plutôt qu'avec ses remords, le misérable tâchait d'a-
vancer peu de la berge, soulevant de sa forte main le sac fatal
comme pour le lancer à ce vaste abîme dont les eaux tristes
et calmes glissaient devant lui rouges d'un reflet du matin et
balançant à peine quelques herbes détachées par le vent de
leurs flots.
Mais au-dessus de sa tête grondait tout ce drame si neuf et
si effrayant pour lui; ces rires et ces voix confuses qui glacent
quand on ne rit plus et qu'on se tait, ces chansons de taverne
crois pas de l'agonie, ces masques auprès d'un suaire, tout
cela redoublait en lui sa lâche au lieu de bourreau; il écoutait
il tremblait, pareil à l'avare qui craint pour son or, promenant autour de sa sordide richesse un regard fauve, et à le voir ainsi
pâle et ses yeux vous eussiez dit un pauvre marchand de
B[illegible] jeté sur une île, comme en ces contes fabuleux de
l'Arabie, avec ses deux esclaves et son ballot de marchan-

« Lo- à Dieu ! nous le tenons ! Marsouin d'eau douce, suis-
« nous ! »

Et avant qu'il pût songer à se défendre, il se vit lié, étouffé,
hué par ce peuple d'enfants armés d'estocs et de dagues, assaillants pleins de ferveur et de rage, à jeun depuis hier et
dévorant des yeux sa large ceinture de cuir jaune où sans
doute dormait pour eux le Pactole.

« A sac et point de merci ! » criaient-ils avec fureur.

« A mort le lépreux et ses fils ! »

« Compaings ! quels sont ces ribauds et que soulèvent-ils
« dans ce sac lié à gros nœuds ? »

Les deux porteurs frissonnèrent comme des hiboux surpris
au grand jour et dont les plumes se dressent d'effroi.

Toutefois ils ne lâchèrent prise, rencontrant à l'aide le coup
d'œil du juif, rapide et flamboyant comme l'éclair, qui semblait les inviter à ne point se dessaisir du redoutable fardeau.

Cependant la foule avide grossissait à vue d'œil et se for-
mait en cercle autour d'eux. Les plus folles acclamations, les
injures et les risées accompagnaient ce cortége. On les me-
nait au roi du Landit, lequel, assis sur quelques ais en guise
de trône, recouverts d'une laine trouée à franges sales, attendait ses féaux à l'air d'un juge pressé de dîner. Sa cour s'était
improvisée d'elle-même et sans patente, le marteau frappait
encore sur les tables disjointes qu'il rapprochait en guise de
gradins, des écoliers avançaient de longs barils au ventre
creux, d'autres, sur un large chariot privé de ses coursiers
de la veille, se façonnaient une tribune, et c'était chose ri-
sible que ce conclave en plein jour, ce sénat empourpré de
lie, se donnant le droit de haute justice avec ses hommes d'armes armés de latin et de coudres ferrés qui jouaient à croix
ou pile le sort de leur journée, continuant leur gaîté et leurs
sarcasmes, foule insouciante de la fortune et la prenant à la
gorge quand elle passait, sans remercier seulement le hasard
qui gonflait leur escarcelle. On aurait dit une répétition de
mystère ou quelque sabbat dans un jour radieux et effronté de
Callot.

Devant eux comparut le juif, plus morne encore qu'abattu,
l'œil hagard et les cheveux en désordre, appelant tout bas,
comme Ambrosio, l'enfer à son aide, haletant, épuisé de ce
trajet de quelques pas au milieu de cette procession de blas-
phèmes qui bruissait encore comme la vague à son oreille.

— « Or donc, mes joyeux, en place ! »

Cria la voix aigre d'un Picard, long et fluet comme aiguille
de Notre-Dame, et qui faisait avec sa gaule l'office d'huissier.

« L'âne d'Esdras va braire ! silence aux écoles ! »

— « Et songe à bien dire, reprit le gros sorbonnien, tout
joufflu de sa royauté. »

— « Ce brave clocheteur a hâte d'entendre si belles paroles ;
« à lui seul, amis, nous devons si précieuse montjoie et au-
« baine. La rue du Feurre lui votera un bahut en actions de
« grâces ! ..... »

— « Silence, par les plaies de Dieu ! et qu'on écoute ainsi
« qu'en thèse de Sorbonne..... »

« Çà, dis-nous, juif, que portent ces serfs malotrus, comme
« châsse de saint Eloy ? Baille-nous tes raisons, et si tu pos-
« sèdes tournois, angelots ou livres à la couronne.... nous dis-
« penserons ta seigneurie de se voir traîner à la queue d'un
« porc ainsi que nous ferions en semaine sainte ou jour de
« férie..... »

— « C'est grand merci, » reprit le juif ; « aussi bien puis
« jurer par Adonaï que ce beau sac contient simple et pure
« farine.... que je vais de ce pas porter à la Cité entre tierces
« et midi, selon l'édit de notre bon roi Jean, qui veut que
« nul qui amène blé, farine ou autres grains à charroi ou à
« dos, ne puisse les délier fors le marché de la Juiverie et la
« halle de la Beauce..... et comme, par Josué ! c'est jour de
« vente..... »

— « Larron d'Israël ! » hurla sur-le-champ un petit clerc
« nommé d'office au titre de procureur de Picardie.

« Fais-tu donc commerce de grains par eau, non content
« de tant d'usures ? T'ai-je pas vu sous arcades des halles
« jouer au soleil avec fines balances de cuivre et débitant dra-
« perie, pelleterie, mercerie, friperie, chapellerie, aumus-serie,
« tapisserie, chauderonaille et autres denrées ? Dé par tous
« les saints, d'où tires-tu choses si belles, quand les récoltes
« sont mauvaises et que M. l'abbé promène sa crosse sur les
« moissons ? M'est avis, frères, que nous retenions ce pur fro-
« ment, dont nous recueillerons profit près du buvetier de
« Saint-Jacques ! Considérez, maîtres, que nous sommes ri-
« ches de faim et de clémence, que nous attendions jusqu'après
« midi le bateau de nos confrères, que ce juif est à la fois et
« notre ennemi et notre conquête, et qu'il vaut mieux, de par
« monsieur saint Eloy, le forcer à nous bailler ce présent don

« que le faire circoncire. Adonc ! à nous le sac et qu'il en-
« graisse à lui seul Cluny, Saint-Jacques et Navarre, comme
« les pains du désert ! — J'ai dit. »

L'effet de ce discours ne fut long ; en un clin d'œil la foule
allait se précipiter sur le sac toujours gardé par ces deux figures montrant à nu leurs signes hideux de dégradation : un
front rasé, des joues creuses et des paupières dégarnies de cils
sous leurs sales coiffes d'argotiers.

Tout d'un coup et au moment où vingt bras allaient saisir le
fardeau, le juif fit un effort et déroula sa ceinture repliée sur
ses flancs comme les anneaux d'écailles d'un serpent roulé.

L'effort était merveilleux pour un juif ; mais le péril était
pressant, la crainte imposait silence à l'avarice ; un instant
de plus, et vingt estocs se croisaient sur son front de meurtrier. La vue de l'or, semblable à la pluie de Danaé, pouvait
seule éteindre l'incendie.

Il laissa tomber quelques besants au milieu de sous parisis et
d'angelots en bon nombre, belle et séduisante manne sur laquelle bondirent avec fureur les plus voisins, se ruant en
harpailleurs au partage.

« Vrai Charlemagne, patron des écoles ! ce sont bonnes et
« loyales monnaies que ce bélître nous baille en joie ! Oh !
« hé ! le déluge ! Vive Aaron le juif ! il faut qu'il ait pillé l'ar-
« che de Noé ! A toi, à moi ! Voici de quoi nous faire prendre
« en patience l'arrivée des nôtres ! — Hurra ! hurra, maître,
« encore ! et vide-nous cette vieille flossoye qui te ceint les
« flancs ! des écus d'or au soleil ! des agnels, des testons et
« peu de parisis ! Vrai Goh ! Saducéen, déverse ! »

Et des voix nombreuses l'entouraient, des bras le pressaient, puis la prière devint menace, ou le cerna de toutes
parts, les uns le tiraillant par ses manches de laine, les autres
par ses cheveux roux, haletants et acharnés comme pirates
près d'un navire qui échoue.

Il criait sans se faire entendre :

— « Mes bénoîts clercs, j'afflerais ici votre bon Seigneur
« Dieu que c'est toute ma richesse, partant merci ! Ne traînez
« ainsi un pauvre marchand de grains qui n'attend que l'heure
« du moutier pour se rendre au marché de Grève ! »

— « A mort ! » hurlait la bande. « c'est un sorcier de la rue
« de la Juiverie qui souffle l'œuvre hermétique ! »

— « Un receleur de Satan ! »

— « Un nécromancien lépreux ! »

— « Un vendeur de blé coupé et fardé ! »

— « Dégorge, vieille sangsue ! » criait un robuste capète,
lui implantant son genou sur la poitrine.

« Dégorge en Sorbonne, et tu seras absous de par Dieu ! »

— « Et mené par nous en triomphe au marché Neuf ! »

— « Et nous te rendrons cet or à l'avénement de l'ante-
« christ ! »

Les cailloux et les bâtons pleuvaient sur lui, ce n'étaient
que bouleaux sifflants et cormiers tendus ; l'écume couvrait ses
lèvres, son chaperon volait en lambeaux, et vingt lanières
lui promettaient déjà de nouvelles tortures. Les mailles du
surcot de fer qui le couvrait cédaient aux furieux coups d'estoc qu'on lui portait avant et arrière ; tout à coup les courroies
de ses chausses vinrent à glisser, et un parchemin marqué
d'un seing de cire violette s'échappa en dessous pour rouler à
terre.

Le juif fit un mouvement pour le saisir ; ses muscles semblaient se tendre ; on eût dit la serre de l'épervier. Tout à
coup le cri bruyant et si connu de *Noël* retentit à ses
oreilles.

En même temps il put voir ses deux compagnons assaillis
et dépouillés comme lui par cette foule, de telle sorte que
leurs bras nerveux restaient à nu ; la sueur ruisselait de leurs
fronts, et dans leur féroce badinage, ces enfants maudits les
attelaient à une large charrette de bois treillissé, que venait
de traîner avec effort la piteuse haquenée d'un hôtelier voisin, portant brocs et futailles remplis de bon vin breton, le
tout provenant des deniers du juif et déjà fondus pour cette
œuvre.

Insensiblement, le camp de ces rufiens se reformait, mais
à chaque angle des rues se composaient, à eux seuls, des
barricades rouges et bleues, où le vin circulait comme mot
d'ordre, avec force chansons et rires.

C'était d'abord joyeuse métamorphose que ces figures dé-
livrées de leurs masques et couches de plâtre, roulantes à
l'envi sur le sable dans leurs casaques déchirées, pauvres figures
d'écoliers retrouvant leur joie et leur teint, sans guère songer à la rue Saint-Jacques, se jetant des miettes de pain et
des bribes latines ; puis ce sable devenant la proie des deux
juifs, ou en gardien de la mort, et deux menaces, gardiens
éternels de son secret, car, sous le fouet des tortures, il n'eût

pas craint de les voir fléchir : tous les deux étaient muets de
naissance, ainsi les avait il choisis.

Ils lui jetèrent, en passant, un morne et farouche regard.
Tous deux, attelés au char du roi du Landit, comme bêtes de
somme, avançant au milieu des cris et des hymnes folles,
traînaient ce mannequin d'osier moitié rompu dans l'orgie, bur-
lesque représentation du recteur de l'université, revêtu de ses
insignes.

Le sol restait jonché de tessons, de masques et de buveurs,
étrange taverne ouverte au soleil où se croisaient les jeux
de hasard sévèrement proscrits, les répons d'église et les chansons de villotiers.

> « Bel amy, que faites-vous là !
> « Dit-elle : tel vous en venez ! »

— « Paix, ou la hart ! et qu'on nous lise ce papier.... Voici
« que notre vue se trouble aux fumées de ces godets. Notre
« procureur en Bacchus, déployez cette guenille de parchemin
« tombée des grègues de ce juif. Verrons bien si c'est ma-
« tière à le relâcher ou le pendre. Mes théologiens, silence !
« ceci est peut-être hébreu ou pacte avec Satan ! »

Alors, du milieu de ce groupe que dominait le roi du Landit,
une voix grêle et fêlée lut ce qui suit :

« Commandons et ordonnons à notre féal trésorier de se
« tenir prêt à compter, sous trois jours, cent écus d'or à la
« couronne au porteur de ce présent seing.
« L'an de grâce 1315. »

Et plus bas

> « Jeanne de Bourgogne,
> Reine de France. »

— « Voirement, compère, nous direz comment semblable
« don flanqué des armes de France repose sur votre poitrine.
« Est-ce point tricherie ou pièce fausse, ou bien soufflez-vous
« or et métaux pour le soutien de la couronne ? Argentier de
« la reine ! oh ! hé ! cela sonne haut ! nonobstant nous qui en
« sommes avares, adjugeons ici si précieuse relique à ce digne
« clocheteur pour qu'il la puisse faire valoir en temps et lieu,
« afin que par lui obtenions plus sûrement des prières, et
« quelques futaies en fraude. Donc, mes frères, remerciez
« Israël, et poriez gobelets d'andresy au créancier de madame
« Jehanne.... Joie et rasade au fils de Job ! »

La moitié des convives se leva, chancelante et avinée, levant avec un choc joyeux ses brocs et tessons ; les uns l'entourèrent avec des cris, d'autres firent couler sur sa barbe des
flots de lie, pendant que le clocheteur serrait la cédule con-
quise sur le juif. C'était à qui insulterait à cette figure si impassible dans sa rage que toute pensée lui semblait interdite
dans cette morne torpeur.

Tout à coup un écolier arracha du mannequin la chape
écarlate du régent, souillée de boue et d'ordures, et la jeta sur
les épaules du patient aux éclats de rire et trépignements de
la foule.

— « O le bien-aimé recteur, avec sa mine de sycophante ! »

— « Jacques Couard, avises-tu ce prud'homme en chaire
« nous commentant Diomède ? »

— « Pour aller de là, à l'aide d'un plongeon, pourrir à la
« voirie de monsieur l'abbé de Saint-Germain ! »

— « M'est avis qu'il sentirait le roussi, ce manche à balai
« du diable ! »

— « Çà, digne homme, récitez-mi le sermon dévot de mon-
« seigneur sainct Jambon et de madame saincte Andouille ? »

« Maître, il manque une houppe à ton bonnet ; reçois-la,
« gracieux régent ! »

Et sur sa tête chauve ils déversèrent un reste de futaille,
puis on le ceignit de cordes, et la troupe le porta en triomphe
sur le chariot, attelé de ses deux compagnons courbant la tête
sous une grêle de pots brisés. Soudain une chaîne se forma,
ils dansèrent en rond dans une incroyable mesure, s'appelant les uns les autres, et prodiguant la boue à ce nouveau
prince de la fête, enlacé de rechef par l'orgie.

Ils criaient dans ce branle nouveau :

> « Un grand vilain entre eux choerent (1)
> « Le plus ossu de quant ils firent,
> « Le plus corsu et le grignour
> « Si le firent prince et signour. »

Le juif grinçait des dents avec rage, ne songeant pas même
à en appeler à leur clémence ; jouet de leur ivresse et trem-

---

(1) Roman de la Rose, vers 9, t. 85.

blant devant leur désordre, étouffé de cette odeur de vin et de
poussière, ominant ce spectacle comme un fût de colonne
brisée, il voyait tout cela, le misérable, sans douleur et re-
pentir ; un cœur de bourreau est ainsi fait. La ronde échevelée
lui envoyait de gais refrains pour tortures ou des risées pour
honneurs ; et puis les rues s'emplissaient, le ciel était moins
bleu, et c'était la première fois qu'il se trouvait face à face
avec le jour, aux prises avec cette lumière qui accuse ; il fermait l'œil à ce soleil mordant sa tête chauve et ruisselante encore de lie. Cela valait bien les fourches de Montfaucon.

Tout à coup un horrible cri vint troubler la fête : il partait
de la vaste poitrine du sorbonnien, à qui le pied glissait sur le
sol humide ; il se relevait maugréant et jurant comme joueur
qui requiert ses dés.

« Par le Christ ! n'était le vin qui brouille les formes et en-
« gendre rêves, j'ai cru sentir autre chose que farine en rou-
« lant comme boule près ce sac. Monsieur Bacchus me protége !
« je vois à peine l'école Saint-Germain dans ce délicieux
« brouillard.... Ma chute, beaux sires, a failli mettre en échec
« l'honneur de Sorbonne... Partant, je flaire ici quelque
« œuvre de sorcellerie dans ce houzeau de froment... »

— « Place, place ! » clama de six pas la voix pleine et sonore d'un personnage déjà connu.

— « Alerte, gentils grammairiens, voici chevaux et ban-
« nières flottantes au vent, une foule aussi longue que celle
« des pèlerins de Composelle. La reine Jehanne sortant de
« visiter les halles ! Los à Dieu ! nous allons voir le coup
« d'œil. »

Et le clocheteur des trépassés (car c'était lui) essuyait
la sueur de son front, il arrivait à toutes jambes de l'hôtellerie du pont Saint-Michel, au *Chat Rouge*, d'où il venait
de retirer sa crecelle couverte en partie de son vieux crêpe.
Il frappait du pied, criait et gesticulait comme un maître
de cérémonies faisant répéter un programme.

— « C'est bien cela, mes joliets écoliers, écartez un
peu ces planches, remuez ces bahuts, et relevez ces débris. Le roi Philippe V, le plus *long* roi de la chrétienté,
passerait avec sa couronne et sa main de justice, que je ne
serais plus aise. Moi qui aspire à être sonneur de Saint-
Germain ! Mais, par madame Marie, dites, est-ce bien
votre régent que je vois huché sur cette barrique ? Il ne
dit mot sous cette lourde chasuble et ce bonnet de
carton. Alerte ! et remettez en poche ces dés infernaux
prohibés par M. saint Louis, jetez ces masques. Bien....
Maintenant, placez ce sac devant nous. — Voici messieurs
les hommes d'armes ! serrez vos flancs, c'est poussière à
ne s'y voir. »

Et ces écoliers, surpris dans leurs bruyants remparts, se
ruaient les uns sur les autres, rajustant leurs étranges
costumes, s'imposant silence et se montrant du doigt les
pertuisanes brillantes au soleil. On aurait dit le réveil d'un
camp de bohémiens dans les sables.

Cependant il se faisait grand bruit par-delà le pont Saint-
Michel. C'était d'abord un bourdonnement confus et croissant comme celui des cloches : çà et là des têtes et des banderoles aux fenêtres ; des archers et des mendiants dans la rue ; les
piques et les masses d'armes ondulaient, les chevaux ruaient
sous leur croupe de soie à longues franges, les bourgeois
criaient et restaient, et par-dessus tout, de larges bannières, liserées de jaune et rouge, flottaient comme un
dais en lambeaux sur la foule toujours avide de pareils
spectacles.

Il y avait là, comme partout, de ces gens qui ont tout
vu et qui racontent ; narrateurs en plein vent, montant sur
les bornes avec leur arsenal de dates et de souvenirs, per-
sécuteurs bavards et gothiques qui ont continué depuis la
première race jusqu'à nous avec leur obligeance bourgeoise, leur science douteuse, et de larges boucles aux
souliers.

Les bourgeois surtout se donnaient libre carrière.
« M'aide Dieu ! voisin, est-ce bien vous à cheval sur
ce pan de mur comme Amphion sur son dauphin ? »

— « Dame Bandouille, voilà qui l'esjouira, toi qui adviens
de Poissy, » jasait amoureusement un bonnetier de la rue
du Pet-au-Diable.

— « Encore une fois, vous ne pouvez tout savoir, maître
Clusson ; contentez-vous d'être barbier, de parfaire les drogues de monseigneur l'évêque, et d'interroger en latin aux
disputations de Sorbonne.... Je vous dis et répète que
c'est la bannière de la *Hanse* parisienne, ou confrérie de
la marchandise de Paris. La même donnée en 1258 par
messire Etienne, alors prévôt.... »

— « Hugues Denys a raison, maître, » reprit tout bas,

d'un ton mielleux à l'oreille du pharmacien , un malin Picard de l'Université (faisant signe de l'œil à un Allemand proche de lui), « ainsi que vous pouvez vous souvenir qu'elle figurait dernièrement encore à la fête où Philippe le Bel invita Edouard II, roi d'Angleterre, et sa femme Isabeau de France, alors qu'ils se rendirent par un pont de bateaux en l'île Notre-Dame...

« Merci de moi ! par la mauve et Dieu! je sens qu'on me coupe ma ceinture. Saint Jacques de Galice! ne pincez donc pas mes chausses. Oh ! le maudit ruffen ! au vol ! »

Le Picard et son compère l'Allemand étaient déjà rentrés dans la foule , que l'apothicaire se tordait à crier. Le bourgeois fut de tout temps pour les écoles gent corvéable et payant la dîme.

Le bruit des chevaux et le son des trompettes augmentaient avec la multitude.

Les deux beffrois de Notre-Dame répondaient dignement à cette tempête où fermentait la populace si bigarrée d'alors, moines quêteurs et taverniers , sachesses et malandrins , écoliers, filles de joie , hommes de guerre et pèlerins à la robe semée de moules.

En tête de ce cortége, venaient les ménétriers de Saint-Julien avec leurs cornemuses, étouffées en ce moment sous les bruyantes volées de cloches, Orphées ambulants qui émerveillaient le bon Joinville « *Quand ils commençaient à corner, vous deissiez que ce sont les voix des cygnes , et faisaient les plus douces mélodies et si gracieuses, que c'était merveille de l'ouïr* (1). » Puis la corporation des marchands de blé et revendeurs , honnêtes figures enfarinées , dignes et d'oites comme la baguette blanche d'un alcade. Ils se trouvaient précéder de quelques pas la litière de la reine , entourée de pages et sergents, poussant à grand'peine leurs chevaux sur ce terrain de galets.

« Noël ! Noël! clamait le peuple ; et les chaperons lancés fendaient l'air en signe de joie ; à qui se montrerait la file rayonnante , à qui se pencherait à temps, à qui se ferait de l'enthousiasme ; il en sera toujours ainsi.

« Vrai saint Paul, la belle croisade! » disait un armurier de la rue de la Bûcherie; « ces heaumes d'acier reluisent comme fins diamants au soleil. »

— « Compère, avisez-vous ces mules romaines aux crinières tressées de rubans ? c'est un don de monsieur le légat Nicolas, à notre bonne reine.... »

— « Grand saint Landry, dame Martine, je ne découvre rien de Philippe , pas même la manche de son pourpoint. »

— « Vous n'ignorez pas, messire, que le roi voyage... Il parcourt la Flandre, et fait des harangues.... »

— « En attendant qu'il nous donne du pain , » reprit une voix qui se perdit dans la foule.

— « C'est un bon roi, » criait une femme au bonnet pointu , et montée gaillardement sur les épaules d'un théologien de Navarre.

— « C'est cela, Agnès Piédeleux, parce qu'il le permet de nous ouvrir la chambre de la rue Saint-Martin malgré les conciles. Foin de Sorbonne ! un roi qui entend les filles!

— « Hum ! ce n'est pas lui qui chanterait, comme le roi Robert, au lutrin, » soupira le clocheteur. « N'importe, los au roi! los à la reine!.... »

Il y avait pourtant d'autres groupes où les cris étaient plus rares.

— « Vous avez beau dire, maître, le sac de charbon ne valait alors qu'un denier , et le bussard de vin six blancs.... Où est le temps où l'on donnait la quarte de Beaulne friand pour une aiguillette borgne ! Nous étions alors heureux en princes et flacons. L'hypocras et le muscadet coulaient jusques dans nos chausses. Aujourd'hui.... »

— « Voyez-vous pas qu'elle a des atours brodés sur ses armes ? Messire André dit que ça coûte huit cent livres de Parisis.... N'est-ce pas horreur pour une reine quand un regrattier venant du Landit ne trouve chez lui miche de pain ?

— « Sans compter que tous ces varlets nous font tort avec leurs panneteries et bouteilleries, » ajouta un vendeur de chair salée.

— « Et que les gens de guerre dévorent tout comme les abbés, au dire même d'Antoine Fusil, docteur en Sorbonne, qui chante que c'est là que la calebasserie est vidée en perfection. »

— « Cela ne peut durer, » murmura un coffretier de Saint-Josse. « Madame Jehanne nous entendra. »

— « Ou bien nous lui ferons bonne et belle escorte jusqu'au château de Dourdan, où le roi le Long l'avait déjà reléguée... vous savez pour quelle raison... Il dit que c'est assez d'avoir adopté son peuple.... qu'il ne veut pas d'autres enfants.... Les princes se croient privilégiés..., Maître Babolard, grand moqueur, disait que cela blesse la couronne... »

— « Quel mal, après tout, si cela peut croiser les races! »

— « La reine! place et silence! La reine! » clamèrent les archers.

Et l'on découvrit bientôt la vaste litière traînée lentement par six mules aux harnais bordés d'hermine et recouvertes de housses à fleurs d'or jusqu'aux genoux : c'était merveille de les voir balancer, comme autant de drapeaux, leurs blancs panaches dans la foule, au milieu du heurtis continu des lances et des armures.

— « Ayez donc garde! »

Reprit un vieil écuyer qui, sans doute, avait vu Damiette, en se sentant froissé par le cheval d'un sergent aux livrées de la ville.

— « Noël et los à la reine! »

Tous les regards pouvaient plonger dans l'intérieur de cette litière, à peine défendue contre le soleil par deux rideaux de velours fleurdelisé. Sur le devant se carrait avec orgueil, en large manteau de camelin brun, pourpoint fauve et chaîne d'or au cou, monsieur le prévôt, princier des halles de Paris, admis de droit à l'honneur de la harangue, de temps à autre honorant le peuple de son sourire épais et bourgeois, tandis qu'auprès de lui, un page au chapel rose agaçait finement sur son poing un papegai orné de sonnettes.

La reine occupait avec sa dame le fond de satin vermeil. Jeanne de Bourgogne à la majesté de la taille unissait la grâce élevée de la figure ; son front si heureusement courbé comme celui de la Diane antique, portait merveilleusement les fleurons d'une couronne ; et cependant, à la vivacité tout espagnole de son regard, à l'abandon de son sourire, à son vague maintien de reine, on aurait pu se demander si tout ce simulacre de manières n'était pas pour elle un fardeau, ce sceptre un emprunt, et cette dignité une étude. La capricieuse mobilité de ses traits donnait encore plus de charme à sa beauté. Sans affecter un mépris effronté pour l'étiquette, elle en paraissait parfois oublieuse dans ses gestes heurtés et sans fard, sa parole brève et ses intimités étranges.

C'était à la fois l'abandon à tous les vices, et la recherche de toutes les grâces. Comme un voile jeté sur son âme, sa royauté en couvrait la boue. En faisant asseoir l'adultère sur le trône, elle s'était réservé la prostitution dans l'ombre, vendant son âme de femme et de reine, clouant le scandale à la pourpre, et s'enfermant avec orgueil dans sa honte.

La cour de France, veuve du saint roi, avait pourtant gémi déjà de pareils désordres, et le Château-Gaillard, en se fermant par ordre de Louis X sur Marguerite et Blanche comme la pierre d'un tombeau, donnait à Jehanne dans le châtiment de ses belles-sœurs une sanglante leçon de conduite (1), oubliée bientôt pour sa vie de courtisane.

Philippe de France, prince faible et indolent, ami des chansons et des vices, n'était qu'un mari commode pour tant de licence; il voulut pourtant y mettre un frein, et l'exil de la reine à Dourdan fut prononcé.

Le souvenir de cette captivité d'un an passait à peine comme un pâle reflet sur ce visage encore paré de la grâce la plus perfide. Ces barreaux de prison à deux pas du trône, ces verrous à l'oreille d'une reine, tout cela avait glissé de son âme comme les chaînes de son bras, et dans sa fougue de liberté, la malheureuse s'était reprise au vice avec amour, au vice qui ronge la pourpre comme un ver et se roule, effronté, sur un duvet de reine, au vice qui rampe au hasard et sans flambeau ; accouplant tout dans sa fureur, sans s'inquiéter du réveil.

Jehanne de Bourgogne comptait alors trente années. L'éclat singulier de son costume relevait encore son admirable pâleur. Ses cheveux étaient rassemblés avec soin sous la coiffe en réseau couverte du bourrelet broché d'or, sa robe écarlate, à collet renversé, laissait à découvert sa poitrine, où reposait un reliquaire entouré de grains de corail; un manteau fourré de menuvair retombait mollement sur ses épaules ; elle avait

<hr>

(1) Joinville , *Hist. de saint Louis*, in-folio de la Bibliothèque royale. fol. 109.

(1) Marguerite, femme de Louis X, successeur de Philippe le Bel, enfermée à Château-Gaillard, y fut étranglée. (*Hist. des reines et régentes*, Dreux de Radier, tome III, p. 158.)

une aumônière ornée de broderies à sa ceinture, et de sa manche à fleurs de soie sortait une main blanche appuyée sur le velours de la litière.

En ce moment elle écoutait avec une distraction de princesse qui pouvait ressembler à de l'ennui, les interminables remarques de M. le prévôt, s'ingéniant à lui plaire, ainsi que l'ours mal appris du baladin dont la patte écrase au lieu de flatter.

— « Merveilleux, madame, incomparable ! vous avez pu
« voir de vos yeux ces épaisses couches de ciment, ces briques
« en croix, ces comptoirs garnis de lames de fer. Vivent les
« halles et Philippe-Auguste, leur fondateur ! »

Il ajouta de suite :

« Moins grand roi que notre monarque de France, moins
« aimé,... moins... »

La reine fit un geste pour lui demander grâce des vertus de la troisième race ; et promena sur la foule un de ces regards lents et tristes comme on en a sous la ombre vis-à-vis des harangues, et malgré les fleurs jetées sous les roues.

Il crut qu'elle cherchait à comprendre et à se rendre compte, il vint à son aide.

« Ces gens, ma 'ame, sont de simples commis au sel, ven-
« deurs de tiretaine, de cuirs et de coffres pour la plupart ils
« adviennent de la Chapelle ... aujourd'hui veille de Saint-
« Barnabé... et le lendemain du Landit... — Cet homme à
« cheval est un arquebusier de la nouvelle compagnie.
« Ceux-ci sont les gens de M. l'abbé de Saint-Germain, et de
« ce côté .. »

— « De ce côté ? » reprit Jehanne.

Il resta tout ébahi à la vue de l'étrange haie formée par le joyeux carnaval des écoliers. Un rayon de soleil glissait alors près le couvent des Augustins, et venait jeter ses blonds reflets à ces groupes de toutes couleurs, mêlés et perdus à plaisir dans cette grande frange de peuple, et toutefois reconnaissables à leurs vieilles chausses, leur soif toujours neuve, leurs cris de joie et leur misère.

Mais alors l'aspect du camp avait changé. Les tessons, pour la plupart brisés, disparaissaient avec la lie sous les bonds des chevaux et les pas confus de la multitude. Les écoliers, les uns assis, les autres debout, gardaient presque tous le silence comme aux leçons du régent, se contentant de manger en fraude quelques alises volées, maigres cerises assez rares en ce temps-là, secouées à plaisir, avec force nèfles et fruits d'églantier dans leur robe noire, dont ils étendaient les pans en forme de corbeille.

« De fins masques et de pauvres hères ! » grommela le prévôt. « A les compter sur les doigts ils sont aussi nombreux
« que grains de sable. L'Université devrait-elle permettre ces
« robes trouées et ces guenilles d'école ? Effrontés matins qui
« vous regardent un archer sous le menton, sans respect pour
« les arbalètes et la prévôté. Et moi-même...... ne voilà-t-il
« pas qu'un méchant petit Lombard me fait les cornes ? Il n'y
« a plus d'enfants depuis le règne de Sa Majesté Philippe de
« France... N'ont-ils pas l'autre jour péché le poisson de l'abbé
« Saint-Germain et coupé ses cerisaies du clos des ignes ?
« Par-dessus tout, ils ne vont jamais au sermon de messieurs
« les cordeliers qu'ils ne se fassent suivre de vos femmes, les-
« quelles vont leur porter belles aumônes de ça et là de
« laine pour avoir le plaisir de voir leurs figures au travers des
« grilles. Petits savants blonds et roses vous nous ravissez !
« En fait de livres, ceux du Châtelet est le meilleur. N'est-il
« pas vrai, madame, que pour prendre nos agrés une
« bonne échelle de chanvre suffirait ? Cela ferait aise de
« docteurs, et notre robe de livrée y gagnerait. Croiriez-vous
« qu'il y a de ces jeunes gars assez dénazés pour s'absenter
« de nuit, et ce qui devient merveille, c'est que plusieurs ne
« sont depuis revenus.

« Bon saint Josse ! quelle mascarade ! Avisez-vous bien ce beau recteur sur un aussi laid chariot, et de son flamant verte, les mains dans sa chape ? Me pardonne la Vierge ! la sueur lui tombe du front sous son bonnet de grammairien. Il y a de lui couvre la vue. C'est une momerie digne en tout de ces larronneurs. Est-ce donc un déluge ? Sorbonniens, Navar-riens, Poterins, et Lombards ... Quel coup de filet, à la pêche il est permise !... »

Jehanne n'écoutait pas, elle rêvait, penchante demi à tête sur sa main, et promenant avec une étrange insouciance de candeur son regard avide sur tous ces fronts joyeux et amours d'enfants, jetés devant elle comme les iris du cortège, curieux et affamés de voir un visage de reine, ces pauvres êtres nus à la robe grossière de serge, au pain glané dans les rues, éblouis de cette pourpre, mais spectateurs sans envie, ne pouvant pas même soupçonner une âme de femme sous tant

d'éclat ; tandis qu'à la merci du remords cette âme, connue d'elle seule, devinant peut-être leurs rangs dans son trafic impie de courtisane, ou que, dans sa pâle tristesse, elle comptait avec elle-même tant de places vides dans cette foule, et ces deuils dont la nuit seule a le secret.

— « Tête Dieu ! Madame, nous approchons bien lentement
« de la grosse tour. Voici que la Seine est gonflée et cherche
« à couvrir les bonnes chaînes de fer qui la traversent d'une
« rive à l'autre. Notre évêque Fulcus fera en sorte, par ses
« prières, qu'elle se tienne dans son lit d'autant que les pluies
« sont rares depuis ces trois mois, et les récoltes mi-
« sérables pour les vilains qui osent se plaindre des blés gâtés.
« Ceci me rappelle qu'en 1258, ... le raisin fut si vert..... »

— « Voyez-vous pas, monsieur le prévôt, se former là-bas
« quelques groupes à cet angle de rue ? »

— « Ceux-ci, madame, sont de nouveaux arrivants ; de
« vrai, je dois les connaître, autant que je puis distinguer au
« milieu de leur bruit toujours croissant, ce sont des reven-
« deurs et détailleurs de farine, attenants à notre juridiction.
« C'est à moi, juré, mesureur des halles depuis le roi Louis
« Neuvième... »

— « Miséricorde ! » cria Jehanne, « ils font belle rumeur
« auprès de ces courtils ; il y en a même qui lèvent leurs
« épieux en se dirigeant de ce côté. ... »

— « Voici grande surprise après la bonne et loyale visite
« que nous venons de leur rendre au grand marché..... »

En ce moment quelques cris confus retentirent dans la multitude.

« Cela n'est rien, » dit le prévôt, qui commençait à craindre une émeute.

Et il se hâta de lever le châssis pourfilé d'or de la litière.

Cependant de sourdes clameurs envahissaient alors les rangs les plus reculés. A l'extrémité des vignes maigres et désertes qui bordaient le chemin en cet endroit, se montraient de nouvelles figures de pauvres et mendiants, que traînaient à la remorque des gens à moitié cachés dans les larges plis d'une cape grossière, lesquels se retournaient de temps à autre pour leur parler et les exciter au tumulte. Les uns marchaient la tête basse et profondément abattus, d'autres avaient le regard fier et insolent comme le maître qui exige.

Grâce à quelques boulayes de messieurs les archers de la reine qui frappaient rudement pour l'amour de l'ordre et le maintien de leur bonne paie, le calme paraissait renaître un instant ; mais à voir tous ces recruteurs de bruit qui se glissaient dans la foule, ces demi-mots et ces harangues, passant comme un mot d'ordre dans les rangs, monsieur le prévôt mouillait son pourpoint de crainte, déguisant mal sa vague agitation de magistrat sous la bonhomie tranquille d'un citadin impassible devant l'orage.

Peu soucieux de se mêler à cette multitude bourgeoise, dont ils ignoraient le but, les écoliers, ainsi que des *hidalgos* en guenilles, regardaient en pitié tous ces rugissements lents et sourds, se contentant parfois d'exploiter à leur profit la grosse attention d'un fripier de la butte Saint-Jacques, lequel leur payait à boire pour leurs beaux dires, ou la crédulité d'un sergent qui leur faisait rendre ce qu'on ne leur avait pas volé. Quelques-uns, toutefois, plus honnêtes et aussi gueux, troquaient en plein vent leurs livres d'heures à gros fermoirs contre quelques sous parisis qui passaient de suite à l'escarcelle du tavernier, pendant qu'autour d'eux, les murmures bourdonnaient avec plus de violence.

On ne pouvait distinguer cependant le motif de ces meneurs qui, gagnant du pied, se mêlaient déjà, peut-être à dessein, vis-à-vis du cortège, à la grande armée des écoles. Dans le cours rapide de ce trajet, on les avait vus se montrer à plusieurs reprises un objet compris dans les retranchements des écoliers ; et à leurs gestes amers, leurs pelisses en lambeaux, et leurs tétons noueux, plus encore qu'à leurs joues pâles et maigres, on pouvait juger à la fois de la résolution et de la misère de ces groupes étranges, dont les sombres clameurs accompagnaient le cortège.

— « Bon engrais pour Montfaucon et autres lieux ! » murmurait le prévôt collé contre la vitre à peine ternie de son souffle.

« A nous le sac ! » clamèrent plusieurs voix ; « mort à
« Navarre et Cluny ! »

« Au vol ! au pillard ! » reprit un clerc qui tomba meurtri sur le glaive.

« Le blé est trop cher ! » criait le peuple.

Le choc qui survint alors fut terrible, le fer et les bâtons se croisaient comme l'éclair.

— « Tout cela pour un bouzeau de froment ! » dit une pauvre femme en se signant à demi.

— « Et qu'ils refusaient de nous payer, » ajouta le clocheteur, moitié ivre, se couvrant de sa crécelle comme d'un écu.

— « Quelle pugnade ! » cria le prévôt tout effaré. « Dieu « me pardonne, si ce n'est pas un renouvellement de la ba- « taille de Furnes ! En avant, mes bons archers, et double « solde. »

— « A mort ! à nous le sac ! »

La mêlée devint générale. Les archers, les assaillants, et tout le peuple des écoles se tordaient comme les anneaux d'une hydre. Chacun s'embrassait corps à corps dans une implacable étreinte, le sang ruisselait, les estocs sifflaient en tournoyant comme la foudre, les femmes criaient et fuyaient sous les chevaux, et cependant, serrée comme une phalange, l'œil à l'aguet et la rage au cœur, la mince armée, repliée sur elle même, faisait tête à ce volcan, tandis que les hommes d'armes étouffés, refoulés et étourdis, voyaient pleuvoir sur eux une grêle intestine, et éloignaient à grand peine, à coup de hampes, les curieux et les mécontents poussés comme une vague sous les roues.

— « A saint Jean, mon patron, une belle et bonne crosse « d'or, ou bien encore une chasuble à saint Landry..... J'en « fais vœu..... » priait le prévôt demi-mort.

Le rideau cachait le front de Jehanne.

Tout à coup il y eut un silence dans cette tempête, puis un cri soudain et éclatant :

« A la reine ! à la reine ! »

Il n'était guère facile de préciser l'objet que la populace, ameutée contre ses vainqueurs, semblait repousser ainsi vers la litière. Malgré ses cris de fureur, les écoliers seuls paraissaient avoir reconquis et conservé ce fardeau, premier objet du combat.

Ils arrivaient le front humide de sueur, haletants, rendus, élevant leurs chaperons en signe de triomphe, tandis qu'une longue suite d'archers et de mendiants désarmés fermaient cette marche à demi triomphale, où les vainqueurs se trouvaient plutôt captifs que les vaincus. Une seule pensée paraissait conduire la foule.

« A la reine ! à la reine ! »

Jehanne se leva sur son séant ; elle était pâle, et attendait la fin de ce tumulte. Vous eussiez dit un blanc fantôme dans cette litière armoriée.

Des clameurs, que les sergents ne pouvaient en rien contenir, arrivaient à ses oreilles. Elle hésita, puis fit un signe de la main ; le prévôt se découvrit.

— « Très haute dame, notre reine et mère, » dit alors, en approchant de la portière, un vieillard qui semblait l'élu de cette foule, « le roi Louis Neuvième tenait à coutume et honneur de bénir, en vue du peuple, le produit de ses récoltes ; « donc, au nom de tous et de notre extrême misère, à cette « année, vous prions de faire ici, de votre main royale, le « signe de la croix sur ce froment. »

Les murmures avaient cessé. La religion dans ce siècle pouvait jeter son voile au peuple, sans craindre de le voir couper en lambeaux. Une parole du roi sous l'arbre de Vincennes, une croix sortant du vieux Louvre, la foule croyait et priait.

La voix d'un seul homme venait de calmer la tempête.

« Ainsi soit fait. » reprit la reine.

Sa main tremblait, son front paraissait plus calme. Le peuple faisait cercle, il attendait pieux et recueilli.

Les écoliers s'écartèrent peu à peu, et deux hommes, au front à demi courbé, amenèrent un sac devant la litière. Le silence était profond ; à peine une brise d'été sur le bleu miroir de la Seine. Un d'eux fit voler au loin les cordes du sac avec sa dague.

Jehanne leva la main au ciel, et dit :

« Au nom... »

— « Horreur ! » cria la foule.

Il y eut un second cri dans la litière, emportée à ce moment de toute la vitesse de ses roues.

Ce fut un horrible bruit, un désordre soudain, merveilleux, imprévu, car le mot d'ordre était donné par l'effroi, un effroi royal qui pousse en avant le remords et les chevaux, quelque chose de la fuite de Balthazar à son festin d'épouvante. La plume des hommes d'armes fendait le vent, les pavés criaient, l'armure ruisselait d'éclairs ; varlets et seigneurs pages et mules, passaient rapides et blancs d'écume, tout cela pâle et courait comme un souffle glacé du mistral.

Ainsi du cortège.

Sous les panneaux dorés, une femme qui compte les minutes, et ne peut tenir en place ; morne d'effroi comme après un rêve ou prononçant des mots sans ordre comme en la fièvre, qui se soulève résolue ou retombe mourante, joint les mains et demande grâce à la torture. Car elle a vu, et n'ose plus voir : son regard n'ira plus arrière, il lui faut des gens autour d'elle, et du tumulte à sa pensée ; vite le palais aux grosses murailles, la herse de fer qui se referme sur vous, et les noirs créneaux gardés par un fossé large ; c'est là qu'on est à l'abri ? Merci Dieu ! Voici la tour.

En un instant la place était devenue déserte. Repliée en un cercle étroit, la foule demeurait encore dans la stupeur, et paraissait concentrer son attention sur l'objet étrange dont elle se disputait la vue. Ceux qui pouvaient approcher et entrevoir, s'éloignaient presqu'à l'instant ; quelques-uns demeuraient, et dans ce silence il se répétait tout bas d'affreuses paroles, des mots de tombe et de deuil ; les femmes se tordaient les mains. C'était un cadavre.

Le sac, délié au sommet, montrait à nu la tête de l'enfant. Les lèvres étaient pourpres, le front livide, les yeux fermés, une sueur froide ruisselait sur les artères gonflées par la pression des câbles. Çà et là quelques traces de sang sur le camail noir et sali. L'effroi curieux de la foule n'avait pas été plus loin. Elle contemplait immobile, ne songeant pas même au secours.

Il y avait dans tout ce corps d'enfant une profanation visible et récente, un meurtre encore chaud ; l'œil suivait le sang endormi sous ces joues pâles, la vie éteinte sur ce front, et le rayon de l'innocence sur ces lèvres. La figure offrait à elle seule la preuve d'une lutte violente, et d'un combat acharné contre la mort. A ces mains raides sous les liens, comme à cette bouche convulsive et blanche d'écume, on se détournait tout d'abord, ainsi qu'à la vue du sang ; puis, en reconstruisant par degré cette beauté morte et presque traînée sur la claie, on revenait avec amour à ce frêle visage d'enfant si pur et si beau, tourmenté comme à regret par l'agonie, nu, sanglant, défiguré, hideusement captif dans ce linceul de toile, et dont la blonde chevelure flottait encore comme la feuille qui s'en va quitter le saule. C'était à frémir, c'était à faire pleurer.

« Un chirurgien, Notre-Dame, un chirurgien ! »

Un mire ambulant s'approcha.

On se hâta de couper les cordes et de dégager le corps étouffé dans de sales et mauvaises toiles, où pendaient encore les anneaux du lit ; on souleva la tête ; il y eut un cri d'espoir.

— « Mort et sang ! messires, c'est un des nôtres ! Frères, voyez sa robe. »

Les écoliers l'entourèrent ; personne ne reconnut le cadavre.

— « Par saint Jean ! de l'eau, de l'eau de Seine ! »

On versa quelques gouttes sur le visage. Le corps, soutenu, restait debout. Tout à coup les yeux parurent s'ouvrir, puis ils retombèrent dans leur nuit ; ce fut un éclair ; les membres fléchirent de nouveau, les bras glissèrent, la tête se pencha. Tout était dit.

Alors seulement aussi éclata l'indignation. La rumeur devint générale. Ce n'était plus qu'un groupe immense, augmenté de toute l'affluence des rues voisines. Chez le peuple c'était la stupeur, chez les écoliers c'était la rage. On se pressait et on se montrait du doigt le cadavre ; un meurtre si inexplicable et si outrageux trouvait partout son écho de plainte et de vengeance.

— « Pauvre blondet de seize ans ! »

— « Encore un tour de la prévôté, » dit tout haut un mendiant espagnol, hochant le chef et serrant contre sa poitrine le manche de cuir de sa tisagne.

— « Voisin, voyez-vous cet angle du couvent des Augus- « tins ? qu'il vous souvienne qu'en ce lieu ardèrent messieurs « les templiers avec leurs casaques de soufre...... Ces lieux « sont maudits ! »

— « Voilà bien lugubre farine et revendable au sabbat, » dit une femme de Bohême, soulevant la main du cadavre.

— « Mort au venteur ! qu'il ne départe, et qu'on l'amène « ici ! Par Satan ! point de merci. Dites, mes clercs, où gît le « hibou ? nous lui crèverons les yeux et lui ferons un beau « calvaire ; oh ! hé ! il faut le garder pour le brout de Satan ! « Par la châsse de saint Eloy ! vengeance ! »

Ce fut le bruit de la flèche qui siffle et tournoie. Le moment d'après, les écoliers se cramponnaient à un chariot, une chape rouge volait dans l'air, et le bonnet du régent, coupé en lambeaux, ne couvrait plus le hideux visage du juif.

Malgré ces affronts, il n'avait pu, dans ce précédent combat, qu'il lui souvenait du supplice, retenu et garrotté près de quatre surveillants à une distance encore lointaine de tout ce tumulte, ébloui, stupide, haletant, ivre de rage en voyant fuir ses oppresseurs avec la poussière du cortège, lui complice obscur de cette pâle coupable dont l'œil de reine ne l'avait pas même reconnu sous cette mascarade d'orgie, et qui peut-être l'eût sauvé par un signe : un signe qu'elle n'avait pas fait !

Il commençait enfin à comprendre la mission de cette foule, qui venait lui demander compte de sa vente de sang. A peine avait-il entrevu l'horrible scène qu'il en pressentait l'issue ; il se reprochait son crime de meurtrier à gage : il eût voulu s'élancer et soulever à deux mains ce front d'enfant pour le ranimer et lui souffler la vie, il se demandait comment il avait pu tuer ; c'était le remords du vertige.

Les hurlements redoublèrent, vingt bras le saisirent et l'arrachèrent avec violence de sa boiteuse escabelle ; la foule le fernait d'avance battant des mains, comme au tigre jeté dans l'arène, et buvant déjà son agonie.

Il se laissa conduire pâle et courbé. Tout à coup on le poussa devant le corps.

« Par les saintes plaies ! le sang va couler. » disaient les femmes. « C'est un miracle arrivé encore en Beauce ... Dieu nous aide ! Voyez.... »

Il venait de lever la tête, il ne se détourna même pas, son œil mesura d'un trait le cadavre.

« Mort au tueur ! A la question le juif ! et qu'il avoue ! La claie ! la claie ! »

Les écoliers le traînaient déjà par les cheveux, lorsque tout d'un coup se détacha de l'ombre épaisse de la Tour de Bois une barge ou plutôt une flottille composée de trois chantiers avec bannières au vent, qui vira bientôt de toute la force de ses rameurs vers la pointe de Nesle, au son joyeux des sacquebuttes et des tambourins.

Nombre de joyeuses clameurs frappaient l'écho. et l'on distinguait déjà la plus grotesque mascarade des tritons et monstres maritimes armés de conques. tandis que, au centre de la flotte. le mai d'honneur en guise de mât balançait fièrement le pavillon des écoles aux couleurs variées et tranchantes. C'était l'arrière-garde attendue avec instance, pauvre, épuisée, fuyarde et pourchassée de sergents et du guet forain depuis les tentes de Saint-Denis, et qui, pour éviter la hart ou les coups de lance, avait préféré longer la Seine, et saluait triomphante les touffes d'arbres du Pré-aux-Clercs et les créneaux au rouge ciment de la tour de Nesle.

« En hâte, frères et compagnons. amarrez vite à ce glaïeul de la grève, fils de saint Denis ! en hâte !

La barque toucha le sable, et les instruments ne cessèrent que pour donner loisir aux bruyantes acclamations de la troupe, dont les folles livrées tourbillonnaient à l'œil comme les flots au soleil, ils s'appelaient tous avec force cris d'argot et vives accolades, aussi heureux que des matelots à bord. La voix du peuple était perdue dans cette foule.

Tout à coup, et au dessus de toutes ces têtes, une bande de laine noire s'éleva, se balançant en forme de drapeau. Il traversa la place comme un clerc, et parut au-dessus du chariot. Un clerc d'Allemagne l'agitait.

« Silence ! » cria-t-il d'une voix qui dominait toutes les autres, « renfoncez tous votre joie et non vos dagues, et pour votre bienvenue, voyez.... »

A ce doigt menaçant qui semblait alors montrer l'angle de la rue des Augustins, les joyeux masques frémirent ; toutefois ils se hâtèrent, le peuple se rangea de nouveau, et un cri perçant alla de nouveau frapper le ciel.

« Malédiction ! un cadavre ! »

— « Vengeance ! c'est un écolier ! »

Il gisait toujours les pieds contre la muraille, la tête à peine soutenue par les replis du sac, et religieusement gardé par deux clercs de Navarre, l'estoc au poing, lesquels de temps à autre s'efforçaient d'écarter les curieux.

Le juif restait à l'écart, à quelques pas de la victime, muet et sombre dans ses liens et entouré d'une barre de peuple qui laissait toutefois à son regard fauve un accès non douteux jusqu'au corps étendu sur son linceul. C'était pour le misérable un supplice calculé et comme un avant-goût de la torture.

Cependant ils se penchaient tous comme par instinct sur ce pâle visage, des mains de frères touchaient ces mains froides, on écoutait ce souffle éteint, on baisait les pieds du martyr, il y en avait d'éplorés, qui priaient à deux genoux. C'était à fendre le cœur.

Le juif voyait tout cela.

C'était du reste comme il advient toujours sur une place publique, un chaos de conjectures : les uns voulaient que ce ne fût point un clerc, et que ces vêtements ne servissent qu'à égarer la justice par cette fraude : d'autres, que ce fût un corps volé par ce mauvais juif. pour un impur banquet de synagogue ; on ne savait qu'inventer et croire pendant que les malheureux écoliers cherchaient un nom à ce cadavre

d'aventure. jeté aux pierres du chemin sans remords et sans pitié.

Cette robe et ce capuce d'enfant réveillaient à chaque fois en eux un sentiment de fraternité douloureuse : quelques-uns s'approchaient avec espoir comme pour reconnaître un ami, puis s'éloignaient avec une larme, car ils n'avaient pas trouvé de souvenir écrit sur ces lèvres mortes ; c'était seulement un écolier, un fils de la grande famille, mais ce n'était point un frère, un frère de vos goûts et de vos jeux, voisin de votre sommeil, et qui vive de votre âme sous les mêmes verrous, pauvre clerc, cassant avec vous son pain noir, et buvant à votre écuelle.

Jean Burican avait connu ce doux bien, et la Seine pesait de tous ses flots sur Arthur ; son unique ami ne devait pas même tenir le coin du linceul.

C'était l'isolement de la tombe, le plus horrible de tous.

Il arriva dans ce moment qu'une femme perça la foule, une femme qu'on aurait eu peine à découvrir jusqu'à cette heure, cachée comme elle était sur ce long radeau par les plis joyeux des bannières, étouffée sous tous ces masques, morte à demi de fatigue sans doute, car ses genoux ne pouvaient plus la porter ; sa pâleur en eût fait un spectre. Les premiers cris de stupeur l'avaient trouvée morne et accroupie, et cependant elle avait prêté l'oreille ; au second signal elle était déjà sur son séant, puis s'élançait dans la foule d'un bond furieux. renversant tout sur son passage.

A son juste de bure. comme à sa mante bariolée de lourde étoffe. on reconnaissait la femme du peuple. Elle avançait dans un effroyable silence, marchant d'un pas sûr et acharné parmi tout ce monde, muette et ridée à frémir. Alors aussi, et comme par instinct, chaque rang lui ouvrait place, les uns se disant : c'est une sorcière ; d'autres se demandant où elle allait : nul ne songeant à l'arrêter.

Elle arrivait ainsi au terme du voyage, l'œil ébloui, terne, et comme attaché d'avance à l'objet qu'elle allait chercher, car elle avait une mission dans tout cela, un but réfléchi, curieux, fatal, quelqu'un à trouver.

Peu à peu elle approchait, et l'on se rangeait encore ; seulement. et par une suite presque inévitable de ces impressions profondes qui secouent d'abord la multitude et s'effacent ensuite, surtout lorsque l'événement devient pour elle une énigme, la pauvre femme recueillait en passant d'étranges exclamations de pitié ou d'indifférence. Ce n'était pas sans une secrète horreur qu'elle voyait la foule tourbillonner vaguement, lever les bras, puis disparaître. Elle sentait qu'elle allait se trouver seule, et elle avait besoin de tout ce peuple qui s'éloignait déjà d'un air d'indifférence ou d'oubli.

La force allait lui manquer, comme au roseau dans la tempête. La sueur couvrait ses joues amaigries, ce bourdonnement l'aveuglait.

Raphaël vous a montré le Christ porteur de sa lourde croix et de son agonie, seul et nu au milieu de tous. et gravissant la colline aux reflets de sang. La tête seule est un poème, on se meurt à tant de mort.

Pour qui eût pu voir les traits de cette femme en écartant de son front chauve son vert caban de toile, il y aurait eu pareil soupir ; seulement sa fatigue ici paraissait encore moins récente ; ses cheveux gris, humides de sueur, restaient collés et poudreux sur tant de rides, les ronces avaient déchiré ses sandales ouvertes au sable, le soleil seul avait pu colorer ses joues retirées et rétrécies comme en la fièvre.

— « Saint Treignant d'Écosse ! frères ! c'est elle encore, « notre vieille de Saint-Denis ! » disaient entre eux plusieurs Anglais et Danois. discourant sur l'aventure, et appuyés sur leurs tribards, comme des soldats qui attendent.

« Quelque pauvresse femme de Bohème.... qui se tue de « tirer les cartes ! »

— « Per *magnum Occiam* ! notre régent ! elle a brave-« ment couru cette nuitée parmi nos rues noires, comme « souris chez les chats. Tout cela à pied ! la mendiante ! et « sans avouer pourquoi.... »

— « Voilà bonne et saincte charité que nous avons faite, « mes-ire. de la ramener par eau. Dans la traverse, elle « s'était penchée à mi-corps sur la Seine. Concevez-vous pa-« reilles folies? se noyer en Seine ! au lieu d'un large broc qui « est la fiole de sapience ! Bon Charlemagne ! c'est qu'elle « pleurait comme femme au pilori ! »

— « Une vieille femme qui pleure, c'est misère, reprit « un archer. » — « Savez-vous nouvelle sur le mort ? »

— « Vous autres, avancez-vous pas ? Il faut voir. »

Un cri terrible répondit.

Un cri plus aigu, plus déchirant qu'une voix de femme

qui pleure, qu'un vœu de matelot dans la tourmente, plus sombre mille fois qu'un dernier fracas d'incendie, un cri profond qui sort de l'âme pour retomber sur elle comme un levier, un cri de mère...

Elle avait tout vu.....

Maintenant elle restait devant le corps pour comprendre. Tout cela lui semblait hideux à plaisir, inexplicable, monstrueux; elle donnait son âme à mille rêves plus étranges, plus mensongers les uns que les autres. Froide et pâle, dans cette foule animée, vous eussiez dit le visage d'un médecin arabe qui cherche à s'expliquer un fléau, une blessure à mort.

Tout à coup elle se tordit les mains avec angoisse, et se roula près du corps, ce corps jeune et déjà glacé, ce corps d'enfant indignement et outrageusement défiguré pour tout autre que pour une mère!....

Rien de plus n'avait été fait pour le cadavre; seulement on l'avait recouvert à demi du sale rideau trouvé dans le sac, linceul de hasard, bon après tout pour tant de misère, et qu'elle écarta pour voir et toucher l'enfant.

Ce mouvement n'eut rien de frénétique, il fut calme et désespéré: une mère voit tout de suite l'espoir s'il en doit être encore; cet ange une fois perdu, leur cœur se ferme, adieu la vie! Elles ne peuvent même pleurer!

La foule comprit cette femme et pourtant elle n'interrogea personne.

Les mains de l'enfant dans les siennes, elle semblait réchauffer tant d'innocence et de deuil, soutenant sa tête et promenant un regard triste à l'aventure, cherchant peut-être une mère dans tout ce peuple... une mère, savez-vous bien ? C'est un rayon dans la nuit, un rayon qui vous console ; une mère eût baisé comme elle la poussière de ce front pâle; une mère comprend si bien ! encore mieux que cette foule si passionnée pourtant pour ce drame et les représailles de la rue, mais qui n'a d'entrailles que pour sa justice, qui cherche au hasard un fer sous sa cape, et passe auprès de ceux qui pleurent.

La foule prend d'abord en pitié, et crie tout de suite à l'attentat; mais les replis obscurs de la douleur, sa voix intime, son deuil à elle, il faut un autre œil pour la voir, une autre voix pour la consoler.

La pauvre mère cherchait donc au milieu de tant de visages, et ses dents claquaient la fièvre, sa respiration était lente, son œil éteint nageait dans ce long spectacle d'hommes muets et pressés comme les spectateurs d'un cirque romain. Les uns l'entouraient pour l'accabler de questions, les autres s'éloignaient d'elle. Les écoliers, avec leurs estramaçons croisés et leurs bras nerveux sortant à demi de leurs longues manches, semblaient autant de vengeurs n'attendant que le mot du chef.

A son intelligence épuisée, à ses organes affaiblis, à son regard morne et lourd, tout ce tableau devint confusion, magie; elle chancela.

Voici que soudain en ce moment son regard s'échangea, dans cette foule, contre un regard profond, horrible, un regard de Satan, louche et cruel comme l'enfer, mais entraînant comme lui, fardé de compassion et de bassesse; regard qui prie et qui tue, qui brûle et fascine, et qui a pouvoir ici-bas d'éblouir et d'arrêter, un regard de damné.

C'était le juif.

Et comme ce misérable cherchait à tromper le peuple, avec cette douleur d'ironie, et cette imposture grimaçante encore à ses lèvres, la pauvre femme le fixa; elle ne vit qu'un pauvre vieillard, un juif peut-être, un juif pauvre et vendu au mépris; — la souffrance est un éclair; elle interroge une âme qui prend son masque, elle croit plus elle est à plaindre, et la pauvre mère croyait! Sur le front chauve de cet homme, dont la foule lui cachait les liens, elle ne vit pas les rides de l'âme, et d'ailleurs le regard était profond, incisif, impérieux; elle se détourna, fit danse, le malheureux préparait peut-être son discours de Judas; la femme le fixa de nouveau, elle s'approcha sous l'influence du charme horrible, elle avança. Le peuple lui cria: «L'assassin ! »

Elle tomba raide sur le sable. On l'entraîna dans la salle basse de la taverne.

— « Pauvre vieille!» dit un bourgeois du guet, « je donnerais pour toi mon haubergeon! Aussi vrai que saint Omer, n'at-elle pas couru cette nuitée parmi toutes les boutiques de Saint-Denys, le tout pour ce pauvre gars si joli et si blond, dame Balebec, que ce serait bel ange pour la représentation de *Jesus en crèche*?.... »

— « Vengeance! vengeance! »

Cependant le corps restait toujours inconnu. Des mains de frères, qui avaient partagé ses jeux, le touchaient comme

à l'envi; aucun dans cette mêlée qui n'eût voulu se rappeler le martyr; on tenait conseil, on se parlait bas, quelques-uns croyaient reconnaître, mais les souvenirs venaient échouer devant cette mort livide, hideuse, torturée; on pleurait de rage et l'on invoquait le ciel. Du reste, et comme d'ordinaire, le peuple, arraché violemment à sa vie active par un événement inattendu, un drame de rencontre, revenait insensiblement à son premier calme d'habitude et d'indolence. A elle seule cette tourbe était un spectacle.

Sous le porche obscur de la taverne, un argotier quêtait trois blancs, et ne trouvait même une réponse, bien qu'il s'évertuât en malandrin à montrer ses fausses plaies et morsures impertinentes, demandant, comme l'homme de Rabelais, *un denier en l'honneur de Mercure ou de la Vierge pour achapter un peu d'oignons pour son souper.*

— *Rien, rien, je ne donne point de deniers* (1)

Cette réponse que fait Épictète, il avait fini par l'obtenir.

Il se retirait l'oreille basse comme limier que chasse un varlet, et donnant à Belzébut les grillotiers et les taverniers insensibles.

Et serais certes empêché de dire comment alors son œil vint à rencontrer le corps ; mais il entrevit à l'une des pochettes de la soutanelle un rayon vif et tranchant que le soleil jeta négligemment dans l'ombre, et comme pour le tenter.

Il se glissa en clopinant près des gardiens nombreux et distraits, et fit mine à son tour de baiser les mains du cadavre. En même temps la sienne plongea subtilement dans la large poche ovale posée de manière à n'être pas soupçonnée même par des yeux moins exercés, mais nonobstant l'adresse merveilleuse du cagoux l'objet qu'il pensait détourner au profit de sa sacoche, glissa furtivement de ses mains et roula subitement par terre.

C'était un missel à fermoirs d'argent dont le dos seul enrichi de clous et d'enluminures avait converti d'un seul coup l'argotier moins habile que sire Villon.

Un clerc du collège de Suède ramassa le livre écorné déjà par l'usage, souillé de poussière, et barré d'agrafes massives; il souleva les fermoirs et lut tout haut :

« *Jehan Buridan, natif de Béthune en Artois, bachelier-théologien à Cluny.* »

Ce nom fut suivi d'un rugissement qui se prolongea dans la foule comme un craquement d'incendie.

— « Vengeance ! »

— « Mort et sang ! un Picard! un des nôtres de Cluny ! »

« Jehan Buridan! Jehan Buridan! vengeance ! »

Ce fut à qui assiégerait le corps, à qui baiserait sa main, on se le montrait, c'était une larme, puis le serment fait sur la croix du poignard. Ils s'élançaient pareils aux flots qui sortent des falaises.

— « Vengeance! »

— « Pauvre Jehan ! le meilleur de tous! te souvient-il comme on le regardait sous les grands ormes du Pré-aux-Clercs, quand il passait grave et recueilli près nous autres, et que les bourgeois lui lançaient œillades à l'espagnole ? »

— « *Fratres!* voilà grande et lugubre perte pour nous, et messire Ockam, notre régent, lui qui nous soufflait si à propos les réponses de Diomède et d'Aristoteles aux prédications et examens de Jean Thélu le chanoine! ce qui n'empêcha jamais que sa bourselte n'eût un sol parisis d'affection! il donnait tout en largesses comme aumônier de terre sainte! lui si pauvre! Las! maintenant qui nous dira : Frères, il faut obéir; il faut nous roller dans le giron de notre belle et saincte mère madame l'Université; ne pas oublier nos patenôtres, ne pas trousser veuves ou filles, nièces de prévôt ou lavandières de buées ; *nolite debacchari contra Lucretias* ; étudier le grand docteur Jean de Courte Cuisse, et autres, au lieu de courir tout le jour, occupé à chercher des épingles et vieux clous parmi les ruisseaux des rues. Ah! male mort, as-tu pu sans honte noircir pareille fleur de teint et de gentille science! Périssent comme gerfauts, autours ou paragons ceux qui ont ainsi fait de notre frère et seigneur ! Oh ! vous tous, messirs, accourez et sortez la dague ! ce n'est point de messes et chandelles qu'est besoin ici. La mort! la mort pour la mort! et que l'assassin soit tordu comme cette lame neuve. »

A la voix de celui qui parlait ainsi, les pennons de l'Université s'émurent, les tribards se levèrent, et les bisagues

<hr>

(1) Rabelais, t. 1, p. 450.

grincèrent en sortant du fer de leur coquille. Ce ne fut que rage et fureur.

— « Un écolier de Cluny ! »

La bannière noire apparut. On l'improvisa à la hâte, et le clocheteur, moitié ivre, sortit de la taverne et prêta le surtout de son manteau pour cette occurrence : cette étole de mort où figuraient des os en forme de triangle et de croix s'éleva comme un signal, et cependant, désordre étrange ! les violes et les tympanons sonnèrent ; une marche guerrière et lugubre à la fois commençait à s'organiser, et le peuple y prenait part, le peuple d'alors surtout, inquiet et incertain de ses priviléges, et regardant l'Université comme sa sœur et son bastion de défense contre la prévôté et ses oppressions féodales, humble d'ailleurs et consciencieux avec sa douleur à la vue d'un crime assez ordinaire pour lui, et cependant inexplicable.

Il ne fallut qu'un instant à ce cortége de hasard pour se former et se mettre en marche. Le jour commençait à fuir, et dorait à peine, d'un vague reflet, le beau ruban de la Seine, ses mille toits et ses vieilles flèches d'église déjà grisâtres comme des minarets étamés par le soleil. Peu à peu les rues voisines avaient reconquis les curieux bourgeois échappés par bandes, gens paisibles et payant l'impôt, de sorte qu'ils ne s'inquiétaient guère qu'une heure au plus, ne s'alarmaient que par distraction, et retournaient chez eux pour deviser, sous la cheminée, des étranges et soudaines choses qu'ils avaient pu voir.

Une fois le corps reconnu, les écoliers n'avaient pas employé le temps aux délibérations frivoles ; le peuple était là comme spectateur, ils sentaient eux-mêmes la solennité de leur tâche, leur cri fut rapide, universel : à Cluny !

Quelques mendiants aidèrent à soulever le corps et le portèrent sur le chariot attelé de ses deux mules les aînés immobiles et ruisselantes de sueur, les muets compagnons du juif Pour lui, dans ce moment redoutable, on l'avait presque oublié. Il restait garrotté et le front bas, attendant l'heure. Un instant il suivit le corps des yeux, et frémit... Il avait cru remarquer un phénomène hideux au moment de la secousse... Le peuple l'entoura bientôt et le tira par les cheveux. Il rugissait comme Satan.

« En Seine ! et qu'il meure ! » hurlait le peuple.

A ce dernier cri, son regard se leva fier, et se promena d'abord sur le lit des eaux déjà noires, doucement ridé par la brise rapide qui rafraîchissait le ciel, puis il parut s'arrêter sur une forme presque incertaine de blancheur, qui pouvait ressembler de loin à un large dé de craie enveloppé de brouillards. C'était peut-être là sa demeure, ou bien était-ce un adieu donné à quelqu'un perdu sous ces ombres ?

La multitude regardait le juif inquiet et comme dans l'attente.

Soudain un feu brilla sur l'autre rive de la Seine, et à sa lueur on put facilement distinguer les ailes d'un large moulin, enchaînées au repos comme les voiles blanches d'un forban.

« Le moulin des juifs ! » crièrent plusieurs voix.

Et en effet c'était là sa demeure. Sa demeure de nuit, fallacieuse, obscure, inconnue, son aire d'autour, où il dormait peut-être.

Or ce que la foule ignorait, c'est qu'il avait logé vingt ans sous cet abri, qui s'ouvrait comme un vaste hangar à ses frères, car, sous ce dôme étrange, plusieurs d'entre eux venaient chercher asile ; outre les deux cimetières qu'ils possédaient, l'une rue Galande, et l'autre vers le bas de la rue de La Harpe, nombre d'usuriers hâves et pâles, Manassès exposés au pillage, s'étaient fait adjuger la permission de se construire en ce lieu une sorte de forteresse, sous le prétexte d'y moudre du grain, et d'y pétrir un pain de synagogue. Mais le bruit courait dans le peuple, d'ailleurs animé et prévenu, que ce n'était qu'un réceptacle impur, et comme un hideux débouché de la *Cour des Miracles* ; et d'ailleurs l'arrêt de bannissement de Philippe-Auguste, en 1181, entretenait contre la secte ces idées de soupçon et de haine, de déprédation et d'envie, qui ne s'accroissaient que mieux en cette circonstance où l'indignation accusait tout haut un de leurs membres.

— « C'est là que tu cuis ton pain ! et par la croix Dieu ! pour cela ne t'inquiète d'autre farine. Sang du Christ ! le corps d'un homme pour fromental !... »

En ce moment un nuage léger qui se reflétait sur l'eau envoyait au moulin de vives et prochaines clartés. La tour de Nesle et tout le côté de sa rive restant dans l'ombre.

« A sac ! et au feu le moulin ! »

Ils se partagèrent la vengeance. Nombre d'écoliers et d'hom-

mes du peuple se précipitèrent sur la petite embarcation encore empanachée de banderoles et de guirlandes. Le juif fut jeté sur le radeau.

« Frères, vous avez vu les templiers ! dirent-ils ; ainsi sera de ce juif damné ! à sac et au feu ! Confluis nous ! »

Le radeau se détacha dans l'ombre qui devenait plus épaisse. Quelques falots plongeaient déjà dans la Seine comme autant de follets capricieux quand ils poussèrent au large.

A ce moment le coup de complies sonna pour la seconde fois à l'église de Saint-Jean-en-Grève. Quelques tournelles voisines augmentèrent ce bruit de tout le poids de leurs marteaux, et les fenêtres de la taverne se refermèrent avec fracas.

« A Cluny ! à Cluny ! en marche ! »

Des lanières et lattes de bois se déployèrent en sifflant près du chariot, catafalque grossier qu'illuminaient à peine des torches de résine, mêlées aux joyeux guidons et bannerettes du Landit. Les misérables, courbés sous le poids fatal, ressemblaient à des damnés du Dante, qui marchent sans cesse. Privés d'ailleurs de leur chef, dont la mort leur paraissait certaine, ils avançaient nus et saignants sous la flagellation honteuse, n'osant arrêter, et enviant le sort du cadavre.

Les écoliers formés en rangs divers suivaient le cortège dans un ordre apparent, mais plus grotesque encore par les sombres caprices de lueur jetés sur leurs visages empourprés de lie. Quelques-uns, couverts de mailles d'acier sur la poitrine et de heaumes de parchemin, ressemblaient aux fabuleux archers de Callot, tandis que d'autres, avec leurs robes tombantes à terre et leurs manches grises de bure, laissaient deviner sous leur masque ces *san-benito*, au pas cadencé, épouvante et joie des cérémonies espagnoles, dont le bourreau est seigneur et prince. Le terrain, jonché d'obstacles, permettait peu d'avancer, et de vigoureux coups de tribards, fendant l'air de loin à loin, indiquaient assez la vengeance active auprès du char de deuil, où le vent du soir passait comme une lourde et sombre harmonie. Au milieu du silence où bruissaient pourtant les grelots et les cliquetis des dagues, quelques cris se faisaient à peine entendre, semblables à ces bruits confus qui troublent un demi-sommeil, mais aussi par intervalles sonores, éclatants, terribles comme des voix de sang dans une nuit d'abordage.

En tête de l'armée lugubre s'élevait comme une crête noire le camail du clocheteur, mais le brave homme manqua tà ce spectacle ; malgré l'incertitude théologale de ses jarrets avinés, on l'avait, dans le trouble d'un moment semblable, élu harangueur et messager des écoles pour porter le premier l'horrible nouvelle à Cluny De loin à loin, et comme une voix d'éclaireur, retentissait le bruit triste et fêlé de sa crécelle, se perdant avec le trot des mules et des haquenées, les aboiements des chiens et le grincement des volets de fer.

Le cortége sortait de l'angle de la taverne lorsqu'un cri terrible et sourd sembla frapper la voûte à la lampe presque éteinte ; plusieurs femmes, qui semblaient se débattre éperdues, parurent à la fenêtre de la salle haute, tout à coup une ombre grisâtre se dégagea de tout son essaim du fond de la chambre... et l'on entendit le poids d'un corps sur le pavé.

Les cris de cette foule redoublaient prolongés par l'écho des rues désertes. Le peu d'étrangers, la plupart hommes du peuple, qui avaient pris part à l'événement, s'étaient éloignés aux premiers tintements du couvre-feu qui commençait sa sonnerie ; quelques bourgeois pourtant, véritables flibustiers, avaient posé le pied sur le radeau qui se dirigeait vers l'autre rive. Les féroces clameurs qui sortaient de ce côté venaient alors contraster avec le silence du convoi, qui tournait déjà en regard de la Sainte-Chapelle, vers la lisière qui fermait la grande rue Saint-Jacques, ce long bazar des écoles.

Grâce à la généreuse piété des fondateurs, ces institutions se multipliaient comme une sauvegarde active pour tant de pauvres bacheliers, arrivant de toutes les parties de la France, de l'Angleterre ou de l'Allemagne.

Le premier collège de tous, Saint-Thomas-du-Louvre, en couvrant ainsi de sa protection la science et l'étude, tenait de plus en réserve des secours pour la misère excessive de ses disciples. La féodalité des comtes et barons d'alors si méprisée de nos jours, trouvait dans les largesses de Robert de Deux qui posait la première pierre de cet édifice, une éclatante justification. Dans cet établissement se manifestait en effet l'origine des boursiers, pauvre jeunesse, dotée alors de quelques sous parisis pour toute existence, confiée au cloître pour abri, mais, en revanche, fière et haute de ses priviléges qui la mettaient à l'abri du frein de la justice séculière, race de bonzes au front rasé, mendiant d'un air de roi leur pain et le respect de la foule, type merveilleux de la science avec

ses chausses tombantes et son front gratté d'algèbre population despotique et turbulente, tenant à la fois du cordelier et
du page, du savant et du soldat, de l'argotier et du suzerain,
ayant sa ville et ses portes à elle, sa cour de justice et son
échelle de gibet, son blason et ses couleurs, savante, universelle, ascétique et débauchée, armée d'estoc et de livres,
et criant gare aux laïcs; drame étrange et toujours nouveau
au milieu du drame immense; jusqu'à ce que timide, épurée,
soumise, intelligente du temps et des hommes, religieuse, assidue, obscure un temps sous la robe de Mazarin et de Richelieu, elle arrive à nous, plus brillante et plus complète, mais
aussi dépouillée de tout son fantastique appareil de luttes et de
querelles, de tournois et de puissance qui la font ressembler
maintenant à la châtelaine sans écusson, dont le castel n'est
plus qu'une usine.

À part donc la soumission au pape et à l'Église (pour laquelle ils n'eussent d'ailleurs rompu fer de lance), les autorités d'alors auraient en vain réclamé pour elles un droit d'obéissance ou d'égards, et chaque année par une représentation
fictive le Chevalier du guet, en jurant lui-même, la main
haute, l'observation des privilèges universitaires, donnait assez
à entendre que la clémence ou l'impunité étaient continuées
dans les chartes du royaume à leur profit et salut.

Mais si la prévôté d'alors maugréait contre eux, ils n'en prenaient souci que pour mieux se faire respecter dans leurs immunités et franchises, et ces représailles allaient jusqu'à
taxer les rois même et les contraindre à réparation comme
un vilain auprès de leurs ducs et seigneurs.

Les chartes de Philippe le Bel sont fécondes en soumissions
de ce genre. Outre les deux chapellenies dotées de vingt
livres parisis de rente à prendre sur le Châtelet de Paris, ce
prince grevait encore son trésor royal, pour trois autres
églises, d'une rente annuelle et perpétuelle de quarante livres
tournois (1).

Les tribunaux laïques prononçant contre un clerc se mettaient par là même en hostilité flagrante; seule arbitre et
maîtresse de la querelle, l'Université se constituait de plus
poursuivante solennelle, bannissait, condamnait et réprouvait
avec le sceau de ses armes, imprimant à tous l'épouvante de
ses arrêts, et renfermée en ses bastions comme une lionne en
sa cage.

Ces fougueuses condamnations n'étant du reste que des représailles, les nombreux enfants des écoles, d'ailleurs munis
de la dague achetée en fraude, ou de l'estoc ferré par les
bouts, n'hésitaient guère à prendre en main leur cause et
justice, exterminant, d'après un droit, et à tout hasard, jusqu'à l'hôtelier assez mal appris pour exiger le frottement de
l'index sur la boursette de leur robe. Mais en cette occasion
toute solennelle, en ce meurtre inouï, fatal, hors de toute
idée, la violence de leurs désirs devançait hautement l'arrêt
terrible et l'éclat prochain de la vengeance.

Ce n'était plus un jeu d'enfant; une vaine dispute au sujet du Pré-aux-Clercs et des moines de Saint-Germain; un
tour de page naïf et débonté d'après les mœurs et ruses de
Panurge qui s'esjouissait de ses facéties récompensées, *larrecin pipeur et ribleur, et fin à dorer comme une dague de
plomb*. L'affaire avait un caractère à elle: sinistre d'ombre et
de mystère, satanique et insultant; ce n'était plus là une tuerie de grand chemin ou de taverne. Qu'allait-on faire à
Cluny ?

Des voix criardes et marquées d'accents plus singuliers les
uns que les autres semblaient percer ce silence de ténèbres,
où le bitume des torches éclairait mal les rues étroites, poudreuses et jonchées d'ordures,

— « Serpe Dieu! messires, s'il faut en référer au saint
« siège, nous sommes tous féaux et assurés de sa sauvegarde.
« Je donne le pape à nonante et seize diables, s'il n'écroue
« belle et saincte justice à cet effet. Par l'épine de saint
« Fiacre en Brie! ceci n'est pas une mémoire qui doive ex
« pirer avec le son des cloches et versets; nous sacquerons
« plutôt de l'épée sur le dos de la connétablie, aussi vrai que
« nous cinglons bonnes et franches étrivières aux porteurs
« damnés de ce chariot. »

Et le sifflement aigu des cordes et des bracquemards imprimait en stigmates violents sur ces malheureux l'impatience
de la foule.

Un voile épais et bleuâtre à la fois enveloppait déjà les hauts
bastions des églises et des collèges, la chaleur était brûlante,

de temps à autre le vent s'engouffrait dans les monstrueux détours des rues, les pignons vieux et découpés craquaient dans
l'ombre, et la résine des torches tombait à large bave sur le
pavé. Les ombres variées du cortège semblaient le doubler encore sur les murailles en autant de figures bouffonnes ou
fantastiques. On aurait dit un de ces mystères inconnus joués
au sabbat pour copier la table de MARBRE, et dont la gravure du *Pélerinage de Cantorbéry* est loin d'approcher dans
sa réalité naïve et gothique; un chariot, des masques, et tout
un deuil dans la nuit, et pourtant pas un bourgeois aux fenêtres ou au porche de sa maison; seulement un bruit confus
de sonnettes et de grelots, d'imprécations et de voix perdues,
une momerie tragique et sombre, furieuse, ignorée, s'inquiétant peu des spectateurs, et ne marchant qu'avec elle-même
et sa vengeance.

Ces masques étranges, qui eussent fait fureur la veille, en
passant avec leurs flambeaux et leurs rires, leurs visages de
monstres, de loups, d'échevins, de béliers, et de diables; ce
convoi de Rembrandt ou de Callot à charbonner sur les murs,
ne rencontrait que le pas furtif d'un mendiant cherchant pour
abri l'ombre de quelque tourelle, ou la lumière vacillante et
illicite de quelque fille folle dont un archer faisait joie.

Cette longue procession, qui tenait déjà le milieu de la rue
de La Harpe, se contenta de saluer en passant le collège d'Harcourt, refuge des pauvres écoliers de Coutances et de Bayeux,
dont plusieurs se trouvaient compris dans cette foule, lesquels
ne manquèrent pas de jeter en passant une grêle de cailloux
contre la grande fenêtre treillissée de Pierre Padet, leur proviseur, à qui l'on doit pourtant l'idée de la grosse histoire de
l'Université, par Duboulley. Ces méchants frapparts n'épargnèrent pas davantage la statue de Guillaume Baufet, leur fondateur, dont le nez de pierre et la soutane d'évêque en granit
avaient déjà des affronts irréparables.

Pour la plupart, ces masques, aux folles livrées, avaient dépouillé déjà leurs caparaçons sales et ridicules, en conservant
toutefois le rauque mugissement de leurs cymbales et le bruissement de leurs timbous.

Leurs étoles déchirées et bordées de fange laissaient à nu
leur soutanelle pauvre et râpée, leur sac de mendiant sur la
hanche, et leurs chausses fenestrées en vingt endroits. Quelques uns brandissaient des espades et des verduns, enlevés
dans la bagarre aux archers, et revenaient chargés de pipes,
de tonnelles, et de bussards de vin.

Leur pas morne et lourd ressemblait au cliquetis égal des
haches d'armes, croisées au tournoi, et le vague éclat des
torches, sur leurs visages, au rouge effet du soufflet de forge
qui s'élève de l'ombre pour y retomber.

Le convoi tournait en ce moment le coin de la place Sorbonne.

— Oyez tous, messires, de par le diable ! cria près du chariot, en secouant la pluie de sa torche, un clerc plus étrange
encore que ses voisins, avec ses coquilles de saint Michel sur
sa cotte, son ceinturon de navets de cuisine, et sa larve de papier, surmontée de cornes de bœuf, et découpée à la place des
yeux et de la bouche.

Oyez tous ! dit-il, en tenant son masque et l'approchant
d'un falot, « ce qui est écrit sur ce fol parchemin du Landit,
dont je m'étais fait visage. Par la mort bœuf ! c'est avis du
ciel ! Oyez ! »

Le cortège s'arrêta.

On fit cercle autour de l'orateur, qui mit un pied sur le
chariot, frotta de nouveau, sur sa cape, le feuillet de blanc
parchemin, et lut la charte suivante:

« L'official de Paris, le siège vacant à tous les archiprêtres, chapelains, vicaires, et autres supérieurs, qui les présentes verront, salut en Notre-Seigneur. Ordonnons à tous
et à chacun de vous, sous peine de suspense et excommunication qu'à demain vous finissiez le service divin à l'heure
de prime, et qu'à l'heure précise de tierce, vous étant rendus
processionnellement à l'église de Saint-Barthélemy de Paris,
avec vos peuples, portant la croix, l'eau bénite et les étoles,
en mémoire de l'attentat commis contre un de nos clercs, malement occis, vous alliez de là à la maison du prévôt, et, avec
tous ceux des écoles, vous jetiez des pierres contre la maison
dudit prévôt criant à haute voix: *Retire-toi, maudit Satanas
reconnais ta méchanceté, et rends honneur à notre mère
sainte église, que tu as déshonorée autant qu'il a été en toi,
et offensée en ses franchises*. Donné l'an de Jésus-Christ
1304, le lundi avant la nativité de la sainte Vierge. »

Le silence profond de la foule en écoutant cette cédule
d'une date encore nouvelle, ne fut troublé que par l'écho sonore et multiple de la longue rue de La Harpe qui se renvoya,
d'anneaux en anneaux, les paroles terribles de cette lecture.

---

encore rembrunie plutôt qu'éclairée par les sombres rayons des torches, se croisant comme autant de fusées dans cette nuit noire.

De temps à autre bruissait un pas mesuré d'hommes d'armes, continuant le guet vers la montagne Sainte-Geneviève. Il fit place à des voix plus nombreuses et plus confuses; des cris de vengeance et de mort, auxquels se mêla bientôt le son lugubre des campanelles d'un large édifice, faisant bruit de tous ses moûtiers.

C'était le collége de Cluny, perçant l'ombre du ciel de sa flèche grisâtre et élancée, avançant en maître sur le terrain de la place Sorbonne, aux cassines fumeuses et noircies, aux rouges enseignes de taverniers, aux murs surchargés d'auvents et de clous; riche, pour tout bien, des larges gouttières de ses maisons, dont les nuages faisaient saillir les gothiques figures de salamandres.

Ainsi qu'on pouvait le voir encore rue des Grès, le bâtiment conservait la forme et l'aspect d'une abbaye, bien que cette destination se fût modifiée, et qu'Yves de Vergy, son fondateur, en ébauchant les statuts que devaient perfectionner ses successeurs, n'eût peut-être pas cru, en 1269, que ce dût être quelque jour un établissement aussi étendu pour la portée de ses études. Réservé d'abord aux religieux de Cluny, il venait d'être, en 1304, augmenté par Henri de Furetières, abbé et général de cet ordre.

Les tournelles et dômes qui le flanquaient, moitié noires et blanches, témoignaient assez des changements et interruptions des ouvriers dans le travail des murailles, groupées çà et là comme de légers minarets autour d'une mosquée. La dentelure du portail encadrait de fraîches sculptures de saints et d'anges ciselés, à l'abri, sous leur basilique en miniature, soutenue par des piliers incrustés d'acanthe et de raisins.

Des têtes fantasques d'animaux continuaient les piliers, vers leur base, et semblaient tomber des svelttes et frêles colonnes qui se mariaient aux soubassements du porche, dont la hauteur se couronnait d'une large rosace.

On distinguait déjà, à la lueur des fanaux groupés à l'entour, de longues banderoles de drap noir apposées à la hâte sur une grille, au mitan de la nef, traversée, comme au lointain, par un maigre rayon de lampe.

Un bruit horrible et sourd à la fois retentit à dix pas du seuil de l'église.

Les noirs porteurs du catafalque venaient de tomber ensemble, haletants et raides, sur le pavé. La foule battit des mains par un sentiment commun de vengeance. Quelques-uns s'empressèrent de soutenir le corps, entouré de branches de glaïeul, coupées sur la rive, et qui semblaient un lit de feuillage et de repos pour cacher le hideux linceul sur lequel il reposait — l'horrible sac.

« Par saint Babolin, le bon sainct! j'ai cru voir remuer.... Corpe de galine! ce sera le mouvement des roues!... A l'aide, vertu Dieu!.... et enlevons ce corps aussi prestement qu'une pucelle... Nos abbes et régents traversent-ils pas la galerie?... En hâte! »

Cependant le clocheteur, pressant le pas autant que le lui permettaient les fumées du vin breton, avait devancé le cortége, et, se dirigeant vers la porte basse du côté de l'ancienne galerie du prieur, au-dessus de laquelle brillaient encore les armes de l'Université, sur un écusson massif de pierre, était arrivé en toute hâte au réfectoire, dont les tables désertes et les bancs dégarnis attestaient la solitude.

Le peu de clercs infirmes, ou retenus pour études à Cluny, sans participer à la glorieuse *montre* du Landit, sortaient alors de la grande salle pour gagner le préau du cloître, quand le pas bruyant du messager retentit comme un son d'orgue sur les dalles.

L'abbé crut d'abord à l'apparition d'un grotesque et curieux acteur du Landit.

— « *Vade retro!* cria-t-il d'une voix tonnante. A jeun, ou rempli, tu ne trouveras ici boutargues, langues salées ou saucisses de venaison, mais bien un fouet noueux plus fourni que le fil de tes chausses. Notre-Seigneur Dieu réprouve ces momeries, et c'est bien assez d'un grand jour de bacchanales.... Par ainsi, va revêtir une robe, et ne garde plus ces grelots à ton côté, comme un mulet de la foire... »

L'étonnement fut bouffon lorsque le pauvre clocheteur, encore pâle, tira sa crécelle reconnaissable à son long crêpe et portant sur son large battant l'effigie de *Philippus rex.*

— « Saint Hilarion! qui reconnaîtrait maître Drelin sous cette galverdine en lambeaux, ce nez de majordome, et la sueur dont il découle? Soutenez-le, messires mes clercs, sans quoi le pied lui défaudrait comme au vieux saint Joseph du maître-autel.

« Or çà, parle, Drelin, viens-tu nous annoncer la féale venue de nos disciples qui nous mettent à male angoisse et tardant jusque après complies? Par saint Yves! notre père, la réfection d'aujourd'hui leur défaudra, et ce, en châtiment de leur conduite, que je surveillerais seul comme l'an passé, n'était la podagre qui me serre aux genoux, en guise d'angine, et m'oblige à recourir toujours au bras de mes bedeaux. »

Celui qui parlait ainsi paraissait à la fois victime des infirmités de l'âge et des austérités du cloître. Son habit conservait la forme monastique, sa robe était d'un gros drap bureau gris-cendré clair, et descendait jusqu'aux talons; un *cucule* blanc ou capuce flottait en rond sur ses épaules, et retombait en pointe sur sa poitrine chargée d'un reliquaire de bois sculpté, arrivant jusqu'à sa ceinture de cuir. A cette époque, le costume grave et imposant de Suger était presque celui de tous les dévoûments religieux; seulement ici la charge du régent se confondait avec celle de l'abbé des premiers siècles, et le général de Cluny perçait encore sous la rude enveloppe du prêtre.

Le droit de vie et de mort, privilége de sa chaise monacale, en faisait au besoin un soldat, et c'était chose commune alors que cette milice étrange à l'abri d'une autre milice, et ce général goutteux, ascétique et redoutable, portant la bible à l'arçon de sa selle, et tenant à la fois la crosse et l'épée. Vous eussiez dit un trappiste d'Espagne dont le stylet dort à l'ombre de son manteau.

Dès que le clocheteur lui eut exposé l'horrible nouvelle, son œil éteint brilla d'un feu de jeune homme, ses joues ridées se colorèrent ainsi qu'un fond d'orage, il leva ses mains au ciel, puis les paroles se succédèrent en sa bouche comme les notes brèves et pressées d'un instrument.

— « Par ici, Robert! donnez le branle au moûtier neuf! — Vous, Anselme, vous sellerez les trois mules, et porterez avec deux cierges nouvelle et plainte à la fois, au syndic, à l'official, et à messire le prévôt. — Présentement, Raoul, que l'on implante le drapeau noir sur chaque tournelle. — Fermez les grilles et chaînes de l'abbaye. — Les cours et scholies sont suspendus! — Par la mort Mahom! je vais écrire.... Où est mon scel noir, portant l'image de saint Paul? — Vrai Christ! choisir celui-là pour l'occire! mon Benjamin! mon Jehan Buridan! — A l'église, messires! oyez le son de la grosse campane qui ne tinte qu'au saint vendredi... Les docteurs et maîtres ès arts en tête.... Ileus! heus! voici bien d'autres bannières qui adviennent ici par la grande porte! — Luc Boudart! fais que ce brave clocheteur puisse se ramonier le gosier avec une cruche d'argentan. — Par ici, Derlin, dit-il au clocheteur, — puis à gauche c'est le refectoire. — Qu'on aille quérir les chantres qui banquettent, rue du Fouare. — Oremus! »

A ce moment, les torches faisaient scintiller de leur éclat voisin les vitraux enluminés de devises; les croix, les bannières, les gonfalons brillaient comme autant d'aigrettes dans l'ombre, et les bas côtés se trouvaient déborder tellement sur les pilastres d'entrée, que le régent eut besoin des tintements réitérés de la baguette de ses massiers pour arriver à sa stalle d'honneur, au fond de la nef, surmontée du *Pierre le Vénérable*, premier abbé de Cluny, représenté avec sa crosse par maître Charles Charmois, *painctre de la reyne*, en regard d'un long tissu de velours à canetille d'argent, portraiture de Moïse, *capitaine juif.*

L'église, coupée à chaque aile par de longs treillis de fer, qui masquaient les chapellenies de saint Joseph et de la Vierge, l'était encore bien plus par de longs arcs boutants surchargés à leur naissance de vieilles pièces de tapisserie requamées d'or qui resplendissaient dans l'ombre épaisse, et renvoyaient leur éclat brisé sur les figures des assistants, la plupart debout, non dans le recueillement ordinaire inspiré par ces murs et ce silence, mais dans la confusion la plus fantasque, et bizarrement nuancés par le brouillard qui suit la résine des flambeaux. Cette étrange assemblée s'établit pourtant à des places distinctes; les maîtres et docteurs, puis les bacheliers et étudians, chacun reprit son rang perdu; et les hymnes allèrent seuls percer le silence religieux de la voûte, et troubler les échos des tombes dont l'église est jonchée.

L'office des morts, avec sa lugubre psalmodie, s'élançait tantôt rapide et sonore comme la foudre, sombre, éclatant comme la trompette de l'ange au dernier jour; tantôt monotone et grave, lourd et recueilli comme le chant d'un moine au désert.

Dans un cérémonial pareil la confusion devait être grande. Quelques cierges aux lueurs douteuses, allumés et répandus à la hâte; la tenture noire du maître-autel, balancée aux clous des piliers ainsi que la robe d'un fantôme; et à de l'église un étrange catafalque composé des ais rompus du chariot arraché violemment à ses roues, et caché par le drap de mort sur lequel reposait à découvert le cadavre.

Le vent qui s'engouffrait aux arceaux confus de la basilique faisait vibrer en passant les tuyaux de l'orgue aux gammes plaintives, renvoyant la clarté des torches au front chauve des abbés assis dans leurs stalles, et les bras croisés sous leur camail, immobiles chanteurs, le regard cloué aux dalles de l'église, et se levant pour retomber dans une muette adoration sur les balustres ciselés de la nef.

L'assistance aux funérailles, si religieusement prescrite par les statuts des écoles, semblait au premier coup d'œil une mesure vaine et sans motif à laquelle suppléaient assez le zèle et le cœur des disciples ; mais, outre le nombre infini des colléges divisés sous vingt bannières, les querelles familières aux gens munis de la dague avaient sans doute provoqué cette loi rigoureuse ; dernier et public hommage du frère qui survit à celui qui tombe, spectacle éloquent et rapide, propre à concilier toutes les haines, comme à réclamer aussi et à réunir toutes les prières devant un cercueil de jeune homme ; cérémonie lugubre et naïve, où tout, jusqu'au costume, était prévu, où les plus jeunes portaient le corps pendant que le peuple priait, et que la myrrhe jetait son parfum comme un adieu (1).

La dérogation à ces usages trouvait alors son excuse dans la nouvelle heurtée, sanglante, imprévue, qui venait de contrister Cluny, où flottait déjà le guidon noir sur la grosse tour du milieu, pendant qu'un crieur, placé à l'angle du portique, dans le silence d'intervalles laissé par les chants de l'église, jetait ces mots au peuple : « Un frère nous est mort, priez ! »

Cette voix lugubre et perdue, perçant à peine l'ombre des rues voisines, allait chercher son écho aux toits nombreux et pressés de la Sorbonne, couverts d'un réseau presque rougeâtre, dont le cercle s'élargissait de plus en plus comme aux approches brûlantes du simoun qui pèse sur les sables.

Au moment où la prose terrible du *Dies iræ* frappa la voûte de sa large et forte harmonie, le crieur pensa voir glisser sous les auvents de la longue rue la robe blanchâtre d'une femme à peine vêtue, dont l'œil cherchait à plonger dans l'église.

Il se signa comme au bond d'un spectre, tant cette femme était pâle.

Il fit un pas, et la vision se perdit....

Un maître ès arts à la chape ronde et noire, tombant jusque sur les talons, et suivi de trois acolytes, ouvrit le livre de l'épître, après laquelle chaque étudiant se détacha de sa place pour jeter de l'eau bénite, selon l'usage, au front et aux pieds du cadavre.

Les choristes chantaient :

« *Ne recorderis, Domine, peccata illius dum veneris judicare seculum per ignem.* »

Ce verset à peine achevé, les vitres de l'église parurent s'enflammer d'un reflet pourpre et lugubre, ainsi que le ciel aux menaces rapides de l'éclair ; les torches pâlirent à ces lueurs qui semblaient se cramponner comme autant de follets capricieux aux ogives des fenêtres, ainsi qu'aux rosaces innombrables du porche dont le seuil même brillait d'un reflet rouge et pâle.

Ce fut une illumination soudaine, terrible, infernale, animée, traversant les galeries et les visages, et se jouant même, à intervalles égaux, sur le front du mort, un instant coloré par ce phosphore.

Les religieux frémirent, et les écoliers se dispersèrent ; les prieurs s'agitant comme de noirs cyprès, les autres comme autant de figures grotesques de frayeur, descendues des tapisseries et des niches de la chapelle ; tandis que le chant saccadé des choristes semblait contenir à peine le désordre autour des grilles de la nef.

Le prieur, au front décrépit, tenait encore l'aspersoir, et ses genoux tremblants effleuraient les dalles, lorsque la triste psalmodie se vit étouffée bientôt par le son criard et enroué d'une crécelle qui bruissait sous le caveau de la tour.

La pierre se leva et laissa voir aux plus proches un spectre blême et tremblant qui s'élança près de l'abbé.

Ce ne fut pas sans peine que l'assistance reconnut le clocheteur qui n'avait trouvé d'autre issue à la cave, et cachait à peine, sous sa longue dalmatique, le larcin d'une fiole scellée de jaune. Son visage, encore plus pâle et plus hâve

(1) Dubellay (Université)

que de coutume, l'eût rendu sinistre à qui n'eût pas connu sa bonhomie facile à s'effrayer du moindre obstacle.

Il tira l'abbé par sa cape, et lui parla quelques instants, puis, au signe de ce dernier, il se cacha bientôt près la galerie du chœur et se tint les yeux baissés sur le marbre armorié des tombes comme un antiquaire courbé sur les lettres héraldiques d'une épitaphe.

Tout à coup les lueurs devinrent plus vives, tout un soleil de météore éclaira la voûte, descendit à flots sur les piliers, et l'on entendit un bruit violent et lointain, pareil, en son éclat, au tonnerre d'une escopette.

Les assistants s'entre-regardèrent.

La tête du cadavre semblait se mouvoir à ce désordre, les reflets larges et violets des vitraux se brisant à ses joues pâles et courant sur le front comme autant de rayons brusques et livides. Dans cet étrange chaos auquel il ne manquait, dans l'esprit des spectateurs, que la trompette du jugement, ces lèvres mortes paraissaient s'ouvrir et le sang rebattre à ces artères, vous eussiez dit Lazare et son linceul, tant le prestige devenait pressant et manifeste, tant ce corps nageait dans la lumière qui semblait encore le doter de la vie. — Cette ironie était affreuse.

En même temps, la voix du gardien, qui venait d'embrasser de ses deux mains la statue la plus élevée du porche pour s'exhausser et découvrir la cause du phénomène, frappa l'écho de ce cri soudain :

— L'incendie ! l'incendie !

Les campanelles de plusieurs flèches voisines mêlaient déjà leur noire volée aux sons lugubres du beffroi de Saint-Jacques, hurlant avec deuil sous un nuage de cendre épais et rougeâtre.

Un vent furieux et lourd froissa tout d'un coup les draperies de la porte de chêne ; les grilles du chœur vibrèrent sous son large poids, les boiseries gémirent comme autant d'orgues, les cierges même ne tardèrent pas à s'éteindre ; une vapeur opaque et chaude dispersa l'encens ; il y eut un horrible silence, puis tout à coup ils se souvinrent, ces assistants sombres et fougueux, de ceux qui leur manquaient, et de leur vengeance ; l'office des morts à peine terminé fut bientôt mis en oubli ; des mains se serrèrent dans l'ombre ; il y eut des pas et des voix confuses, des chants profanes et des prières ; puis voici que la voûte renvoya de nouveau, à ses mille dalles, le cri sonore et terrible : — L'incendie ! l'incendie !

Et la pensée leur montra d'avance le moulin des juifs que la torche embrasait déjà.

— L'incendie ! en hâte !

Alors rien ne put les contenir, ni la voix haute et impérieuse du prieur, ni les menaces des régents et des abbés, ralliant leurs bedeaux comme une digue respectable et salutaire. Les minces remparts d'escabelles cédèrent bientôt, les baguettes des massiers volèrent en éclats ; il ne fallut qu'un instant pour que ce fût un bruit sourd et déjà perdu, un heurtis de vouges et d'épieux à peine sonore sur les rues jonchées de paille.

Un cri soudain suffit à cette armée de djins marchant dans l'ombre, sans ensevelir seulement ses morts, et chaudement éclairée de temps à autre par les violentes secousses de l'incendie.

Ils ne tardèrent pas à s'effacer dans l'angle sombre de la rue Sorbonne, dont les chaînes tombèrent avec fracas sous les coups de hache et les braquemards de cette foule formant à elle seule un immense catapulte.

Cependant c'était à grand'peine que le prieur, soutenu par quelques abbés, avait pu regagner après eux le haut donjon de Cluny, sans obtenir aucune réponse à ses demandes réitérées, tant cet empressement curieux et acharné de la foule se suffisait à lui-même, tant cet amour de représailles lui semblait juste ; elle seule marchait dans l'ombre malgré menaces et défenses, tout cela d'un accord soudain, merveilleux, recueilli.

Que devait penser le prieur ?

Haletant, courroucé, il franchit plus promptement que de coutume les degrés du moûtier seigneurial au-dessus duquel s'agitait le guidon fatal, se découpant en noir sur le ciel de flamme, et que l'Université n'arborait qu'en cas de haute justice et de crime absolu.

Il soupira en jetant les yeux sur la clef de voûte de la tour, bizarre et commun emblème où se voyait un pélican entouré de ses petits, sculpté entre des branches de glaïeul. Le sang de l'oiseau s'échappant à larges gouttes, brillait alors d'un reflet de feu, qui serpentait aussi de temps à autre sur le plomb croisé du vitrage.

— Ainsi de moi ! murmura-t-il, ainsi je saigne chaque jour,

frappé dans l'un de mes fils. Pauvre Jehan! nous t'avons donné des prières au lieu de vengeance. Monseigneur Dieu! quel satan se plaît ainsi à me les occe rer? Race de Caïn liguée contre Abel! Maître Jésus! il faut enfin à Cluny bonne et stricte justice Samson tuait les Philistins, et vous chassiez les vendeurs du temple! N'avons nous pas votre sang dans nos veines, mon bon Seigneur! Par ma mitre, il faut que Cluny se relève! Je veux qu'on refasse le pilori dans mon préau. J'aurai deux échelles pour les archers et les gens du peuple; le prévôt seul aura droit au pilori. Ce damné prévôt! par saint Yves, ils me traitent en pauvre carme, ces messieurs de la connétablie! Merci Dieu! je suis noble et prieur, et puis porter salade en tête et gorgerin sous mon capuce de moine! Disant ainsi il regardait le vaste château des Thermes, son hôtel à lui, dormant au bout de cette rue sombre, comme un noir corbeau de pierre.

• Messieurs mes abbés! cria-t-il enfin. justice! dussé-je élever demain à mes frais plates-formes et contrescarpes, parapets et barbacanes, je ferai sentir l'éperon à ma mule, et ce virolet au premier venu qui touchera le marteau de notre abbaye! »

L'exaltation du vieillard était à son comble, elle s'accrut encore lorsqu'il jeta les yeux sur le vitrage entr'ouvert.

Il frappa le marbre de sa crosse, et se retournant avec douleur:

— Où vont-ils, je vous le demande, sans cimeterres et brancs d'acier, ces maudits enfants de nos écoles? où vont ils? continuer leur Landit! Le guet en soupera, messires mes abbés, aussi vrai que voici grande et haute fumée au-dessus de Saint-Germain-des-Arras.

Ce donjon de l'abbé pouvait en effet servir d'observatoire, ainsi qu'un phare élevé sur les lagunes. Toutefois le brouillard devenait à chaque instant plus épais et semblable aux vapeurs lointaines et chaudes d'une cuve; quelques étincelles vives et hautes dansaient au loin sur la longue frange des nuages bordant Saint-Nicolas-du-Louvre Mais le vent soufflait aussi avec plus de fougue, et força tut au prieur de fermer le châssis de plomb, contre lequel venait tinter à plusieurs reprises une grêle de cendre fine et légère, comme celle que recueille la gondole aux premiers soupirs d'un volcan.

— Dieu nous garde! messires, retournez à la nef, et continuez les hymnes de nuit. le corps du défunt. suivant nos statuts, devant rester toute la nuit dans le mitan de la nef. Sur ce priez Dieu! je veillerai seul...

Oui, seul, car mes enfants ne sont plus là!

Et sur ce front ridé passait un de ces éclairs qui révèlent tout l'orgueil et la douleur d'un prêtre autrefois soldat.

En se levant, sa robe fit bruire un vieux gorgerin d'acier, gisant près d'un saint Jérôme aux enluminures jaunies. Des goussets, un estoc d'armes et des grèves, se disputaient aussi la poussière de ce coin oublié. A demi baisé, vous eussiez pu voir une croix rouge sur de larges gantelets de joute recousus de chevrotins.

— Ceci, dit le prieur, vous paraît-il bon pour un moine?

• Cette armure a vu Tunis et Damiette, Chypre et Jérusalem, voilà ce que m'a légué la croisade de mon aïeul..... le templier..... •

A ce nom ils reculèrent comme si le soufre eût fait jaillir un éclair

— Voyez. reprit-il avec orgueil en promenant sa lampe de fer sur ces débris, si mes fils de Cluny en avaient au moins de pareille trempe! mais non! nous n'aurons bientôt plus, pauvres moines, que notre étole et la croix. Chaque jour nous éloigne du soldat, et déjà nous ne sommes plus des hommes de guerre. On veut que nous ayons du velours. Plus de cuirasse sous notre robe d'abbé, plus d'arquebusier qui nous salue la main haute au passage; notre roi Philippe le Long est fait d'un pourpoint de soie, et jette à bas le casque d'église! ce que saint Louis n'eût pas fait, messires, lui qui nous voulait à cheval, auprès du soldat, comme une autre milice fraternelle et vivante, mêlée aux souvenirs de la tente comme aux gloires du tournoi; soldats de rencontre et pontifes d'agonie. prêtres dans la peste et mariniers à la poupe. confondant ainsi la vie des combats avec la vie des prières. et laissant à nu sur les sables notre poitrine où le scapulaire flottait! Heureux temps où l'on pouvait être plus que martyr, où l'on était homme et utile!

Et ce front chauve retombait sur sa poitrine avec douleur. et ses yeux restaient fixés sur cette armure à oubli.

Les deux religieux s'inclinèrent.

La porte massive, une fois refermée, ils descendirent bientôt sous les arcades sombres de l'église. La lampe de la nef promenait sa pâle lueur sur les bancs déserts encore jonchés

de livres. Le silence était profond, les vitraux redevenus ternes, les cierges pressés se détachaient sur la tenture comme autant de flèches blanches. Le maître-autel, où pendait encore l'étole du célébrant, laissait voir, sur ses degrés de marbre, des escabelles rompues, des parchemins déroulés, des éclats de torches et d'épieux; le pied heurtait çà et là d'étranges figures et des masques impurs froissés sur les dalles, nombre de camails, des pipes de vin et d'espades, au milieu même de la nef. Ce n'était que lie et que désordre.

Un seul homme restait auprès du catafalque.

Le jour douteux, qui l'éclairait à demi, permettait à peine de l'entrevoir sur le pavé presque roux de l'église, cherchant à rajuster de son mieux sa fraise sale et tachée de vin. Ses sandales au bec pointu, recourbées vers la pointe qu'il conservait malgré l'ordonnance rendue contre les souliers a poulaine, paraissaient couvertes d'un reste de chaux humide et grisâtre, assez semblable aux couches de salpêtre que le pied foule dans les caves.

Tout à coup, il parut se diriger vers la lampe aux lourdes chaînes, il se redressa sous le rayon fumeux et tremblant, et tira de son escarcelle une fiole scellée de jaune. Il examina, dans un calme scrupuleux, ce liquide transparent qu'il avait eu soin d'enlever et de mettre à part.

« *Prandra digna!* murmurait-il à voix basse. l'humidité est ici nitreuse et malsaine; d'ailleurs ce n'est pas trop pour ma nuit. Ce maudit prieur qui m'enjoint de veiller le corps! Par saint François, ces deux religieux, ensevelis là bas sous leurs capuches et se promenant de long en large, se tiennent à bonne distance en marmottant leur *libera*. Maître Drelin, mon ami. vous avez fait follement de ne larronner qu'une bouteille. Le diable ne m'affûnerait pas une autre fois à si grande et belle retenue Avec cela que la nuitée vient, et que sans croire aux esprits... »

Un craquement faible et sourd retentit sur les degrés du catafalque.

« *Et ne nos inducas in tentationem*, s'écria-t-il en se frappant la poitrine, mes morts sont trop bien appris, grand saint Aulnay, pour m'en vouloir de mon bourdonnement nocturne. Et pour se rassurer par la conscience de ses poumons, sa voix frappa, de son cri d'habitude, les stalles de la nef.

> Réveillez-vous, gens qui dormez,
> Priez Dieu pour les trépassés. »

« *Amen!* » reprirent les deux abbés, dont la tête se balançait déjà comme un lourd battant d'horloge.

« *Amen!* »

— Or çà, boutons-nous courage, par le divin jus de Noé! et qu'en l'honneur de Cluny vaute ce capuchon de cristal! Ainsi que dit le chantre de saint Panoufle:

> « *O monachi, vestri stomachi sunt amphora Bacchi.* »

Sa main, pâle comme celle d'un spectre, approcha de ses lèvres l'amphore dont le col allongé roulait déjà sur les marches brisées des grilles. Il ne tarda pas à tomber lui-même, avec un cri perçant, contre les boiseries de la nef.

• Pouah! se dit-il avec dégoût, pouah! le local d'enfer! si c'est ainsi que se grattent le gosier, prieurs et régents, écoliers et maîtres, pouah! cent fois la treille de damp abbé! Foin de ce philtre damné! j'en ai flamme et vin aux entrailles, Saint ange Michel en aide! A moi, chambriers et varlets de l'abbaye! Pouah! »

Et le pauvre homme se tordait comme un serpent, jurant à l'envi. et maugréant sans se douter en rien de son malheur, qui dans le brouillard de son zèle bachique, l'avait conduit à la pharmacie au lieu de l'office.

« Sur mon âme, dit-il en levant un gros faras de clefs et cadenas, qu'il tenait encore à la main, dormaient là pourtant de longues et braves amphores scellées aux armes universitaires Vive Dieu! aimerais autant les saintes huiles en guise de coupe; oh! oh! l'angine me tient au col comme une corde de puits. Me sera souvenance de cette eau bénite de cave!

— A la fin, est-il vrai que je respi e, et vois déjà plus à l'aise. C'est bien ici l'abbaye et son triple où ie.... Je l'ai mesuré de l'œil maintes fois en passant au soir, comme une ombre, *claro ad clochas nostras...* Et c'est moi. Drelin le clochete ur, qui veille ici sur un mot de l'abbé, laissant en paix, pour cette fois, le porche de saint Christophe et l'huis de saint Auben, mes stations ordinaires, pour faire office de chantre de nuit, près d'un bien de bas che! Avant qu'aille la Saint-Sylvestre, Drelin ne sera plus à point la lanterne! Voirement je la voudrais belle... Une belle et solide armoire contre les vers, avec lames de cuivre et chaines d'acier se renfermant sur moi au *De profundis* sonore de toutes les flèches de Paris! Cela me sera bien dû, sous quelque lune que je vienne à défendre.

« Ainsi que chante ma femme Margentine »

> Au préau de Saint-Andoche,
> L'rsque tintera la cloche,
> Le révérend paraîtra ..

« Par le Malchus de monsieur saint Pierre! cette lampe se balance bien pâle... *Ave Virgo!* le froid me pénètre encore plus que le tourment d'être ici à pareille heure *Recordare, Jesu pie.....* avec cela qu'on dit qu'il faut prier pour les morts, en foi de quoi, c'est toujours la chanson de dame Margentine :

> Ressouviens-toi du sacristain,
> Chevauchant mort sur un poulain,
> Entrant tout droit au refectoire....

Deus in adjutorium !.. pauvre bachelet d'écolier!... tu vas en avoir des hymnes et répons, ne fût-ce que pour réchauffer mes pauvres membres tremblants, à cette heure de nuit, comme un brochet près la poêl. Hum! dorment-ils pas d'un franc somme, les papelards de monsieur l'abbe, ensevelis qu'ils sont sous leurs bonnets de serge violette ?

> Réveillez-vous, gens qui dormez,
> Priez Dieu pour les trépassés. »

Au même instant, le vol épais et poudreux d'un oiseau de nuit fit crier la lampe sur ses larges anneaux de fer. Son tournoiement fut rapide, et quelques gouttes brûlantes tombèrent sur le catafalque au-dessus duquel elle se balançait encore en grinçant.

Le clocheteur fut contraint de regarder.....

Aussi bien, il ne pouvait faire autrement; le prodige devenant impérieux, horrible, manifeste. L'ombre de Banco n'était rien près de cela.

Et pourtant son œil ne vit rien d'abord, rien qu'une main serrant avec force la serge noire du catafalque, convulsive, hideuse et crispée comme par intervalles. Le corps restait couché tandis que se balançait la main. Seulement un faible soupir semblait comprimé sous cette robe; un soupir lourd et prolongé, semblable à celui d'un homme qui meurt lentement aux plombs de Saint-Marc, et se raidit contre l'agonie de son cachot.

Le balancement galvanique de cette main arrivait lentement aux épaules du cadavre, dont la tête se dérobait à la vue du pâle clocheteur. La sueur trempait ses joues.

Dans cette brume inouïe de se tige, dans cette effrayante et lugubre orgie de ses sens, il n'osait former un pas, ou se jeter hors du rêve, tant se grossissait, rapide et flamboyant, à ses yeux, cet obscur essai de la tombe, ce jeu muet de la mort.

Immobile et terne, son œil voyait danser autour de lui les vieux piliers de la nef, déjà prêts à former la ronde du sabbat, pour fêter le cadavre, revenu pourtant, comme par un second miracle, à son état d'immobilité.

La main pendait, blanche et lourde comme le bras de marbre d'une statue dont un pâle reflet sillonne les veines.

Ainsi, aux prises avec la vision, le seul spectateur de cette scène sentit à l'instant dans son âme un découragement profond et merveilleux, celui d'un homme qui perd son bien son rêve, son mensonge, sa création, car il sentait lui, tout homme faible et grossier qu'il fût, qu'il y avait eu sans nul doute une voix dans ce silence, un appel dans ce geste, un soupir dans cette douleur, et que parlant ainsi la tombe devait être écoutée et secourue.

Dans ce drame, dont il venait d'être le témoin, il sentit qu'il devait tenir sa place, fût-il conduyé par la magie, enlacé par les ténèbres. Alors, s'étonnant de lui-même, il s'avança d'un pas moins timide vers le cadavre.

Le silence de la nef dominait de toute son horreur cette pâle investigation; les chapelles noires et profondes, les colonnades et les découpures du chœur avaient presque disparu sous le crêpe d'un ciel plus noir à peine troué de quelques éclairs ardents et rapides.

Le clocheteur pouvait cependant discerner le grossier échafaudage sur lequel il mettait le pied, il frissonna en sentant sous lui le grincement des roues du chariot, et alors il serait de son mieux ses jambes frêles et raides, pareil à l'homme qui sonde l'abîme entre le sommet d'une montagne et les profondeurs d'un ravin.

Parvenu à la dernière marche, il n'osa d'abord jeter un regard sur le corps, cette curiosité lui semblant à ce moment même la dernière limite qui le séparait de la vie, le pauvre homme chancela comme un fossoyeur qui vole un mort, et s'interrogea un instant sur le marbre brisé du caveau.

Son héroïsme incertain de courage et de pitié croulait déjà; si voisin qu'il fût de la tombe, il lui venait pourtant en idée que ce prodige ne pouvait avoir que Dieu pour artisan et prophète; ses cheveux se dressaient alors, et son pied se portait arrière. L'orgue aux cent voix lui semblait devoir crier.

Il hésitait donc, ivre de peur et de vertige, bercé par le flux et reflux de la vision, pâle figure de squelette près d'un mort, et le bras appuyé sur le drap qui semblait à lui recouvrir sa tombe.

Il hésitait, quand une main de glace saisit la sienne....

L'étreinte fut sombre et puissante. Le clocheteur resta debout; son regard brisé retomba sur cette main. Les nerfs seuls semblaient crier comme les câbles dans la tempête; les doigts s'étendaient avec force, un sang violet et lourd semblait accourir à ces veines, comme pour refondre la vie dans ce creuset vide et nu

La transparente mobilité des vitraux encadrait de tout le jeu de ses reflets cette lutte bizarre et douloureuse, qui se renouvelait avec plus d'intelligence et de vie.

Les yeux même semblaient s'ouvrir à cet effort obscur et prolongé; la tête ondoyait dans cette nuit, et les cheveux se déroulaient souples et longs sous la brise froide de la basilique.

Tout incroyable qu'il fût, ce réveil n'avait rien d'étrange pour tout autre que pour le muet spectateur penché sur le catafalque. C'était le combat d'un enfant qui lutte encore contre les ombres du rêve, et cherche à se soustraire au poids qui l'oppresse; un combat pénible et douloureux, où tout le corps crie pitié pour obtenir qu'on le délie de la claie. Les bras se tordaient avec force, les lèvres remuaient par intervalles; c'était un trémissement actif, inexorable, soutenu, et qu'on eût pu comparer à la lutte mystérieuse de Jacob avec l'ange.

Et cependant, aux yeux même de cet homme ébloui et consterné, devant ce spectacle, la magie s'affaiblissait, cette sombre lutte devenait plus pâle, ce réveil plus douteux. Le corps semblait avoir épuisé sa force dans ce dernier et sombre cri, qui peut être n'allait pas encore se faire entendre.

Un moment de plus et le seul homme réservé à cette scène d'effroi, le seul témoin de cette lugubre tentative allait devenir homicide, — il laissait mourir la mort.

Alors seulement, il se pencha sur le front de l'écolier.....

Un pouvoir magique de terreur et de pitié fascinait son regard, devenu confiant vis-à-vis cette paupière livide. Il écarta les cheveux des tempes froides et verdâtres, souleva la tête qui se balançait à demi, et sur la manche tendue de sa dalmatique laissa tomber quelques gouttes du vin de Colombo, ce contenu amer et rude qui venait, l'instant d'avant, de lui paraître une énigme. Il frotta vivement le col du cadavre dégagé de sa mentonnière de serge aux agrafes pendantes; puis son souffle de vieillard se promena sur ce front d'enfant comme une brise lente et salutaire, et tout glacé qu'il fût, ce souffle eut le pouvoir d'y réveiller le sang endormi; l'enfant ouvrit les yeux sur ce pâle sauveur, effrayé de sa puissance, qui poursuivait son œuvre comme pour obéir aux voix perdues dans les piliers, au frémissement de l'orgue, et au retentissement des tombes de l'église ébranlées par un bruit lointain et sourd.

Une fois en contact avec la mort, le clocheteur n'osait se dérober à sa voix; il écoutait religieusement ces soupirs et ce silence, continuant son service d'esclave et de médecin près d'un malade, souriant à chaque progrès de la vie, et la suivant avec amour, comme un fleuve qui retourne à son lit aride.

Mais tout résigné qu'il fût, le pauvre homme tremblait encore que le miracle ne vînt à le broyer comme un grain, et que le fantôme n'essayât sur lui sa puissance. Toutefois, en reportant sur l'enfant son œil ébloui, la pitié venait combattre sa frayeur. Et en effet, tout cet être implorait la vie comme une aumône, tout ce corps se tordait pour l'obtenir, et s'avançait déjà radieux vers la lumière

Un long soupir vibrait seul dans cette nuit déserte et froide, c'était le remerciement du pauvre bachelier, et il s'élançait comme un hymne pour se pendre aux ogives aériennes des galeries, et retomber ensuite comme un poids sur l'âme du clocheteur, dont il reveillait le zèle.

Cet homme en était venu faire une œuvre machinale, celle d'un médecin ordinaire qui interroge une veine qui bat, et compte les minutes de la fièvre, indifférent et résigné.

Tout à coup il recula.

Le cadavre se levait.....

. . . .

Au quatorzième siècle cela pouvait, à vrai dire, paraître un miracle, il y avait de quoi fonder trois chapelles et donner le branle jusqu'aux moûtiers de Rome. — Ce qui fit que le clocheteur se signa....

Un fantôme l'eût peut-être moins effrayé.

Mais il y eut dans ce mouvement brusque et fougueux une précision incroyable et sombre, il vit un géant dans ce jeune homme il entendit le claquement des os. Ce fut un jeu d'optique qui ne dura qu'un instant.

L'écolier, chancelant encore sous l'horrible vertu du breuvage de la tour, posa machinalement ses deux bras sur le bas du sarcophage, et souleva son regard vitré sur l'enceinte de l'église. A voir sa pâleur, vous eussiez dit l'ange assis sur la pierre du tombeau ; sur ses cheveux retombant en larges boucles, il sentit peser un froid de glace ; il voulut alors se lever, il retomba près d'un balustre.

Le clocheteur n'osait lui prêter sa main.

En cet état l'œil de l'enfant dansait, ébloui de mille visions confuses. Le portail et les colonnes, les statues aux robes ciselées, les frises et les stalles se groupaient autour de lui, puis reculaient avec une magique frénésie ; c'était un brouillard, un chaos.

A ce moment encore, le jour plus rouge qui enflammait les fleurons des rosaces confondait son imagination malade, qui trébuchait ivre d'opium, et poussait lui les plus indéfinissables figures. Il ne pouvait comprendre et comment il se trouvait là, dans un lieu qu'il ne reconnaissait pas, ni par quelle fatalité il n'avait plus son instinct à lui ; sa tête pesait d'un poids horrible, le sang tourbillonnant avec violence à ces canaux brûlants, en quittant ses mains déjà glacées par le froid de l'église.

Il réussit pourtant à marcher.

Ce fut un pas timide, comme un pas d'enfant dans la nuit, incertain et vague comme la marche du somnambule sur la poutre à pic de la toiture. Tout ce corps semblait tâtonner la vie. Les mains, dans ce jour douteux, se raidissaient contre les obstacles, sans que la tête pût se les expliquer, sans que l'imagination déchirât le voile qui retombait sur cette ombre mouvante.

Dans ce duel avec son intelligence, il succombait maintes fois, puis se relevait, enfin il resta vainqueur ; ses yeux s'affermirent dans leur cercle fatigué, sa main froide pressa la boiserie de la nef, puis, en face de l'autel, ses lèvres s'ouvrirent ; il s'enivra de l'encens, il regarda les flambeaux, les hautes ogives, la tenture, il vit ce deuil, ce deuil horrible, la nuit, — ce silence et cet homme de tombe : il joignit les mains devant cette énigme implacable, et déjà il se trouvait à genoux, et sans le savoir il avait crié :

« Merci ! »

Le clocheteur le vit ainsi dans une extase muette et profonde ; semblable au naufragé qui a fait un vœu, et qui pense encore, à genoux, aux rafales de la tourmente.

L'ombre du vertige une fois dissipée, Jehan demeura triste et morne, jetant de temps à autre un regard au clocheteur, qui restait scellé sur les dalles, comme un pâle seigneur sur son tombeau d'armoiries. A peine avait-il souvenance de cette grotesque et sombre figure, encore moins osait-il l'interroger. A peine se sentait-il aussi lui-même, se croyant engourdi par le froid ou bercé par le monotone roulis des hymnes, encore bruissantes à son oreille au milieu de ce silence.

Le breuvage d'amour, que la main de cette femme avait fait couler dans ses veines, terrible et indolent, ainsi qu'un philtre de mort, avait envahi ses organes étouffés comme par les replis d'une hydre. Mais il fallait le froid de la Seine et le lit de ses eaux à ce lent opium, destiné à assoupir l'agonie, dernière ressource d'une pitié sans cœur qui s'abusait ainsi sur le supplice.

Les traverses et les fougueuses rencontres de la route envoyaient à ce sommeil de trop électriques secousses pour que ce fléau dût longtemps peser sur ces membres de jeune homme sans voir diminuer leur léthargie. Par un contraste merveilleux, et tout en oppressant le réveil, cette liqueur voyait fuir sa puissance après ce premier combat de dépérissement et de faiblesse. Une fois domptée par le sang, qui rentrait vainqueur dans ses artères, elle ne laissait plus qu'un balancement monotone, pareil aux chants d'une nourrice aux noëls du vieux foyer. Une palpitation vive et soudaine tourmentait déjà l'enfant d'une surabondance de vie. Dans ce bourdonnement étrange, tout devenait pour lui jeune et brillant ; son œil, longtemps fermé, sentait sur ses cils noirs glisser de longues étincelles. Il était heureux et triste, ses genoux tremblaient, sa respiration était lente, et il s'é-

tonnait du fluide mystérieux qui l'inondait comme une fleur, lui qui se fût méconnu dans une glace de Venise présentée à son visage, tant il gardait sa pâleur de tombe, pareille au voile que nul vent ne doit plus soulever.

Dans son effroi naïf, il suivait lui-même les traces des câbles, dont ses bras étaient marbrés, puis il se prenait à sourire ; il ne concevait rien à ce supplice dont le souvenir le quittait, il marchait et respirait à flots l'air de cette église ; et, dans ce rapide étonnement de tout son être, son cœur bondissait de joie et chancelait d'espérance, et à le voir ainsi jeune et triste, pâle et renouvelé, vous en eussiez fait une de ces molles statues de cire, où Ruys, à force d'art, maître de ses arômes, et de son secret, avait fait redescendre le sang et la vie.

A cette heure même, le jour étrange de cette nuit, — le jour d'incendie, plus rapide et plus flamboyant, semblait, à lui seul, refléter tant de jeunesse et de fatigue. Les gerbes des vitraux, lumineuses par intervalles, l'enveloppaient de leur splendeur, et, au milieu de ces radieuses ténèbres, il reprenait son âme et sa chair ; tout ce feu lointain l'éclairait ; — c'était le soleil de la création, ou l'auréole d'un ange dans les limbes.

Alors, pour la seconde fois, il se prit à regarder le clocheteur....

Celui-ci, à demi caché par l'ombre du chariot qui avait servi de catafalque, agitait en ce moment le sac énorme, étendu comme un drap sur les degrés.

Un cri d'effroi frappa la voûte.

Les deux religieux, levant la tête, s'enfuirent vers la porte basse du préau, qui siffla sur ses gonds comme un serpent courroucé.

L'écolier, ramassant le bout ferré d'un estoc, marchait droit au clocheteur.

—Non cette fois, vassal de mort ! arrière ! Tu es dans le temple, et je me fie à mon maître et Dieu ! Renfonce ton hideux sac, fils de Satan ! Oh ! je me souviens maintenant.... Je me souviens ! ....

Son regard fendait la nuit comme l'éclair, puis tout à coup ses mains défaillirent....

La place Sorbonne retentit alors d'un pas égal et bruyant de chevaux.

Le haut portail de l'église, encore entr'ouvert, laissait discerner au clocheteur les hoquetons de messieurs du guet a cheval, cachant leurs arbalètes sous une longue gasverdine, tombant en housse sur la croupe de leurs montures.

La troupe fit halte devant l'abbaye s'étendant en spirale vers le coin de la rue du Fouare. Quelques torches brillaient aux mains de ces chevaucheurs.

— Capitaine André, dit un sergent, départons-nous par les Mathurins ? ou n'est ce pas assez déjà des cent archers de monsieur le prévôt ? Corps Dieu ! la flambe fut belle, et fume encore comme un fagot, je le sais.... Mais nous venons de Saint Denis, nous autres, et retournions prestement à notre montée Sainte-Geneviève.... Voyez plutôt l'état de nos mailles et goussets... Ces frocards d'étudiants ont des bras plus lourds que leur sacoche ! Ils briseraient dru comme pavé des moineaux de fonte, et parapectes de Tournay.... Et depuis hier que nous leur donnons pourchasse....

— Par les mâchicolis du Louvre ! cria le capitaine d'ordonnance, l'estramaçon au poing et la tête dans l'armet, je suis Jean de Poupaincourt, homme d'armes, expert et savant en guet et contre guet. – A donc en marche ! et déployez ce guidon roulé autour de la lame, où sont gravés ces deux écussons aux gueules de madame Jehanne de France !

Ce dernier nom vint rouler, d'échos en échos, sous le dais sombre de l'église.

Jehan l'entendit, et se pressa, tremblant, contre la chape du clocheteur.

A les voir, vous eussiez dit deux fantômes, appuyés l'un sur l'autre, dans une froide et triste nuit.

Le premier, enfin, le clocheteur rompit le silence. Epuisé, tremblant, il ne voyait que ce seul moyen de se soustraire au fantôme.

— Messeigneurs ! s'écria-t-il....

Cette voix, partie de la nef, fit trembler l'escouade entière.

« Messeigneurs, en aide !.... »

Le capitaine se crut forcé d'arrêter.

— Holà ! mon banneret, sommes-nous pas devant des moûtiers du diable ?

L'enseigne sauta, d'un bond, du haut de sa housse, et s'arrêta béant sous le porche de l'abbaye, où se dessinaient deux ombres. L'une avait saisi fortement la ceinture de l'autre, et se cramponnait ainsi à ce fantôme vivant.

Le clocheteur n'osait se débattre.

« Vrai Dieu ! cria le capitaine, est-ce le sabbat, ou la nuit des fous ? Ventre du pape ! je flaire ici quelque belle odeur de soufre.... Qu'en pensez-vous, messieurs mes archers ? »

Il se retourna, puis devint pâle, quand il vit que, dans cette coupe, chaque main tremblait sous le gantelet d'acier.

Lui même frissonna devant la figure de l'écolier.

Celui-ci, les mains jointes, suppliait le clocheteur, sa voix ne pouvant atteindre les hommes d'armes....

La lumière des torches serpentait en longs anneaux, comme pour éclairer cette scène de nuit, où venaient se taire jusqu'aux hennissements des chevaux.

« Ma mère ! oh ! qu'on me rende ma mère ! Pitié, messires les hommes d'armes, pitié !.... Seigneur capitaine, c'est à l'hôtellerie prochaine.... à.... »

Cet effort l'épuisait.... Sa voix mourut sur ses lèvres.

— « Que demandent ces gens ? » dit le capitaine pressé d'en finir.

— « Rien, mes maîtres, si ce n'est qu'on me délivre de ce fantôme, » cria le clocheteur, en s'attachant au chanfrein du capitaine.

A ce moment il jeta les yeux, comme d'aventure, sur un grand tableau, capricieusement éclairé, au bas du portail, et sous lequel Jehan se trouvait prêt à défaillir. Cette peinture, attribuée par les uns à Valentin, d'autres à Simon Vouet, son maître, représentait le *Reniement de saint Pierre*.

L'apôtre infidèle avait encore une larme suspendue, comme un remords, à sa joue ridée.

Le clocheteur allait renier aussi.... Un remords subit lui fit tourner la tête.

Jehan se sentait mourir, et ne pouvait même pleurer.... Le clocheteur se rappela son premier courage, son œuvre commencée.... Il courut à lui.

— « Viens, s'écria-t-il, mon pauvre blondet d'écolier ! Viens, tu es à moi ! Je te sauverai.... Tu seras mon fils, je brave tout.... »

Une larme arrosa ses cils grisâtres, une larme roulait aussi sous la visière d'un heaume d'acier. Le capitaine l'essuya.

— « En hâte ! » s'écria-t-il.

Mais le clocheteur se souvenant de la taverne où l'on avait déposé la vieille...

— « Sa mère, vous pouvez la lui rendre ! A l'hôtellerie de St-Jacques, messires ! La pauvre femme l'a tant pleuré ! Ne donnerez-vous pas bien la croupe d'une mule à notre misère ? Par pitié ! seulement jusqu'à la pointe de Nesle !.... »

Un archer, à terre, tenait encore les rênes de son palefroi. Au geste du capitaine, il souleva l'enfant de sa main nerveuse, et se plaça sur la selle, entre le clocheteur et lui.

L'escouade entière battit des mains.

A cet instant le flot des torches hautes et pâles fit entrevoir la robe violette de Jehan.

— « C'est un écolier ! grommela l'un de la bande. »

Il n'y eut qu'un faible écho pour ce murmure.

— « C'est un enfant ! reprit le vieil archer, voyez comme il souffre ! »

Et ses larges gantelets faisaient à Jehan un mur d'acier.

Le clocheteur embrassait de ses deux mains le corselet de l'homme d'armes...

Dans ces rues sombres et noires, la caravane tournoyait au galop.

Ainsi chevauchant, elle atteignit bientôt le coin du pont Saint-Michel, alors surchargé de toits aux devantures de toutes couleurs, dominés par les flèches de Saint-Eloy et de Saint-Pierre-des-Assis, en regard de la Sainte-Chapelle. A cette heure de nuit, la foule encombrait encore ses arches de bois, plongées dans la Seine comme les mâts d'une noire flottille.

Il y avait là des mariniers aux jaquettes blanches et rouges, au cor de cuivre légèrement suspendu à la ceinture, des hôteliers aux figures de lie, des moines et des religieux sortant en hâte de Saint-Barthélemy aux premiers tintements de son beffroi. Tout ce peuple à l'envi confondu, inquiet et agité, se pressait vers le Châtelet et le coin du Pont-au-Meunier, d'où surgissait à l'autre rive le plus étrange spectacle.

Le ciel largement enflammé écrasait de ses nuages l'immense terrain sur lequel rugissait encore l'incendie. A peine semblait-il permis de distinguer les deux ailes d'un énorme moulin déchirant de leurs pointes ce brouillard ardent, ainsi que les voiles acérées et poudreuses d'une felouque.

Comme un mourant qui se tord, l'incendie en était à son râle ; il se levait et retombait par secousses, furieux et sombre, indolent et morne ; tantôt comme une hydre dardant le ciel de ses langues de feu, qui se croisaient en sifflant, ou s'étendant à flots de bitume comme une lave qui s'apaise.

La Seine, diaprée de nuances infinies et distinctes, ouvrait son lit à tant de fracas, de hurlements et de deuil. Des poutres brisées et fumeuses surnageaient à ses eaux de pourpre, qui redoublaient à plaisir la gigantesque magie de ce tableau. Le bâtiment miné par la flamme, et qui restait dans l'ombre ainsi qu'un roc calciné, devait au premier coup d'œil porter dans ses flancs le fléau depuis deux heures, tant les progrès du volcan jaillissaient empreints de tous côtés en sillons ineffaçables.

Le feu semblait avoir gagné les toits voisins, bordés de saussaies et de vignes aux treillages rompus et noircis. Une épaisse batterie de fumée et d'étincelles déchirait encore à cette heure la nuit profonde qui resserrait peu à peu ce singulier cadre sans autre bordure que la Seine, où les hautes tours du Louvre semblaient rafraîchir leur sombre et brûlante ardoise.

A voir ainsi cette fournaise, seul et la nuit, sans autre guide que votre pensée, l'effroi vous eût pris au cœur, les arbres des Gerdains du roi vous eussent vu tourner la tête.

— Ce fut une triste nuit !

Mais il y avait aussi dans tout ce silence des voix plus tristes encore, des voix sonores, éclatantes, confuses, étrangères, des voix de torture et d'effroi ; tous ces cris se mêlaient, aux poutres qui grincent, aux toits qui croulent, au beffroi qui hurle, au feu qui tonne ; c'était le hourra des damnés dans un cercle du Dante. Toutes ces voix sortaient du moulin comme les voix d'un volcan.

Je vous l'ai dit, c'était le moulin des juifs.

Là, ils avaient leur creuset et leur farine, leurs trésors et leur industrie ; là, ils s'étaient parqués pour faire leur commerce ou leurs sorcelleries, comme on le disait alors, et ainsi femmes et vieillards, usuriers et enfants, avarice et misère, tout cela dormait sous la meule de ce moulin. C'était le rendez-vous de la synagogue, un lieu d'obscurité et de trafic ; là il se faisait des transactions commerciales, du levain et de l'alchimie ; là, tourbillonnaient à heures fixes des hommes à longues robes, le front rasé, et laissant à peine entrevoir de fines balances de cuivre qui ressortaient de leurs longues manches ; étranges prêteurs des rois, battant monnaie pour ces mêmes hommes qui les rayaient de leur territoire, entourés de malédictions et de pièges, d'erreurs et de préjugés, desséchés par l'usure et courbés par l'âge ; pèlerins de proscription et de hasard, qui pouvaient à peine se conquérir une tombe dans ce Paris, si vieux et si pauvre, soulevant contre eux toute la puissance de sa haine.

Tour à tour chassés de France et rappelés, livrés par Philippe le Bel, et pardonnés par son successeur, ces Nazaréens poursuivaient ainsi leur vie d'opprobre, tenant en main le bâton blanc du départ, souvent creusé comme une dernière cachette à la monnaie de Lucques ou de Florence.

A cette époque, une troupe étrange, composée de bandits, de fainéants et de bergers, n'ayant pour armes que la malette et le bourdon et se proclamant les défenseurs du saint sépulcre dans leur rage nouvelle de croisades, se réservait déjà les juifs pour leur hécatombe de Palestine, n'offrant à ces malheureux que le choix du baptême ou de la mort.

La voix publique donnait à ces tueurs le nom de *pastoureaux*. On se racontait partout les méfaits de leur audace. Ils avaient forcé le grand Châtelet de Paris, et le prévôt lui-même avait roulé sous leurs coups du haut de l'escalier de marbre. Osant ensuite se ranger en bataille sur le Pré-aux-Clercs, cette nouvelle armée avait brisé les chaînes de la capitale, sans être poursuivie ; puis, débordant comme un flot sur les provinces, e le avait enfin trouvé en Languedoc une digue tardive, mais salutaire.

Dans ces ténèbres pourtant, on croyait entrevoir plusieurs de ces sombres visages échappés au pilori, et dont l'œil brillait comme celui d'un aigle sous leurs chaperons de laine rouge.

Alors aussi et par un jour blafard d'incendie, nombre de juifs se trouvaient encore rassemblés en cet endroit, spectateurs timides ou résignés comme les Hébreux dans la fournaise. Les uns serraient convulsivement de longs sacs de cuir remplis de royaux à l'effigie du dernier roi, deniers menteurs et de fausse fabrique enfouis dans quelque recoin de cet édifice de fraude. Les autres se perdaient dans le tumulte des rues voisines, joignant les mains d'un air stupide, comme pour demander la raison de ce massacre.

Des écoliers bondissant avec fureur sur les corps de ces misérables à demi calcinés par la flamme, cherchaient encore à genoux quelques livres tournois ou royaux dans leurs manches brûlées et noirâtres, pendant que d'autres bandits arrêtaient impitoyablement chaque passant porteur d'une *corne* à son chaperon, signe distinctif de la nation juive, et dont les lois avaient elles-mêmes réglé la forme.

Dans ce désordre le moûtier voisin de Saint-Lenfrey avait peine à se faire entendre. Les robes de Cluny, de Navarre e de Montaigu se croisaient dans cette multitude. sur laquelle venaient fondre de temps en temps les bourrades obscures et continues de quelques archers, à demi morts de fatigue sous une grêle de pierres et de cailloux, et à laquelle monsieur le prévôt, en robe de haute livrée, avait cru prudent lui-même de commander halte vers le coin de la Mégisserie.

Elle fut rejointe en ce moment par l'escouade du capitaine, qui débouchait en bon ordre, et parut de suite former conseil, se tenant ainsi à distance comme un corps lointain d'observation.

Auprès d'eux, les rugissements de cette tempête s'élevaient plus forts et plus terribles.

Tout à coup la foule hurla , puis battit des mains.

Ils détournèrent la tête.

Le ciel, plus effrayant et plus noir, semblait se rembrunir encore , afin de laisser voir ce terrain de flamme et de vengeance, sillonné par une frange livide d'éclairs, qui retombaient comme autant d'étoupes embrasées au fond de la Seine.

La base du moulin chancelait, et cependant ses larges ailes tournoyaient encore dans l'espace. Au centre de ces deux ailes, on distinguait de loin une masse noire tournant en saillie sur les boiseries brûlées par la flamme. Ce point merveilleux, fixé dans l'ombre comme un rouage silencieux, venait de frapper la multitude. Bientôt un cri farouche avait suivi l'examen de cette curieuse énigme.

C'était un homme qui servait ainsi de pivot.

On ne l'avait pas vu seulement fixer ainsi, l'ombre du ciel avait couvert cette vengeance.

Le branle une fois donné à la meule éleva ce corps à plus de cent coudées par un mouvement horrible et soudain de rotation ; les cheveux pendaient sur le front pâle et souillé de cendre ; les bras demeuraient tordus sous des liens de chanvre qui serpentaient jusqu'aux genoux. Dans ce silence, la bouche seule , ouverte comme une fournaise , appelait la mort par un petit nombre de paroles entrecoupées et confuses.

C'était plus que le supplice de la roue, où la barre vous tue ; ici l'agonie était un jeu. A ses pieds , cet étrange géant de bois semblait broyer le misérable ; puis, tout à coup, il le reprenait aux cheveux et l'élevait en vainqueur, laissant la brise passer un instant sur sa tête chauve , comme pour rafraîchir la torture. Le pâle visage du condamné dominait tantôt la foule avec un blasphème , tantôt venait se briser, avec un murmure, sur les cailloux de la rive.

« Le juif en croix ! le juif ! »

Les écoliers brandissaient leurs pennons et tribards en signe de joie, les uns intrépidement suspendus à la haute échelle de ce moulin , et jetant de temps à autre des brandons ou de la boue à cet homme, d'autres aidant le peuple à recueillir et mettre en sac le peu de farine qu'avait épargné l'incendie.

Ces largesses faisaient bénir les écoles.

« Los à Cluny , Narbonne et Navarre! » criait la foule.

Cette rumeur allant frapper le coin du four l'Évêque, avait fait aussi doubler le pas à la mince cavalcade où chevauchaient le clocheteur et l'écolier.

L'enfant tremblait et ne comprenait rien à ce tumulte.

Tout à coup il vit le corps tournoyer aux ailes de bois du géant. Il pâlit devant le juif , dont le regard , à son imagination frappée, sembla glisser de toute sa hauteur d'agonie sur son front de chair.

« Le juif en croix ! le juif ! »

C'était une horrible représaille. Pour compenser le fatal calvaire du Christ, cette vengeance populaire, dans sa fougueuse ignorance, avait cloué l'un de ses bourreaux à cette claie flamboyante, éclairant la foule de ses rayons brusques et livides.

Les yeux du supplicié se fermaient déjà.

Immobile devant cette sombre mêlée, Jehan suivait de l'œil tous ses mouvements sans les comprendre, pareil au captif qui ne partage plus les joies et les périls du combat. L'archer qui le soutenait avait pris, en pitié, tant de faiblesse et de grâce ; et malgré sa soutanelle d'étudiant, il le traitait en frère d'armes , se faisant expliquer par lui les couleurs variées et sans nombre de ces pennons universitaires, qui surgissaient dans l'incendie comme autant de branches aigrettes.

Le clocheteur, aidé de son breuvage, laissait couler de temps à autre quelques gouttes entre les lèvres glacées de

l'écolier , dont il gardait le missel aux lourds fermoirs , pareil au varlet de chevalerie qui garde l'écu blasonné de son seigneur.

Les nombreux hoquetons de messires du guet semblaient à peine rassurer le prévôt, qui reculait de plus en plus devant de ce tumulte , le mauvais état de la compagnie du guet bourgeois étant de nature à le confirmer dans son irrésolution militaire.

Les uns avaient leurs cuissards brisés ou disjoints , les autres se plaignaient d'un bois de lance éclaté, ceux-ci défendaient sans ordre leurs arbalètes et soulageaient leur chef bourgeois du poids du heaume, la plupart se mourant de frayeur devant les cailloux suspendus dans leur imagination à chaque verrière éclairée par les reflets de l'incendie.

Depuis quelques minutes, le clocheteur, assurant sa pause debout sur les étriers, paraissait suivre du regard une mule fougueuse, passant et repassant dans cette longue ligne d'étudiants comme une biche effrayée par les chasseurs.

Tout d'un coup : « Ho ! ho ! jeunes gars, dit-il à Jehan en le tirant par sa robe, avisez-vous là-bas votre prieur encapuchonné de l'armet sous sa chemise de mailles ? Vrai Dieu ! il porte la botte de saint Benoît mieux qu'homme d'armes. Voyez, seigneur capitaine.... là, de ce côté que meurt la flambe ... »

La troupe put voir en effet l'étrange prieur botté et éperonné sur sa mule Il s'écriait la dague au poing :

« Bien, mes âmes fils, los à Cluny!.... Assez de fagots aujourd'hui... Je l'avais dit que vous me verriez près de vous comme un lion près les siens ; par ainsi nous vengeons en ce lieu notre sainte cause. Mort aux contempteurs de notre justice ! aux dagueurs de nos enfants !.... Mort au juif ! los à saint Yves ! .. »

Et il paraissait élevé sur un pavois , tant il dominait la foule.

Les écoliers l'entouraient comme une bannière.

Cependant le peuple affluait toujours dans la direction des rues voisines, vers le moulin en regard de l'hôtel de Nesle , qui réfléchissait à ses vitraux le sang de cet incendie.

Malgré l'effroi de cette nuit, on comptait dans ce peuple armé nombre de femmes , la plupart vieilles et avides, ramassant le grain à moitié brûlé pour le reporter à de longs bahuts épars sur la rive.

Un bruit constant et sourd s'élevait de ce côté, où bouillonnait encore un reste de lave. Il y avait à cet angle de pauvres juifs qui payaient rançon au vainqueur, déliant sans pitié leurs bourses de cuir , et qu'on maltraitait avec rage pour obtenir d'eux la livraison de leurs florins d'Italie et de leurs besans d'or, enfouis dans quelque cachette voisine.

Les torches seules erraient comme autant de fantômes dans cette nuit.

« Mille lances ! et je marcherais , fit le prévôt agrafant sa robe de livrée comme pour sembler résolu.... Mais l'Université bordée de fer ! Mais le peuple qui peut tout contre les juifs... Malédiction !... »

Il grommelait ce dernier mot lorsque des cris plus aigus et plus voisins se firent entendre.

— Holà ! ribaude, ma mie !

— Folle Galloise, en fraude à cette heure ! Où courez-vous seule et si hautaine par cette flamme, sans bonnet pointu, ni affiquets de monseigneur Priape ? Tout au moins il vous faudrait, belle gourge, cacher ce petit ceinture dont l'or seul vaut le clapier de Champ-Fleury. Or çà, qu'on le reconnaisse. Agnès, Radegonde, Alice ou Marie. vous avez , ma belle, une gorge de reine ! Les beaux bras ! aussi soyeux que la fourrure de notre régent ! — Oui da, tête amie, venez ici pour voir la flambe seulement ! en cornette savonnée de frais ! En marche, à l'amende! — Et monsieur le prévôt va vous faire épouser la tour de Billy pour récompense !

Tout ce bruit de voix confuses et de paroles d'orgie poursuivait une femme vêtue, poussée, par la joie brutale des étudiants et du peuple , jusqu'à l'angle de cette rue, et se faisait à grand'peine un voile de ses noirs cheveux ramenés sur ses épaules. Sa figure, plus pâle que sa guimpe, cachait tal sa frayeur sous un air de dignité résolue, qui exaltait encore le sarcasme insultant de cette foule.

La lueur de vingt falots, suspendus aux saules coupés, éclairait inégalement sa démarche, arrêtée par les obstacles de la grève jonchée de bois et d'éclats de poutres encore fumeux Éblouie de stupeur, elle avançait machinalement dans ce long désordre.

Le peuple arrivait à grandes vagues vers le prévôt, inquié spectateur de cette scène étrange

« Par les saints ! folle, il en est temps, criaient les clercs et basochiers, nommez vous seulement de votre endroit, Froidmantel, Glatigny, ou autre ! Dites... la rue Tirechappe m'est connue... J'y redois trois parisis.... Annette m'y cloua l'autre jour au bras un carcan de cuivre à l'image de sainte Brigite, sa patronne... Vrai saint Luc ! nous y jouons à la *mourre* et aux chiquenaudes comme des pages... »

« Un baiser, la belle, en passant ! Vous avez les joues bien froides ! Ohé ! auriez-vous peur pour vos oreillettes et bracelets ? Vrai Dieu ! nous vous rendrons tout cela, si seulement vous voulez entrer à l'huis de cette taverne.... »

« Voirement, il n'est plus temps de demeurer, car voici l'escouade de monsieur le prévôt qui s'ébranle sur pilotis... Alerte !...

Et le bras d'un bachelier plus robuste que tous les autres l'entraînait vers une cassine prochaine.

« Hurra ! place au prévôt ! »

Le choc fut terrible et douteux alors ; sous le jour presque éteint, des cailloux d'affreuse grosseur se croisaient, et des chevaux refo dés hennissaient avec rage ; la corde des arbalètes et pierriers s'fflait comme le vent dans la tempête, et les masses d'armes retombaient avec fracas.

Les auvents des portes se refermaient.

« Sainte Jehanne ! pitié !... »

La femme qui poussait ce cri, semblait élevée à demi de cette foule pour apaiser la fureur de la prévôté, ou lui désigner une victime.

« A nous la ribaude ! » crièrent les hommes d'armes.

Les guidons de Narbonne et Navarre fuyaient déjà comme de bleus nuages au lointain.

En ce moment aussi, Jehan aperçut cette femme...

Jusque-là, et comme en proie à de longs brouillards, son œil avait essayé ses forces sur ce peuple en rut pour le pillage, si merveilleusement atroce et cependant si juste dans sa vengeance. Pour lui seul, faible enfant, s'était joué ce drame lugubre, où la flamme encore vive tenaillait en croix les bras de son bourreau. Pour lui seul aussi tout ce a demeurait fatal et sombre.

Dans cette atmosphère de sang et de doutes, il faiblissait, et ne croyait pas à lui-même ; le froid gagnait déjà ses mains appuyées sur les gantelets de l'archer comme sur un bastion de fer, pendant que bruissait à ses oreilles cette tempête de nuit et de vertige, où repassaient les couleurs tranchées des bannières, le glapissement des beffrois, la lueur des torches, et les longs soupirs de l'incendie.

Tout à coup, la haquenée de son homme d'armes tomba sous la fronde aiguë d'un lourd pierrier, placé à l'angle d'une maison à haute toiture, envahie par vingt figures noires de suie, que leurs pourpoints de toile grossière, leurs bonnets aux plumes de chapon, encore plus que les cris d'un argot confus, denonçaient comme un débris de cette troupe de *pastoureaux* à qui la nuit seule pouvait servir de bouclier.

En un instant l'archer fut debout, et le flot bruyant des hommes d'armes poussa l'écolier, qui le perdit de vue sous les pas multipliés des chevaux et le sifflement des lances de bois.

Le clocheteur roulait de son haut sur le pavé....

Dans ce tumulte la mule du prieur, haquenée rétive, effarouchée sans doute par la nouveauté de ce spectacle, blanche d'écume et sans cavalier, bondit jusqu'à l'angle de cette rue, et se dressa sur ses jarrets devant l'écolier.

Avant qu'il eût pu saisir les rênes violettes frisées d'hermine, des cris de mort s'élevèrent sur eux auprès de Jehan.

« A nous la ribaude ! » clamaient les archers.

« A nous la fille folle ! En hâte ! »

Le brouillard qui tombait plus sombre permit à peine à Jehan d'aviser une robe blanchâtre sous l'obscur auvent de la taverne.

Un seul coup d'œil lui fit reconnaître le fantôme.

L'écolier pâlit.

Sur cette ombre douteuse la masse d'armes d'un archer se levait en l'air comme un fléau.

— « A moi cette femme ! » cria Jehan.

Il poussa de toute sa force le corps du soudard, qui, se portant en arrière pour mieux assurer le coup, perdit l'équilibre.

— « A nous la ribaude ! »

Jehan frissonna de nouveau.

Sa main droite tendait le cuir de l'étrier, de l'autre il souleva cette femme sur la mule.

D'une dague ramassée au hasard il aiguillonnait sa croupe sanglante.

— « Sauvé ! » murmura-t-il, « sauvée !.... »

— « Merci de moi ! seigneur cavalier ! »

Il devint sombre en entendant cette voix.

Quelques torches brillèrent.

— « Messieurs du centre, en hâte ! »

Jehan retenait jusqu'à son souffle dans cette course rapide. Les pieds de la mule sillonnaient la route comme un éclair.

Cette femme n'osait parler à son guide.

La robe à demi flottante pouvait seule les trahir par sa blancheur dans cette nuit plus terne et plus noire. Le froid du matin perçait déjà l'opaque réseau de l'incendie. De faibles lueurs brillaient aux ogives des fenêtres, dont les pâles volets restaient entr'ouverts.

En un instant, ce peuple s'était englouti comme un homme dans ces rues tristes et fumeuses. Quelques cris de vedettes et d'archers se croisaient dans la route, ébranlée par le seul pas du coursier saignant à nu.

Le moulin des juifs ne tournait plus ; anéanti, déchiré sur sa base, et laissant entrevoir à peine au dessus de l'eau les débris d'une aile blanche de cendre.

L'écolier avait placé la femme devant lui ; l'un de ses bras passé autour de sa cordelière de laine blanche, l'autre serrant la gu de de la haquenée aux bonds furieux.

La mule coupait le vent comme la balle sortie de l'arquebuse. Déjà sous une nuée de poussière disparaissaient les arches du pont Saint-Michel. Un froid de glace tombant sur le front de l'écolier lui fit rabattre son capuce.

Sans qu'il y prît garde, les mains de cette femme rencontrèrent alors les siennes.

— « Oh ! mille fois merci ! seigneur cavalier ! Dieu vous sauve ! Mais, qu'est-ce ? vous tremblez de froid ou de fièvre ? »

Et elle plaça les doigts de son guide sous sa gorge qui battait.

Jehan retira sa main comme à l'atteinte du feu.

— « Où me conduisez-vous, beau sire ? Banneret, chevalier ou page.... comment vous nommer ? car le soir nous refuse encore sa clarté.... et ce brouillard tombe si pâle ! »

Elle tremblait en prononçant ces paroles. Le bruit d'une dague sifflait seul à ses oreilles. C'était l'acier qui effleurait les flancs grisâtres de la monture.

Alors même, et ainsi placé derrière cette femme, Jehan, comme un djin mystérieux, s'enivrait à son insu de son effroi muet, et la serrait dans ses bras comme une couleuvre.

Dans cet implacable silence, la terre et ses ombres fuyaient ainsi qu'à l'aspect de deux fantômes ; les saules de cette rive se penchaient vers eux en un balancement magique ; le sable bouillonnait comme une lave.

Soulevés par les brises de la Seine, les cheveux de la femme fouettaient son front de glace, à peine voilé de ses mains pâles ; sa taille svelte et délicate se tordait sous le frisson de cette nuit, et sur sa robe entachée du sang de la monture, son œil retombait terne et sauvage d'effroi.

Ses épaules seules étaient couvertes d'une mante grossière à l'espagnole, que soulevait aux yeux de l'écolier la brise fougueuse. L'haleine de Jehan en effleurait la blancheur de tombe, lorsqu'à demi penché sur la crinière de sa mule, il activait sa course rapide comme un sombre homme d'armes en la mêlée.

Ce grand silencieux glaçait l'esprit de sa pâle compagne. Le jour plus blafard laissait à peine entrevoir sa robe de camelot et ses longues chausses, mais le camail retombait sur ses yeux, comme un caftan obscur et lourd.

Cédant l'étrier au pied de la femme, cet étrange sauveur pressait les flancs polis du palefroi, dont les naseaux fumaient dans l'espace....

Tout faible qu'il fût, son bras étreignait cette femme dont l'œil restait cloué devant elle. Vingt fois aux pierres du chemin, comme aux glaïeuls tremblants de ces grèves, elle demandait le nom du cavalier : la scène seule reflétait son ombre. Alors aussi le regard oblique de cet te femme interrogeait cette ombre confuse, grossie de toutes les rides du fleuve, fougueuse, haletante et dansant derrière elle dans ce jeu magique des ondes.

La mule ruisselait d'écume. Du sang à ses jarrets grêles et nerveux ; du sang à sa croupe : le caillou se brisait en étincelles.

Le long cordeau de la Seine pouvait seul apprendre à cette femme dans quelle rue le cavalier l'entraînait. Mais le brouillard couvrait de son triste et lourd drap les maisons et les toitures ; seulement quelques vignes croulaient de temps à autre fracassées sous leur passage.

Tout à coup elle joignit les mains, et s'écria : « La tour ! »

— « La tour ? » reprit une voix sourde.

Elle crut entendre un simple écho.

Le jour plus blenâtre et plus azuré frappait de sa clarté les hauts parapets d'une tournelle rouge, percée de hautes meurtrières. Un manteau de lierre épais, déchiré par le replâtrage du ciment, se cramponnait faiblement à ses parois. Le porche était entr'ouvert.

Alors elle bondit sur la housse, et se retourna vers lui.

— « Seigneur cavalier, » dit-elle avec une joie haute, « voilà qui paiera ma rançon ! »

Son œil brillait de fierté.

Mais le guide resta muet, tenant d'une main son camail rabattu sur le visage, et de l'autre lâchant toute bride à sa monture....

La mule toucha le but comme une flèche lancée. Elle arrivait fumante au porche de la tour, bâtiment surmonté de deux renards soutenant l'écu des armes de Bourgogne.

Les premiers rayons du soleil perçaient la nue.

L'écolier, quittant la croupe, se laissa glisser à terre. Puis, faisant signe à cette femme, il appuya l'une des sandales sur sa main d'enfant aussi blanche que celle d'un page.

Alors, relevant soudain son capuce :

— « Femme, dit-il, je sais qui tu es...Jehanne de Bourgogne! adieu, nous nous reverrons un jour ! »

Elle crut voir un spectre, et tomba froide sur les degrés ...

. . . .

Les débris fumants de la veille jonchaient encore la rive opposée de la Seine. Le jour venait saisir de ses reflets brusques et heurtés le terrain de l'incendie, où pas une ombre vivante ne se dessinait en ce moment. De la Seine humide et grisâtre ressortait seulement un ais immense, assez semblable aux lattes gigantesques des radeaux.

Sur ce bois, ainsi plongé dans l'onde et dévoré par la flamme, on distinguait une figure humaine, retenue par les anneaux d'un fer rouge et terne.

Le gibet de flamme, en s'écartelant dans la Seine, avait sans doute aussi fixé dans la vase ce squelette hideux et grisâtre, que des genouillères d'acier, seul débris ineffaçable, rendaient de loin semblable à l'armure noircie de quelque croisé de Tunis. Le vent faisait craquer ce linceul autrefois vivant, comme une enseigne poudreuse sur sa barre.

Un seul spectateur passait alors devant ce jeu de la destruction, rendu plus hideux encore par la vue des toits voisins à demi coupés par la flamme.

La mule, qui le berçait sur sa housse grise, parut s'arrêter d'elle-même comme au heurtis d'un objet placé en travers sur le chemin.

Le cavalier, baissant les yeux, vit du sang..... puis un cadavre, dont le crâne s'était ouvert sur le pavé.

Il se trouvait à l'angle d'une taverne basse, encore fermée, à deux cents pas de l'hôtel de Nesle.

C'était le corps d'une femme..... Et, comme il se penchait sur ce corps, Jehan reconnut sa mère....

Alors, à genoux sur le sol et touchant cette main glacée, il leva la sienne devant le ciel, et fit un vœu.

Un vœu que Dieu seul entendit !

Puis, baisant une dernière fois les yeux de sa mère, — ces yeux qu'il n'avait pas fermés, — il ensevelit dans son cœur ce dernier et sombre adieu, et joignit de nouveau les mains...

Ainsi à genoux, un Florentin l'eût pris pour un homme baisant la croix de son poignard....

A cette heure, la haute porte de Bucy s'entr'ouvrait, les cris du matin se croisaient dans les rues, et la cliquette du lépreux se faisait entendre....

Alors, il se leva, mais avec un orgueil radieux et insensé, se trouvant ainsi dépouillé de ses espérances, comme un soldat de chaque pièce de son armure.

Seul il restait de tout ce deuil.

Ainsi debout, il vit la Seine triste et belle, la Seine rugissante hier sous un dais de feu ; un corps sans nom et sans figure, arraché comme à la voirie : c'était le juif mort de sa mort de sicaire en face des pâles créneaux de la tour ; la mule sanglante de l'abbé ; l'hôtel de cette reine ; tout se réveille d'un drame endormi, hideux, étouffé ; puis cette femme vivante par lui ; sa mère mourante par cette femme ; son seul ami glacé par le froid de ces eaux : sa première nuit jetée à la tombe ; son premier amour maudit, et lui réservé pour survivre à tout cela : il vit alors qu'il avait une mission souveraine, rigoureuse, impérissable, et il ne recula pas ; il sourit et il pleura ; il parla seul et reprit encore la main de sa mère ; puis, devant ce seul témoin de sa frénétique folie, s'emparant alors de l'avenir, il dit à Dieu :

« Je vivrai ! »

CHAPITRE II

La rue de la Parcheminerie.

———

— Oui, belles gens, je suis femme d'honneur , et ne voudrais pas pour mon pesant d'or vous tromper en fait d'herbes et d'amulete .
— Après cela , messieurs, je n'ai plus rien à vous dire. Vous connaissez la bonté de mes herbes ; à vous maintenant d'en acheter. Si vous n'en voulez pas, tant pis pour vous!
(Le dit de l'Herberie , cité dans Legrand D'Aussy.)

Au mois de juin 1326, par une de ces matinées tièdes et molles, égayées comme à regret par un lent rayon du soleil, la rue de la Parcheminerie fit crier ses auvents et ses châssis plus bruyamment que de coutume ; les enseignes poudreuses et flottantes, et les saints de bois sculpté en frémirent; nombre d'écriteaux soutenus par de longs câbles couraient d'une boutique à l'autre, comme les fusées d'un artifice, se croisant avec les poutres et les toits, pendant que le cornet d'ivoire d'un crieur frappait de son aigre écho le haut parvis de Saint-Séverin.

A cette heure, plusieurs manteaux de *genette* noire ou fauve se perdaient aussi dans l'ombre des rues, sous la lueur blafarde des falots de papier peint, tremblotante dans les recoins les plus sombres pour laisser tout juste aux chalands le jour d'examen favorable à la marchandise. Les bonnets de velours gris et de pennes de paon des nouveaux venus contrastaient singulièrement avec les pourpoints jaunis et fumeux des vendeurs, déchiquetés comme les pages de leurs manuscrits. A cette époque, les livres étaient fort rares, et la jeunesse des écoles, pauvre et studieuse, se contentait des cahiers que dictaient les régents et maîtres ès-arts. La pieuse charité d'un archidiacre de Cantorbéry, nommé Étienne, suppléa généreusement à cette disette de science par un testament dont l'acte reste encore aux chartes de la chancellerie de Notre-Dame. Il avait ordonné que ses livres seraient remis au bibliothécaire du chapitre pour être légués aux pauvres écoliers (1). L'inventaire de ces ouvrages apprend que l'écriture et la glose d'interprétation en faisaient la base.

Alors aussi, la dépendance des libraires envers l'Université se trouvait réglée par des statuts non moins rigoureux que tous ceux émanés de sa puissance. C'était à grand'peine que ces premiers trésors de la science, enfouis ou inconnus dans l'échoppe de quelque scribe du treizième siècle, arrivaient sains et saufs à l'avidité scholastique ou curieuse des étudiants ; et les images gothiques, accolées au parchemin des livres de théologie, pouvaient seules donner l'idée de les mettre en lumière avec leur couverture de veau sillonnée de rides, et les clous de cuivre ronds, grimaçant dans leur bois gothique. Chaque étalagiste ou vendeur déclinait sa redevance à l'Université comme le paysan au droit de son seigneur ; les lieux où devait s'acheter le parchemin étaient eux-mêmes indiqués ; aussi nombre de ces fripiers de science, aux yeux perçants, aux barbes vénérables, aux longues galverdines de serge, se dirigeaient-ils vers la halle des Mathurins du pas sévère et réfléchi d'un homme qui va trouver son juge juste à la veille du procès.

Cette rue, ainsi que celle du Fouare, conservait religieusement les jonchées de paille qui amortissaient le bruit des pas et les cris des écoles. Chaque marchand cherchait à parer déjà sa devanture de tout le luxe impromptu de sa bicoque. Les uns remuaient de gros bahuts cachés par quelques morceaux de tapisserie de Flandre ; et sur ces ais établis près leur verrière, ils commençaient à ranger en bataille l'érudition formidable de ces temps-là, bouffonnes et grotesques compilations des théologiens du moyen-âge, recueils des pères des six premiers siècles, augmentés de tout l'ergotisme fougueux soutenu par Aristote et foudroyé par Rabelais. D'autres joignaient à ces commentaires en pile des robes d'étudiants, des amicts et des étoles ; car à cette époque si vieille et si nue, il y avait déjà des brocanteurs d'antiquités et d'habits, pauvres hères frottant à grand'peine l'armet d'un croisé de Terre-Sainte, ou la dague rouillée d'un Sarrasin, pendant que le petit nombre d'acheteurs se pressait indifférent devant ces merveilles d'Alexandrie.

———

(1) 1721. Original de Pierre Lombard.

Vers le milieu de cette foule, un personnage dont une large plume rabattue en partie sur sa toque semblait balayer le visage, fendait avec assez de bonheur un flot brodé de pages et de jeunes écuyers aux capes de velours, quand la troupe entière l'arrêta comme un voyageur que l'on détrousse au passage.

— Holà ! ho ! messire l'échanson, vous passez rapide et tendu comme arbalète.... aussi fier qu'évêque.... Dieu me pardonne ! mais de plus le nez empourpré comme un rubis ou balais... Çà, qu'on vous voie, et que votre bouche ne reste ainsi béante. L'hypocras que vous versâtes cette nuit au palais ne tombait que goutte à goutte... beau sire, trembliez-vous ?... Oh ! oh ! pour un début ce n'était pourtant honteux... Seulement ayez bien garde ! vous avez mis le *trenchoir* d'argent près de la salière, ce qui est l'office du garde-vaisselle ; voici qui est une énorme faute... Par ainsi..., madame Jehanne ne vous octroyerait ses bonnes grâces.... elle qui n'en fut pourtant mie avare.... bien qu'à cette heure notre bonne reine....

Le timbre sonore du crieur se déployait de nouveau.

— Pardon ! messeigneurs, reprit l'homme à qui l'on barrait le chemin, oyez-vous pas la voix de ce beau sire annonçant la prochaine et grande thèse de Sorbonne ?

« Il y a juste vingt ans que le grand Salisbury soutint la sienne dans cette large maison à hautes solives, où est encore suspendu l'écu sculpté d'Edouard d'Angleterre... M'est souvenance que ce soir-là il y eut tournoi auquel périrent seize barons ou chevaliers..., une très belle fête ! Le lendemain, ma crécelle retentissait comme un moûtier à chaque heure.... Mais j'oubliais que je suis à l'heure présente officier du goubelet..., que j'ai provisions à faire, et que d'ailleurs ma femme Margentine ne m'a vu depuis hier... Ainsi, donnez-moi licence.... je vous en conjure... C'est une gente et sage femme que la mienne.... qui me soutient en cour par son commerce de livres. »

— Santo Jacobo ! dit un page, compère, est-ce pas sa guimpe qui blanchit le haut de cette verrière ? Vrai Dieu ! j'avise devant la table de noyer son échoppe belle ombre noire d'acheteur ou de galant... Si m'en croyez, n'effarouchez pas la mouette ainsi caquetant sur les barreaux de sa cage...

> « Frappez, frappez tout bellement,
> « Mon ami, car je suis tendrette... »

« Ainsi que dit la complainte du *Trop tôt marié*, ou mieux, et pour lui laisser le temps d'achever, reculez arrière comme votre enseigne, qui porte *A l'Ecrevisse d'argent*. »

Ce lazzi de page donnait la fièvre au clocheteur.

Car c'était lui, le digne homme, seulement vous l'eussiez peu reconnu, ainsi métamorphosé par son costume de cour au mantel cendré-rouge, tombant avec fourrures sur ses chausses à frises de soie jaune, pendant que les trois tours d'une longue chaîne, resserrés tout à coup par le brusque mouvement de sa marche, semblaient l'étrangler en guise de carcan. Son dos voûté cachait le blason de France et Bourgogne, se terminant en losange sur sa poitrine. Sa main droite était seule recouverte d'un gantelet vert, usage des gens du gobelet ; il appuyait l'autre sur une baguette maigre et blanche.

Peu à peu la foule des écuyers et des varlets regagnant le matin leurs hôtelleries, s'était perdue dans le bruissement de cette rue sale et fumeuse, où glapissaient mille voix plus criardes et plus grotesques que de coutume. Quelques figures d'écoliers se montraient déjà au châssis surplombé des boutiques, près desquelles les marchands forains se glissaient en fraude, couvrant des plis de leur longue cameline un parthemin acheté à la foire Saint-Lazare, pour frustrer les droits et le revenu fixe du doctorat.

Au sévère surplis sans manche, agrafé par devant sans fraise ni rabat, on reconnaissait plusieurs chanoines de Notre-Dame, dialoguant avec les quatre libraires-jurés de monsieur le recteur, engagés par serment à lui révéler toutes les fraudes et transgressions de leurs confrères, ce qui, on le voit, leur ôtait d'avance l'esprit de corps.

Des scribes et des copistes de manuscrits, imperceptibles atomes de la science, rayonnaient aussi ce jour-là comme des moucherons dorés au soleil.

La haute enseigne de *l'Ecrevisse d'argent*, imagée de rouge, se détachait sur les autres avec un tel orgueil de supériorité, qu'il n'était pas permis de douter un instant de la réalité de son excellence ; et de fait, dame Margentine avait obtenu de l'Université un privilège exclusif pour ce temps-là, celui d'être admise, seule de son sexe, à la vente des chartes et manuscrits de Sorbonne, privilège qui, dit-on, donnait à penser aux par-

cheminiers jaloux que les écoles n'avaient agi de la sorte envers elle qu'en reconnaissance de ses services. Sans être en effet de la première jeunesse, dame Margentine avait des traits enjoués, l'air avenant, une main blanche, et de gais répons à toutes les demandes de messieurs les bacheliers et docteurs dont elle avait la *pratique* depuis cinq mois révolus ; ce qui laissait à son échoppe un luxe de fraîcheur étrange et scandaleux pour cette rue.

Assise, en ce moment, dans une *chaire* d'un bois grossier, elle regardait avec un étonnement merveilleux l'interlocuteur placé devant elle, et dont l'ombre, qui se dessinait si vague au vitrage, faisait hâter le pas au clocheteur.

A petit bruit enfin, celui-ci poussa le heurtoir, et parut tout d'un coup dans la chambre basse.

Et alors il resta cloué sur les solives du parquet, comme un bahut.....

Sa surprise était nouvelle, ce n'était pas une surprise de mari.

Rien du bachelier, et rien du page, rien du seigneur en cape et en bonne fortune, rien du chanoine enluminé, rien du jongleur au bonnet semé de plumes ; il n'y avait devant cette femme aucune séduction... seulement une pâle figure, grave et noble, triste et pensive, posée sur son costume noir comme sur un sombre piédestal.

Le clocheteur et Margentine croyaient regarder un spectre.

L'étranger était debout ; sa main hâlée et sillonnée de fortes veines s'appuyait sur la coquille ciselée à jour d'une rapière, au fourreau de velours noir sale et ridé ; sur le haut du front, ses cheveux rasés à plat avaient rejeté leurs touffes épaisses sur les deux côtés du crâne ; un béret satin bleu, taillé à la moresque, restait devant lui sur le comptoir de noyer. Dans cet homme se révélait toute une vie : quelques cils grisâtres aux paupières, les joues creuses de noirs sillons, un teint basané d'Afrique ou d'Espagne, par-dessus tout un regard éteint, qui ne brille que par secousses, comme l'étincelle perçant la nuit. Il était de haute taille. Une barbe rude et puissante encadrait ce visage de souffrance et d'énergie, à peine traversé d'une joie ou d'un sourire, sévère et malade, plein de conscience et de pensées, sombre de mystère et de courage.

Cet homme pouvait avoir trente années.

L'agitation nerveuse de sa main témoignait seule de cette fièvre intérieure, frénésie bizarre et constante. Ses traits, d'une régulière beauté, conservaient surtout une harmonie de tristesse inexprimable, et puis la pâleur empreinte sur ce visage, les rides de cette jeunesse, l'affaissement de cet œil de feu, protestaient assez de la haute violation de tant d'avenir, du meurtre de tant d'espérances, en un mot, d'un ravage amer et profond de la pensée.

Les proportions frêles et terribles à la fois de l'inconnu se trouvaient encore rehaussées par le vêtement le plus rigide et le plus sombre, se composant en entier d'une longue robe bordée de zibeline rousse, éclairant à peine le noir camelot de reflets ingrats et fauves. Une large ceinture de cuir retenait seule son épée au côté gauche. De longs brodequins, ouverts par la marche, complétaient le deuil étrange et nouveau de ce costume.

L'œil de cet homme parcourait alors quelques ais jonchés de livres.

Le clocheteur avait pris sur lui de fixer le nouveau venu ; mais, à ce regard d'aigle, il avait tourné la tête comme par instinct, foudroyé par l'aspect seul de cet être qui lui semblait inconnu, et dont la présence était au moins un mystère.

Il se hasarda toutefois à prendre la parole, relevant son maigre bouquet de barbe de l'air d'un fanfaron qui se meurt de peur.

— « Tête de Dieu ! dame Margentine, vous ne donnez jamais assez de jour à la verrière de notre boutique ; relevez donc, un petit, l'auvent que masque ce bahut ; on voit à grand'peine dans cette salle, en dépit du flambeau de cire jaune brûlant à cet angle.... Il est vrai que la rue de la Parcheminerie déborde à cette heure, avec ses pignons, comme un éventail de bois devant le soleil.... Mais, par mon coutel de parade ! on aime à voir qui l'on reçoit..... murmura-t-il à voix basse. Nous avons depuis peu, en notre belle ville, assez d'hérétiques et d'étrangers, nécromanciens ou souffleurs de métaux, pour que... »

L'inconnu se détourna à la vue du nouveau jour qui inondait les boiseries et les ciselures grossières de l'échoppe.

Poursuivant alors ses recherches, il promenait les rayons pâles du flambeau sur longues chartes en vélin, clouées aux parois de la muraille, et sur lesquelles plusieurs noms semblaient se détacher en lettres dorées. Les armes de l'Université y brillaient pour unique enluminure. Au dernier nom de cet alphabet, un faible sourire glissa sur les lèvres de l'étranger.

— « Messire, dit à demi-voix Margentine, comme enhardie, auriez-vous d'aventure frères ou compagnons dans ces beaux noms de clercs et de licenciés, commençant au grand Guillaume de Champeaux qui ouvrit la première école de Saint-Victor, et se continuant jusqu'au dernier docteur de l'an de grâce 1325 ? Ma foi, la Vierge m'est témoin que j'achetai seize livres parisis ces longues chartes blanches et rouges, coloriées à hautes franges par messieurs les imagiers de Sorbonne. Sire André, le chanoine de Sainte-Geneviève, dit que cela ressemble au vin de la première croisade, plus cher à Paris au temps de la troisième. Voyez, seigneur étranger, les textes et annotations de la faculté de théologie. S'il vous convient de louer seulement, le prix est taxé d'avance par les statuts. Les temps sont durs, messire..... et pourtant on ne peut se plaindre. Si monsieur le recteur pose sa griffe sur le parchemin, les écoliers de Saint-Jacques et de Harcourt en noircissent une boîte par semaine, en ce beau mois de disputations et gloses latines.... Il faut les voir bourdonnant à midi dans ces ruelles comme des mouches entre deux châssis.... Par la bible ! en voyons-nous quêter aux portes, des blonds, des roux, des joliets, des mal tondus, jouant à croix ou pile jusque sur nos degrés de bois, ou jetant l'encre de leurs cornets contre nos auvents !.... Mais peut-être, beau sire, n'êtes-vous ami de la science de Sorbonne. Adonc, voici le poème le plus récent et le mieux fleuri. *La prise de Jérusalem*, composée en langue vulgaire par le chevalier Jean Bechada ; ou bien encore monseigneur *Guillaume de Saint-Amour*..... à moins que les enluminures de cette *légende dorée*, qui vaut quinze philippus... »

Et Margentine ouvrait déjà le couvercle d'un haut bahut à maigres colonnes, élevant avec orgueil chacun des livres qu'elle faisait sonner si haut.

— « Achetez donc, beau sire, vous paierez ainsi qu'il vous sera bon, en monnaie de Lucques, de Chypre ou de Normandie.... Est-ce pas, compère mon mari ? »

Elle ajouta en regardant le cavalier :

« Quand ce serait à la Chandeleur prochaine.... Vous nous avez donné la préférence.... par ainsi.... »

A ces vagues discours, l'inconnu opposait l'insouciance apparente d'un étranger, muet devant un jargon d'étalage. Il relevait avec impatience son ceinturon de cuir, jouant avec sa fraise étroite et blanche d'un air distrait et préoccupé. Son regard interrogeait tour à tour les solives croisées de la voûte, et le sombre parquet de cette salle.

Tout dans sa personne était singulier, jusqu'au balancement nerveux et continu de sa haute stature, le vague de son œil terne et cave, et la rude pâleur de ses joues. Jeune encore, et résigné sous les rides qui devançaient l'âge, cette nature de visage, tout aride et sombre qu'elle fût, rayonnait de grâce et de noblesse ; le dédain seul en était banni. Au premier coup d'œil, vous n'eussiez vu qu'un front de jeune homme sans amour et sans joie, pauvre aventurier de rencontre, épousant la vie avec ses orages, simple clerc de Bretagne ou de Normandie advenu de sa province ; puis, en regardant mieux, vous eussiez reconnu qu'il y avait à la fois du docteur et du cavalier, du Vénitien et du prêtre dans cette étude, et à la fatigue de ces traits, à l'oscillation de ce regard, vous eussiez deviné de longs voyages et de longs périls, soutenus par une amère pensée ; une pensée qu'il n'était donné à nul d'entrevoir, mais qui dormait vivante au cœur de cet homme comme la dague enchaînée à la gaîne, — une pensée hautaine qui prend à elle seule toute une vie.

Par un brusque mouvement, il avait pressé le marteau de cette échoppe ; mais avant Margentine l'avait aperçu collé contre le vitrage, et perçant de son œil de feu les ténèbres jetées sous la richesse poudreuse et vague du magasin, de l'air impérieux et tranquille d'un bandit de Pise qui se choisit une part dans le butin. La confusion qui régnait alors dans cette salle dont le jour éclairait capricieusement les tablettes, l'avait bien servi dans sa recherche curieuse et empressée. De monstrueuses bottes de parchemin nouveau, portant le timbre du recteur, tourbillonnaient à ses yeux comme autant de blanc ; un gros des livres de toutes couleurs, dont les miniatures étaient rehaussées d'or, des vélins de Mayence, des Bibles de Mantoue brisaient le reflet de leurs gras contre de larges broches d'étain posées çà et là comme autant de poids sur les feuilles neuves, et qui témoignaient du soin que le clicqueteur mettait à sa charge de boutiller du palais, puisqu'il *répétait* ainsi chez lui à huis-clos la veille du service.

Il y avait aussi plusieurs sujets peints et coloriés, qui se

vendaient aux écoles, comme la *sainte image* du comte *Nabuchodonosor changé en bête*, *le glorieux combat de M. saint Georges*, puis de chants nouveaux de trouvères et de ménestrels récemment advenus en cour de France, des sermons en vers (1), des joutes et des thèses.

Tout entière à observer l'ordre suivi du chaland, Margentine comprit alors qu'elle devait le séduire par une dernière offre plus conforme peut-être à ses goûts. Au vêtement noir et délabré de l'inconnu, jugeant peut-être que le vent dût gonfler seul son escarcelle...

— « Or donc, messire, dit-elle, prenez... et voyez.... »

Écartant alors quelques feuilles couchées en travers, elle montrait du doigt un livre d'heures fermé d'agrafes massives.

L'œil de l'étranger brillait à la vue de ce missel.

Maître Drelin, plus prompt que l'éclair, s'en saisit.

— « Merci de toi ! femme ! ce livre est mien, et je l'ai certes gagné..... Vrai Dieu ! cela vaut pour moi plus que les besans de la couronne, plus que les tournois philippus et carolus, plus que le *dressoir* d'argent du gros Louvre.... par ainsi....»

L'étranger frappa le sol de la pointe de sa rapière.

— « Oyez donc, messire, dit le nouveau bouteiller de la reine, si je peux me départir de ce legs. Il y a bien six ans de cela... le roi Philippe régnant et moi clochetant par la ville.... je puis vous montrer encore ma vieille crécelle.... devant ces flèches grises de Cluny, qui s'en vont chaque et se démoliraient pièce à pièce, n'était la pitié de notre bonne reine Jehanne.... le croiriez-vous ? j'avisai un mort qui se levait. . .»

— « Assez, dit Margentine, et comptez-vous pas redire encore ce conte, maître Drelin, pour que je n'aie plus la force de fermer le soir l'auvent du porche ? Saint François me soit en aide ! au jour que voici il y a bientôt six ans que vous m'avez régalé de cette frayeur.... par ainsi..... et puisque vous portez blanche fourrure au lieu de dalmatique noire, que vous veulent les morts ? Laissez en paix vos anciens amis... »

— « Nenni, femme, et vous ignorez à ce compte-là ce que m'a valu au dernier *Entremet* donné par la cour ma terrible histoire. La reine m'a surpris glissant à ses pages ce fabliau, après le vin cuit et les épices... Elle m'a fait mander. « Drelin, m'a-t-elle dit en me parlant à voix basse, n'oubliez pas que la Tour de Bois est à côté de celle du Louvre....» Je commençais à trembler, quand elle reprit : « Ce n'est pas pour vous, sujet loyal et dévoué, qui ne vous prenez d'amour pour des fables... Seulement ayez bouche close, et dites à mon argentier qu'il vous adoube d'une robe neuve de livrée pour la fête prochaine que mon frère le Bel (2), votre maître et roi, doit me donner au Palais. »

— « Une fête ! une fête à la cour de France ! »

Et l'inconnu redevint plus sombre.

— « Or donc, femme, tu le vois, sans ce fantôme d'écolier, qui me prit un soir au cou, je n'aurais la robe de satin couverte d'eschets en broderie que va me parfaire monsieur le drapier du Louvre. Vrai but ! le pauvre enfant n'a depuis donné de ses nouvelles ! il sera mort peut-être.... Et ce missel !.... oh ! c'est que je l'ai celé sous ma robe de vieillard, au milieu des coups de lance des brandons et des pierres de la prévôté ! Et roulant sur le sable, déchiré, mourant, je le tenais encore comme une relique de vie. C'est que je m'étais pris à le plaindre cet enfant, à l'aimer si frêle et si doux, quand de sa main froide il prit la mienne sous le portail de cette église, et qu'il me dit : Prié ! C'était, messire, un pauvre clerc d'un si beau visage ! Un cou de femme, et des cheveux aussi longs que l'aube d'un évêque ! Il souffrait tant ! Il mourait si jeune ! Et dire que de tout ce mystère d'horreur rien n'a été flétri que le nom de son bourreau ! C'est pitié pour la connétablie et la justice. Le juif damné est mort, mort en croix, sans avouer !.... »

— « Halte-là, Drelin, dit à voix basse, et comme tremblante, dame Margentine, prenant le bras du nouvel échanson de la reine, ne lui dois-tu pas ta fortune, à ce juif ?..... Ce parchemin, marqué du sceau royal et présenté il y a six ans à madame Jehanne....»

— « Par mon gobelet ! je ne l'oublierai, Margentine, dit en se redressant maître Drelin, et voici ce qui pourra donner à messire, s'il est étranger dans notre ville, un aperçu de la royale bonté de notre reine.... Sur la seule remise du parchemin de ce juif, ramassé au hasard par moi sur les grèves de Nesle, et qui portait une promesse d'argent pour quelques ser-

---

(1) Archæologie, t. **XII** et **XIII**, p. 231.
(2) Charles IV,

vices rendus.... elle m'a fait compter le double de la somme, et de sa main ....de sa main, messire, elle a soutenu la mienne au-dessus du flambeau de cire, pour brûler cette cédule, me disant: « Levez-vous, échanson de madame Jehanne !... » Elle était bien pâle, mon noble seigneur ! et je vivais autant que Noé, que je verrais toujours.... »

Les paroles du clocheteur semblaient retomber comme un poids sur le cœur de l'inconnu. Son œil était pourtant baissé sur le missel qu'il contemplait avec un avide sourire. Tout à coup il entr'ouvrit une pochette, pratiquée avec art sur l'un des côtés, au-dessous du fermoir d'argent, et secoua machinalement, entre ses doigts, un sachet gris en forme de cœur, assez semblable aux amulettes que distribuaient à la crédulité publique les bohémiens ou les croisés revenus de Terre-Sainte.

« Qu'est ceci, beau sire ? dit Margentine, et comment n'avions-nous tous connaissance de ce secret...... tandis que vous.... »

Maître Drelin demeurait absorbé dans la plus étrange stupeur, en contemplant l'amulette.

« Merci Dieu ! seigneur l'inconnu, seriez-vous nécromancien ? que peut enfermer ce sachet ? »

— Rien sans doute, si ce n'est quelque herbe aromatique de salut, dit l'étranger ; m'est souvenance qu'on me l'a dit......

L'échanson de la reine recula de nouveau.

« Or, à cette heure, reprit l'homme à haute voix, voulez-vous me céder ce missel ? mon nom d'acquéreur y est écrit !... Voyez ... Il y a du sang à cette page... Votre main, vieillard, votre main.... je suis Jehan Buridan ! »

Margentine pâlit. Le clocheteur hésita.

La vue de cet homme soulevait toute sa pensée, il frémissait et priait, serrant la mince amulette à ses doigts maigres.... Tout à coup il se leva.

« — Arrière, cria-t-il, tu ne peux être Jehan! mon fils d'adoption et de regrets, mon bachelier, mon fantôme ! Jeune homme, sais-tu qu'il y a six ans passés de cela, et que pourtant je me souviens ?... Que de ce jour il n'y eut d'autre crêpe à ma crécelle brisée, d'autre pluie du soir sur ma dalmatique, que tout fut dit entre la mort et moi, qui la servais, que je n'eus plus de voix pour elle, plus de voix après un tel spectacle, un tel délire? La nuit demandait le clocheteur à l'ombre des rues, aux porches des églises, aux cailloux des sables, aux mille détours de la cité noire, et je restais le soir à l'ombre de cet auvent, sans crier onc : Priez Dieu pour l'enfant mort! pour le vieillard ! pour la jeune fille qui est froide! Priez Dieu !.... Priez !.... De ce jour, enfin, je n'eus plus de refuge dans les caveaux et les églises, je quittai mon deuil de vingt ans, mon deuil si noir de la nuit, et je portai dans le cœur celui d'un enfant, moi, déjà vieux et infirme !.... Au lieu d'une cloche, je pris ce missel, et chaque soir je relus cette page, cette page où se voit du sang !... Viens, tu dis vrai, reprit-il en le fixant d'un coup d'œil, tu es mon fils!... car, je le vois, tu n'as plus de mère !... »

Il dit cela, voyant le jeune homme tourner la tête en sentant de longues larmes si lonner ses joues creuses et pâles...

Margentine regardait la tranche dorée de la page où restait le sang....

Le clocheteur pressait à deux mains la tête brûlante de Jehan, qui déposait un baiser morne sur le front glacé du vieillard.

Dans ce silence presque solennel, les cloches des maladreries de Saint-Jacques et de Sainte-Geneviève confondirent leurs sonneries avec celles de Sorbonne, des Mathurins et d'Harcourt. C'était l'heure de l'issue des écoles.

La rue de la Parcheminerie parut s'obscurcir comme sous le disque d'une éclipse; les soutanelles bleues des clercs, et les chaperons à queue des bourgeois, se heurtaient dans cette foule, sur laquelle de nombreuses gouttières au bec de plomb semblaient se croiser comme un nuage grisâtre de chauves-souris. Le son du fretel et du tambourin annonçait aussi l'arrivée des empiriques, flairant l'approche des thèses et solennités de théologie. Des revendeurs d'étoffe pour les étudiants, des jongleurs et des physiciens, porteurs d'instruments de chirurgie, se pressaient aussi dans la direction de cette rue tortueuse, encombrée de tapis rouges et violets, de friperie d'écarlate, surcots, pelicons et fourrures de robe. Quelques palefrois d'écuyers et de pages élevaient leurs grelots perçants au-dessus du parlage des vendeurs et des murmures de la populace.

Alors, au châssis entr'ouvert de l'Écrevisse d'argent, un homme blasonné de velours sur sa longue cotte pencha la tête en criant :

« Sire échanson, êtes requis, de par la reine Jehanne, pour la fête aux Jeux de plaisance, à trois jours d'ici, au gros Louvre. De par le roi et Pierre Millon, maître-d'hôtel, j'ai dit. »

Et le genet d'Angleterre, à housse pendante, sur lequel il se redressait, renversa rudement un cordelier, et fit craquer, au départ, la devanture de l'échoppe.

Quelques crieurs jurés continuaient à clamer la grande thèse pour le lendemain.

Alors, le jeune homme leva son regard fier au ciel, après avoir détaché la ceinture de cuir où pendait son épée de forme florentine...

« Maintenant, dit-il, plus de fer au côté, je redeviens docteur et maître. A moi ce missel, vieillard, et vous, gardez cette amulette ! »

Cela dit, son bras avait saisi le livre, avant que l'échanson du palais pût entendre ces derniers mots, qui lui furent jetés en rasant le seuil. »

« A demain, à la haute salle de Sorbonne ! »

CHAPITRE III

La nuit de la Thèse

—

Oh ! s'il était possible que cela ne fût pas vrai !
SHAKESPEARE, *les deux Gentilshommes de Vérone*, acte III, sc. 1.

— Ah, Yago! quelle pitié! Y. go!
OTHELLO, act. IV, sc. 1.

— Avez-vous jamais aimé?
— Jamais ou toujours.
WILHEM MEISTER.

Pour ceux qui se souviennent, la vengeance est une vie.

Une vie fougueuse ou calme, solitaire ou passionnée pour le grand jour, qui se prend à tous vos instants, et met le scellé sur votre âme, une maîtresse italienne et absolue, qui berce et dague en riant, une orgie muette et désespérée, une joie d'eunuque, fatale et moqueuse, — pour tout dire, un plaisir d'athée, comme le rire d'Yago.

La vengeance est le ciel de ceux qui n'en ont plus.

Suivant les lieux et les temps, elle change et se modifie.

En France, c'est un droit avec une épée, un combat d'homme à homme, injuste ou non, on se bat au jour, à la nuit, au pâle soleil d'un bois retiré, ou sous le falot d'un théâtre; mais tout se passe dans les règles du jeu, et la galerie bat des mains; c'est un plaisir de gentilhomme et de marquis; il est rare qu'on meure; on se touche et tout est dit.

Il y a bien des duels *sans merci*, qui apparaissent de temps à autre, comme au temps des raffinés d'honneur il y avait des coups d'estoc en souvenance de la Ligue. L'enflure espagnole n'a que faire avec ceux-là, les preux capitouls de Cyrano de Bergerac garderont leurs phrases. Ces duels sombres ont pour témoin le ciel et Dieu; personne ne relève le blessé, derrière ce droit d'honnête homme se groupent, en rampant, les vengeances sombres et boiteuses, qui rôdent dans la grande ville sous le manteau de son brouillard, les espions de fraîche date, les anonymes et les pamphlétaires, puis les assassinats, mis sur le compte du jeu, à quinze pas de Frascati.

Sous le siècle de Louis XIV, siècle de pastorales et de dorures, nous avons eu des vengeances d'opéra: Marie de Brinvilliers, empoisonneuse à talons rouges, belle marquise, courant du prône de Bourdaloue aux conjurations de madame Voisin, jouant de l'éventail au cercle du roi, élève d'Exili pour les poudres à successions, et madame de Sévigné pour le langage. Alors on mourait par bandes, un pauvre à l'hôpital, un duc en son lit, une jeune fille en respirant son bouquet de bal, — pauvre fleur qui tombe de cette longue guirlande de danseuses !

Puis une contrefaçon de la tour d'Ugolin, un attentat royal, un meurtre de vingt ans sur un masque de fer, qu'avec trois codicilles pazzes Sainte-Foix parvient à déclarer inconnu.

J'aime mieux le *bravo* de Naples. Des épées et des poignards sous un flambeau, une échelle de soie coupée, puis quelques piastres jetées à la hâte dans le chapeau du bandit. *Signor cavaliere*, c'est l'usage, et l'on ne tache point son pourpoint.

Voici qui va bien. Le harem dort comme le sultan dans sa couche. La lune frappe les grelots dorés et les arabesques des maisons peintes, les veilleurs de chapelets sont couchés, à peine un pas de janissaire. — Au ciel pur, de blonds nuages ressemblent aux houris penchées. La jalousie verte d'un balcon ne vient-elle pas de crier? Qu'est-ce? un muet qui place, en sa boîte de corail, un cordon de soie?... — Ce n'est rien. Fatmé demain sera sultane. Ainsi se venge Mahomet.

La zagaie du Maure, le breuvage de Pise, la flèche écossaise et le mousquet du Corse, ont leur pouvoir et leur secret; la sorcellerie et les mots hébreux, les miroirs et les onguents, l'avaient aussi C'était la vengeance du peuple, grossière et crédule, féroce et naïve, que les charlatans nourrissaient de mots et de science, jusqu'à ce qu'instruit de sa force, conspirateur du premier ordre, stupide ou sublime, frénétique ou grave, il s'arme pour sa croyance ou sa folie, de la croix blanche du ligueur, de la pelle du pauvre ou des sombres voix du tambour, égorgeant par fanatisme ou par courage, sur les places inondées de jour, ou le soir à l'ombre des rues, vainqueur, toujours dupé par quelques larrons de gloire, qui glanent les bras dans le sang, pendant que celui-ci se repose au seuil, dans la cité vide, type fatal d'insouciance et d'énergie, de passions brutales et de noblesse, éternel vengeur de tous les temps et de toutes les causes, qui amasse en silence ses flots d'orage, et franchit sa digue au jour dit, — jusque-là traîtreusement vendu, la joue encore chaude du noir baiser de Judas!

J'aurais pu vous parler des plombs de Saint-Marc, brûlante étuve où l'agonie ruisselle nuit et jour, où l'on vit trente ans de sa mort pendant qu'un soleil de Venise mine les barreaux de la prison et mord la main ridée qui jette un pain noir par le guichet.

Que si vous cherchez un temps où il n'y ait pas eu de ces tourmenteurs jurés dont le génie est la vengeance, lisez Virgile et voyez, je ne sais plus où, ce martyre d'un homme collé bouche à bouche contre un cadavre, chair contre chair, lèvres contre lèvres, sque cette bleuâtre et livide sur un cœur chaud et qui compte avec effroi les vers qui rampent et montent jusqu'à lui.

Nous avons encore les *mouleurs de cire* et d'images.

Au temps où se passe cette histoire, le treizième siècle avait foi dans la magie presque autant que dans les croisades. Les vœux de cire vierge nommés *volts* consistaient dans une image de limon à la ressemblance de la personne à qui l'on voulait *nuire* ; on la baptisait de son nom, puis on la faisait administrer par un prêtre. Ces momeries religieuses, au dire du journal de Henri III, allaient jusqu'à jeter sur cette figure plusieurs infusions de charmes et de saint chrême, puis après, on lui enfonçait au cœur un stylet, dans la persuasion *damnable* que tous ces outrages devaient être ressentis par la personne maudite.

Vers 1319, *une demoiselle* nommée Marguerite de Belleville, magicienne de Paris, dite la *sage femme*, fut punie du feu, par arrêt du parlement, pour un semblable commerce remis plus tard en honneur par le grand Cosme Ruggieri.

Ouvertes de tous, ces archives de haine et de crime ont vu bien des doigts s'user à leurs pages ; tour à tour consultées par des femmes et des Italiens, par qui la vengeance s'arrange en code, des maris de fer du moyen âge, puis des nains ou des devins, gens timides, qui tuent par entremise et sous le manteau.

Aux âmes vulgaires, de pareilles armes suffisent...

Mais vous l'ignorez vous-même, vieux doge, qui veillez la nuit, comme un larron, sous le portail bleu de Venise, pendant qu'Héléna rit en gondole ;

Et toi, noir eunuque, accroupi près ce rideau, la main sur ta dague et ta pensée ;

Vous encore, femmes de Cordoue, remuant quelques poudres moresques au fond d'un verre ;

Toi surtout, pâle Arabe, arrachant la flèche au flanc de la cavale qui meurt l'œil tourné vers toi ;

Vieillard qu'a marqué le fer injuste du forçat de sa lèvre rouge ;

Jeune homme, dont on brise à vingt ans l'écusson et dont le château est rasé ;

Folle Grenadine, dont l'amant n'arrive pas, attendu pour la première fois ;

Prisonniers de Plessis les-Tours, qui regardiez Louis XI, vieux et fauve, essuyant sous l'orme son pâle sourire ;

Vous tous enfin, dont le cœur s'est replié sur une blessure, comme le drap sur le cadavre ;

Vous l'ignorez, — et ne saurez jamais peut-être ce qu'est une vengeance de dix ans, amassée goutte à goutte au fond de l'âme oublieuse d'elle-même et ridée, assis au tronc jeune, scellée aux anneaux des cloîtres, aux pages des livres, aux pierres des tombes, à tout ce qui parle dans le silence ! ascétique et morne sous la bure, et seul écho de son secret, n'ouvrant

sa porte à personne, pas même à Dieu ; éternel combat de l'homme avec sa pensée, combat de jeune homme et de docteur, énigme et caprice de haine, appelant la science à son aide, comme Néron mandait Locuste.

Cette vengeance n'est pas celle d'un homme d'épée, qui vise au cœur et s'avance d'un pas large et sonore ; elle n'a rien du prêtre qui se détourne et prie. C'est une vie d'orage entreprise sur un seul mot, un seul mot qui devient un secret entre vous et votre pensée. Une fois jeté dans les ténèbres de la science qui perdit Faust, vous avancez comme malgré vous, toujours poussé par la main du paradoxe qui brille ou foudroie, qui vit ou s'éteint, jusqu'à ce que le phosphore se repose sur un fantôme ; que votre idée fausse prenne un corps à ce soleil si menteur dans ses rayons, et alors la théologie belle et pure est livrée à vous pieds et poings liés, comme une femme grecque ; et vous abusez d'elle en vainqueur, vous la courbez sous vos désirs, et vous interprétez ses paroles et la rougeur de son front, comme les juifs faisaient de l'Écriture.

Que ce soit l'amant de Marguerite, d'abord vieillard au crâne nu, philosophe amer et dégoûté, qui descende ainsi dans les profondeurs de la logique, et prenne le doute en amour, nul ne s'étonne qu'il fasse ainsi par orgueil et pas à pas une prostituée de la science ; ce n'est pas la première fois que le génie baptisa le mensonge du nom de vérité ; les sophistes sont de tous les âges.

Mais qu'à vous, faible jeune homme, dont le glaive pouvait percer le pourpoint, et qui veillez aujourd'hui près de cette lampe, une pareille arène s'entr'ouvre ; que la science jette sur vous sept ans de ses doigts glacés, et ride votre âme à la surface, que vous soyez à elle corps et biens comme un esclave, n'y a-t-il pas, mon maître, un fond d'amertume en ce vase, une pensée fatale dans cette route, et n'est-ce pas votre deuil que vous portez?

A quoi bon ce strict et dur veuvage ? Car vous avez dit adieu à ce qu'aime le ciel, à ce que vous aimiez en frère avec lui. Vos nuits sont lourdes et mauvaises. Plus d'amour pour le nuage doux et riant au soleil, de regrets pour la feuille qui va mourir, plus de regards pour la jeune fille qui passe si belle à vos côtés. Rien de ce qui berce le cœur et retrempe la vie, la vôtre est aride comme cette plaine aux os blanchis du prophète ; votre âme est un long désert...

Encore une fois, jeune homme, la fièvre vous suce le cœur, assise en vampire à votre chevet. Ne fermez pas les yeux ; j'aurais peur de vous voir dormir !

C'est une affreuse vie !

Mille fois plus sombre que celle d'un prêtre, et plus terrible ; car le prêtre pleure, et votre œil est creux et cave, comme un ravin sec et tari. Par moments, vos tempes ruissellent, vos bras se crispent et s'étendent, mais vos mains tombent sans se joindre, vous ne priez pas, et votre Bible est ouverte au meurtre de Judith,... et cependant l'éclair de la science rayonne à votre front pâle ; votre parole doit avoir de la puissance à voir ce front...

Pour qu'il ait été donné à l'homme de devenir ainsi, il faut qu'il ait souffert plus qu'on ne saurait comprendre. La jeunesse et le désespoir se donnent la main chez vous. Mais je saurai votre pensée, docteur. Le cilice n'est pas si bien tissu qu'on ne voie la plaie.

Fût-ce une plaie de six ans !...

A toutes ces questions soulevées à la vue d'une figure éclairée inégalement par un maigre jet de lampe, l'écho seul eût répondu, l'écho d'une *logette* obscure et basse aboutissant à la partie d'une vaste abbaye masquée par de longs échafaudages et jonchée vers cet endroit de marteaux et de galverdines d'ouvriers encore appendus à ses arceaux.

Malgré l'augmentation des dépenses de Cluny, dues à la richesse d'Henri de Furetières, la reine Jehanne, épouse du feu roi, venait de concéder aux religieux de ce collège un terrain qui leur permettait de s'agrandir et de reculer leur préau jusque vers la pointe Sainte-Geneviève. D'énormes touffes d'arbres mariaient leurs bouquets à ces ruines, et couraient en serpentant jusqu'au large enclos de l'abbaye où se voyait encore le lourd cénotaphe de Pierre Abailard, ressortant comme une blanche pierre sur cette aride pelouse.

La partie la plus reculée du *préau* couronnait son angle d'une haute et noire tourelle avec sa porte basse sur la rue, et qu'on se rappelle avoir déjà remarquée comme étant le donjon primitif de l'abbé ; mais les nouvelles constructions l'avaient fait abandonner au frère servant jardinier de ce collège. Toutefois et seulement aux heures de nuit, l'abbé se dirigeait encore vers ce moûtier désert et reculé. Ces visites étaient fort rares. Alors une seule vitre paraissait briller comme une étoile, puis, un quart d'heure après, tout retombait dans la nuit.

Ce jour-là, vers les huit heures, et lorsque l'ombre jetait déjà son brouillard d'été, gris et incertain, sur l'abbaye, un homme amplement caché dans un manteau de laine gris et chaperonné jusqu'aux yeux, comme un faucon, avait frappé vivement à la fenêtre du frère jardinier, occupé en ce moment à en visiter les verrous et les barreaux, de l'air d'un soudard comptant les clous de sa cotte de mailles.

— « Nenni, frère, on n'ouvre plus à cette heure... qu'est-ce ? vous cognez de l'estoc ou du verdun ? Bon saint Yves ! ignorez-vous les lois et statuts de l'ordre ? Recourez au gardien de l'huis à gauche... et ne faites ainsi tinter le bout de votre coudre... Vrai bis ! reprit-il après un moment de silence et d'attention, si je ne me trompe, c'est plutôt un tintement argentin de nouveaux testons à la couronne... Merci de moi si je suis pris et reconnu ! »

Et comme il entr'ouvrait lentement la petite grille, le cavalier, le repoussant, franchit le degré en lui glissant dans la main sa bourse de cuir.

— « Asile, dit-il, asile seulement pour cette nuit; demain je ne serai plus ici, demain au petit jour... entends-tu ? »

Le gardien hocha la tête.

— « Tout ce que je possède est là, reprit le cavalier. Je te le donne. Cette abbaye m'est connue. Prends ce flambeau de cire, tu vas me suivre jusqu'à la *logette* de l'abbé ! »

— « Notre prieur n'est point ici, reprit le jardinier, en respirant au dernier pas d'une *vis* en pierre.

« L'office n'est point achevé, mais demain, je l'affile encore plus matinal que vous, d'après l'annonce du crieur de la Sorbonne. »

— « Je veux être seul, » dit l'inconnu, en voyant son guide promener sur lui le rayon scrutateur de son falot.

La chambre démembrée où il venait d'être introduit n'avait pour tout décor qu'un *chauffe-doux* inutile en cette saison, une seule chaise de bois sculpté, et deux ais repliés en forme de table, près d'un *prie-Dieu* vermoulu. Un reste d'huile baignait encore la mèche d'une lampe oubliée. C'était un réduit d'anachorète.

Le frère jardinier, pâle et tremblant, heurtait du pas chaque degré.

Le nouvel hôte s'était assis après avoir écarté l'agrafe de son manteau, qui recélait quelques liasses et un livre. Sous ce premier vêtement qui le couvrait en dessus, il portait une pauvre soutanelle trouée, comme celle d'un clerc aux jours fériés des examens, et revendue sans doute au parvis Notre-Dame ; sa main soutenait son front pensif et large, voilé de chagrin et de mystère, de mélancolie et de pensées. De longues et continuelles études semblaient empreintes sur chaque pli de ses traits et la maigreur précoce de son visage. L'austère regard de cet homme n'avait rien de la monastique vertu de Suger, ou de la sainte ambition de Bernard ; tout ce visage n'avait qu'une pensée ; mais, intime et sombre, elle rongeait l'âme et dévorait cette vie frêle, comme le ver au cœur de l'arbre. C'était le pâle coup d'œil d'Abailard, avec plus d'amertume et de courage, un de ces visages qui annoncent d'un mot le génie ou l'erreur, le Dieu ou le faux prophète. A trente ans, Cromwell se fût reconnu peut-être dans cet œil de feu ; mais cet homme devait aller plus loin que le meurtrier de Charles, bien qu'il ne fût que docteur et homme d'église ; car le premier il devait *tuer* avec une phrase, et sans un bras, sans monter sur une borne en fendant la haie du peuple, quand même il eût pris pour but un cœur de roi.

Peut-être agitait-il cette question entre lui et Dieu, car il se leva tout d'un coup et repoussa du pied la table couverte de longues feuilles criblées de lignes.

Il se passait en lui un de ces combats qui épuisent ; sa respiration était lente, ses cheveux droits sur son front, sa main fortement appuyée contre le prie-Dieu de cette chambre, surmonté d'un rameau de buis. La chaleur brûlante de cette nuit l'enveloppait de son lourd réseau. Tour à tour il suivait des yeux l'histoire étrange et fatale commencée en sa Bible, et les notes confuses de ces mille parchemins se déroulant sous ses doigts, comme un chanvre terne. Soudain il les replia brusquement et les approcha de la flamme, pareil à quelqu'un qui brûle un linge inutile. Puis quand ils furent consumés, il entr'ouvrit la seule fenêtre de ce donjon comme pour respirer et prendre courage.

Il y avait longues années qu'il n'avait vu le spectacle de la Cité endormie sous sa couronne de tours et le silence de son beau ciel, gardée en châtelaine par les hauts beffrois de Notre-Dame, où la lune glissait comme une pâle sentinelle. A cette heure le calme était profond : l'air suave et mollement bercé de douces brises, tout blanchissait sous le nuage, les noires toitures de la Sorbonne et les rouges créneaux du Louvre : le *préau* seul, dominé par les bâtiments de l'abbaye, voyait découper son gazon en banderoles d'ombre et de lumières produites par les arcades du cloître, dont chaque flèche brillait.

L'œil du jeune homme semblait planer en roi sur ce silence, son cœur battait dans cette nuit, il interrogeait surtout l'église, cette pâle et sombre abbaye, qui n'avait rien perdu de son air de tombe, entourée de ses arbres comme d'autant d'ifs penchés, puis il se prenait à sourire en enfant qui rêve, se retrouvant peut-être encore heureux à l'ombre de ces blancs châtaigniers et de ces murs, heureux près de sa mère et l'autel, lui si pauvre, et pourtant riche d'avenir, libre de se faire homme d'épée, docteur ou page, de se choisir enfin une vie; et alors, ivre de souvenirs, il redressait sa poitrine, aspirait cet air, et relevait de sa main sa noire chevelure, oublieux de toutes choses, épanoui et joyeux comme à seize ans.

Alors aussi seulement, et comme il s'arrachait à cette vue rembrunie à l'horizon, par l'ombre de quelques nuages, il crut entendre, en se tournant, un souffle léger....

En même temps s'éteignait la lampe...

Dans ces ténèbres un bras le saisit.

— « Ici, dit une voix, ici, vers ce prie-Dieu,... mais la nuit... mon père, il me faut la nuit ! Pas de flambeaux ; je rougirais... »

Le jeune homme ne savait que penser.

— « Oh ! j'ai bien tardé, n'est ce pas ? j'ai bien tardé.. mais j'espérais dormir... vers le soir.... et j'ai longtemps hésité ! Si vous pouviez me voir, je suis bien pâle... — Ouvrez ce missel, mon père.... — Votre main tremble ; il fait noir ; auriez-vous peur ? — Nous sommes seuls, bien seuls, n'est-ce pas ? »

Il vit alors, sur le carreau, l'ombre de celle qui parlait. Le ciel, plus terne, jetait l'épaisseur des arbres à ces vitraux.

La taille du fantôme était haute, de longs cheveux baignaient ses joues. Sa robe était plus sombre encore que cette nuit. Elle semblait haletante de fatigue.

Le docteur la suivait encore des yeux, lorsqu'après avoir interrogé chaque angle de cette salle, elle vint près de lui se rasseoir.

— « Vous m'écouterez, mon père... »

Il courba la tête, comme malgré lui. La main de l'ombre prit la sienne.

— « C'est, reprit-elle, que ce que vous devez entendre est horrible ! Jusque-là vous me croyiez austère et sainte, — mon bien, je le donne à l'Eglise. Cette année trois chapelles... et de riches épargnes pour l'oratoire du gros Louvre... Mais je ne vous ai pas dit une seule fois : — Mon père ! écoutez ma vie, jugez-moi, si vous le pouvez.... touchez mon front de ce buis, je vous le demande, à vous qui êtes un prêtre, moi qui suis femme, et qui souffre ! et au besoin, je vous l'ordonne... Je suis à genoux !

Cette voix glaçait le jeune homme. Il recula.

— « Oh ! ne m'interrompez pas, mon père, je n'ai rien dit encore. Vous ne savez rien. Il y a bien six ans de cela... Dans cette vie de crime, c'est le seul dont je me souvienne. Pitié, mon père ! pitié ! »

Et elle se tordait à ses genoux, comme une pâle Espagnole aux pieds de sa madone, les mains jointes et tenant la croix de son collier. Un faible rayon tombait sur elle ; l'homme et le prie-Dieu restaient dans la nuit.

Il se leva subitement, ébloui et fixant cette ombre.

— « Oh ! reprit-elle avec un rire maudit, tu ne veux pas m'entendre et te détournes, vieillard ! Dis, je te fais peur, n'est-ce pas ? Tu crains de voir du sang à mes mains, et tu refuses ma honte ! mais ne crois pas m'échapper... Il faut que tu joignes les mains sur moi, que tu me dises : Levez-vous ! Tu restes muet devant ce livre !... Ne t'apprend-il donc qu'à prier ?... Qui devra m'absoudre ?...

— « Dieu seul ! » dit une voix à peine entendue.

Elle frissonna de tout son corps, comme au sifflement d'une hydre.

« Donc, reprit-elle (et comme en proie au délire), tu m'entendras malgré toi. On ne ment pas le pied dans la tombe. et la fièvre brûle mes joues. Je te le dis, tu sauras que cette femme, riche d'aumônes, et que tu crois sainte, a tué pendant trois ans, tué pour garder le secret de sa couche et de sa honte, courtisane la nuit et reine le jour, et ce secret, j'ai voulu te le révéler.... et la tombe seule devait l'avoir ; et je marcherais encore le pied dans l'orgie, si la mort n'avait parlé, oui, la mort, dans cette église, la mort qui m'a touchée de sa main froide sur l'épaule, et qui m'a dit : Repens-toi !... Depuis lors, mon père, je n'eus plus de sang à mes bras, plus de baisers à mon cou ! Il ne me reste qu'un amour... Vous ne le croyez pas, en voyant ce front si pâle ? Eh bien ! c'est ma vie, mon enfer ! J'aime en damnée ce que je ne puis voir, le ciel que je me suis fait avec lui pendant trois heures.... lui, bel enfant, que je vendais, moi si traîtresse et si impure !... Je l'entourais ainsi de mes bras, de mon corps, je le réchauffais de mon haleine.... Oh ! mon père... pardonnez-moi... »

La lune, qui glissait en ce moment dans la *logette*, éclairait le jais de sa ceinture et dessinait en saillie son profil sur la blanche muraille. Sa cape, en forme de *plaid*, demeurait sur le plancher.

L'ombre, qui couvrait le front du docteur, laissait voir à peine l'inégal frémissement de ses lèvres à ce récit. Il re-poussait ce bras de femme, sans y poser un instant sa vue. Pour elle, sa rêverie était glacée.

Tout à coup six heures sonnèrent au grand moûtier de Cluny.

Elle se releva plus haute et plus pâle.

D'un bond, elle courut à la porte, l'entr'ouvrit et s'écria :

« Voici l'heure ! par pitié ne l'éveillez pas ! laissez-le dormir. il est là !.. Un si bel et faible enfant, jeune et tout d'amour ! Il dort ! retirez-vous, la Seine est noire... Pourquoi ce sac?... Fermez, fermez la fenê re.... je le veux,... je le veux.... vous dis-je. Je suis reine de France ! Oh ! oui, je suis reine ! »

Et dans cette frénésie lugubre, sa main relevait ses cheveux comme un diadème sur son front.

— «Six heures, reprit-il, voici la thèse ! »

Il se levait,... elle l'arrêta.

— « Je l'ai sauvé, poursuivit-elle, sauvé, entends-tu bien ? Je l'ai rendu à sa mère ! elle va l'embrasser... Oh ! je me meurs ! Où suis-je ! ce n'est pas le prêtre. Qui êtes-vous ? Serait-ce une fraude ?... Je suis la veuve d'un roi de France, j'ai pour moi des prisons et des archers, le savez-vous bien, jeune homme ?

— « Mieux que cela, madame, vous oubliez le remords ! »

Elle retomba et put le voir tournoyer comme la foudre, dans le gouffre sombre et sans fin de l'escalier.

CHAPITRE IV

Le Sophisme

— Semblablement, je ne veux disputer en la manière des académiques, par déclamations, ny aussi par nombres, comme faisait Pythagoras, et comme voulut faire Picus Mirandula à Rome.

(*Pantagruel*, liv. III, ch. xviii.)

— Le sermon est fort court, répondit Trim.

(*Tristram Shandy*, ch. xlviii.)

— Mon ami, je vous conseille avant tout le cours de logique...

(*Méphistophélès*, Faust, acte II.)

Aux premières lueurs du matin, et lorsque vibrait encore le marteau du *jacquemar* de la Sorbonne, continuant sa ronde mécanique à la grande tour, le tumulte inouï de la rue du Feurre eût seul réveillé les habitants de ce quartier, dormant sur la foi de ses chaînes et verrous, du somme si calme et bourgeois d'un alderman qui a soupé. Le froissement lointain de la paille qui remplaçait en cette rue le pavé de Philippe-Auguste, pouvait faire croire en effet à des nuées de sauterelles dansantes sur les épis, véritable plaie d'Égypte, annoncée maintes fois dans les *scholies* en vers sur l'écriture de messieurs les cordeliers.

Sous les fenêtres aux mailles de plomb, s'entrechoquaient à cette heure nombre de chariots attelés de mules encore humides de rosée, des baraques de marchands aux robes criardes, des robes violettes et noires, des housquenées couvertes de sales housses, montures de louage des écoliers les plus lointains des moines, des mendiants et des docteurs ; toute grisâtre, matinale et animée, sur laquelle tombaient déjà des bouffées de fraîcheur et de lumière, tandis qu'à la grille ouverte de la Sorbonne s'élevait par gammes bruyantes et distinctes le patois infini des écoles comme les cent voix d'un orchestre.

Tous, d'un seul bond, se pressaient sous le portail ; jeunes et vieux, roses ou pâles, l'élite de tout ce que renfermait alors Paris, de ce qu'envoyaient la Saintonge, l'Artois, la Bourgogne ; chacun marchant ainsi sous la bannière de sa nation comme un chevalier sous les couleurs de sa dame.

C'était, à vrai dire, un étrange et curieux spectacle.

Ces idiomes brefs ou lents, ces gestes divers et ces proverbes, ces teints hâlés de la Provence, ces larges statures de la Bretagne, les grêles enfants de la cité, les clercs aux cheveux roux de la Normandie, puis des fronts chauves avant le temps ou par l'âge, des bras d'amis et des reconnaissances de frères, des refrains du pays, des entretiens de docteurs, et dans tout ce désordre de leurs voix, le désordre plus confus encore de leurs costumes, les jurements des voituriers qui les descendaient au parvis, des gens d'épée que plusieurs prenaient à plaisir à tirer par la cape, et des chanoines de Saint-Victor à qui l'on barrait le passage, enfin la file de plusieurs litières rangées sur le foin de la grande cour, tout ce bruissement varié, multiple et nouveau, semblait moins annoncer une thèse qu'un marché : — c'était le bazar de la science.

A l'heure dite, enfin, la grille céda, et les dalles massives de l'escalier disparurent sous un flot de robes et de capes violettes. En même temps un bedeau de l'Université parut à la grande fenêtre, et dit, en promenant sa masse sur ceux qui restaient au-dessous pour mieux entendre :

« Oyez tous, la thèse est ouverte ! »

Et en effet, ce jour-là, grande était l'affluence et le désir d'entendre. Tout, jusqu'aux piliers du dehors, regorgeait d'auditeurs et de curieux. Ce qui n'avait pu se faire jour et pénétrer dans l'intérieur de la salle débordait à la façade du bâtiment, à ses lucarnes, à ses moulures, comme autant de figures capricieuses et bouffonnes ajustées en relief par Callot.

Et ainsi chaque gouttière contournée en dragon ou salamandre sur le devant de la Sorbonne, portait son auditeur, collé comme un serpent à ses replis anguleux, le cou tendu vers la fenêtre d'où s'échappaient de temps à autre d'interminables *ergo* soutenus de bruyantes volées de mains. Hors ce bruit, l'oreille ne pouvait saisir qu'un glapissement ennuyeux et monotone de phrases latines, de rires et de moqueries, seulement, comme les fenêtres restaient entr'ouvertes, le regard le plus libre par instant se trouvait dédommagé en suivant par les losanges du treillis tous les acteurs de cette belle *montre*, où Pantagruel seul manquait.

Même alors, placé à l'un des angles de cette façade comme le personnage singulier qui se cramponnait alors de tout son pouvoir aux barreaux de la rue, vous eussiez pu, dans la ligne de soleil qui semblait couper les bancs et chaires de bois sculptés et surchargés de figures, reconnaître en partie cette assemblée auguste et solennelle.

Sous un drap noir camelot, suspendu en forme de dais, ressortait d'abord l'hermine du recteur, des régents et maîtres, doyens et procureurs des nations, archevêques et conseillers, entourés à l'envi de leurs huissiers la baguette droite et haute, sans chaperon et l'écritoire de cuir à la ceinture ; puis les chanoines et théologiens, docteurs et présidents des Facultés, noir palladium de la science à peine égayé par les robes à broderies de quelques chevaliers, l'ordre de l'Étoile au cou et le gantelet de velours pour la rapière ; muets et tout honteux de se trouver savants une seule fois ; eux gentilshommes et ne sachant même écrire, — envoyés en cette occasion pour représenter la cour.

A l'extrémité et sur les autres gradins, tous les disputants de ce concile mémorable, rangés par ordres, étouffés, mais étiquetés par grade : bacheliers, licenciés et maîtres ès-arts, doctes et graves figures la main sur un livre, comme les vieillards de Vélasquez dans l'encadrement calme et sévère d'un demi-jour ; au dessus d'eux la jeunesse des vingt écoles, posée comme une fraîche couronne sur toutes ces rides du génie.

Sans doute, en un pareil moment, et pour qui eût réfléchi devant ce conclave, tumultueux asile des doutes et des croyances, des doctrines et des idées, juge et partie dans ce long combat, marqué de pâleur et de sagesse, de science et de courage, c'eût été blasphème de mettre en balance un tel pouvoir, un tel tribunal, au siècle le plus voisin encore de l'ignorance et de la barbarie.

Alors, une thèse était un appel magique et soudain fait au savoir, un concile ouvert à tous : chacun prenait son sujet : les uns s'attaquaient d'amour à l'écriture, d'autres à la fable ; Érigène, Ez-chiel, la grammaire et l'analyse en jetaient leurs feux, dans ce conflit de mots vides et sonores ; et de cette chaire partaient deux ans plus tard des ambassadeurs ou les ministres, car la science se trouvait concentrée et vivante à ces quatre murailles : hors de là point de lettrés, de philosophes et de maîtres ; c'était la tribune de l'époque, tribune où palpitait encore le rude génie de Suger, avant que l'ironie de Rabelais n'eût attaché ses grelots à cette science fallace et pâle, vide et creuse, hérissée de distinctions frivoles et de subtilités bizarres, où se heurtaient les théories et les systèmes, la foi et l'orgueil, le génie et le mensonge, et qu'Aristote, ignoré longtemps en France, dénaturait en école de dialectique obscure et vaine.

Au nombre des auditeurs qui se trouvaient assez heureux ce jour-là pour avoir leur *escabelle* en Sorbonne, se rencontraient aussi des étrangers, représentants d'Italie et d'Espagne, convives affamés de pareilles fêtes, les uns jeunes hommes moqueurs comme à leurs combats de taureaux, d'autres graves seigneurs à barbe blanche, au velours sombre et sévère.

Suivant l'usage, le peuple refoulé hors de l'enceinte occupait un espace si rétréci, qu'on eût pu le comparer à l'avant-scène étroit et mesquin d'un petit théâtre. Dans cette plèbe, on comptait plus de curieux que de savants, à moins qu'on ne dût alors prendre pour tels les *écrivains* et *enlumineurs* qui s'y tenaient au premier rang en respect sans doute de la monstrueuse écritoire pendant à de grosses chaînes de fer sur le côté, et que l'auteur de Gargantua comparait de son temps aux énormes piliers d'Enay. De longs pupitres de chêne recouvrant en entier l'appui circulaire des grilles, leur permettaient d'y fixer sur parchemin les harangues et disputations théologiques.

Derrière eux, s'élevaient sur la pointe quelques bourgeois et artisans lavandiers ou barbiers desdits chapitres et collèges, dignes gens allongeant le cou de bonne grâce à ces grands sermons en latin, et cherchant des yeux le rabat ou le menton qu'ils avaient blanchi, et battant des mains à la phrase, comme s'il se fût agi d'un tournoi.

L'étrange auditeur qui se tenait ainsi suspendu entre le châssis de la fenêtre ouvert sur la salle et le rebord glissant et dentelé d'une longue ligne de moulures qui ressortaient sur la rue, se ramassait alors comme un limaçon dans sa coquille, cherchait à décliner le regard terrible du bedeau, qu'il croyait voir cloué sur lui par instant comme l'œil d'un limier roux. La gêne qu'il éprouvait de son retard sans doute involontaire, perçait dans la crispation bouffonne et nerveuse de sa figure à laquelle la vitre servait de cadre. Sa toque était de travers, sa manche poudreuse, et son coup d'œil aventuré. Ses deux mains posées sur le plomb du châssis battaient la mesure avec une sorte de frénésie inquiète et mordante. Mieux que tout autre pourtant, il pouvait saisir, en prêtant l'oreille, quelques cris dans cette étrange assemblée.

C'était à l'un de ces intervalles où respire enfin l'auditoire, heureux de se venger par des rires de quelques heures d'attention. La thèse était suspendue, des voix nombreuses se croisaient :

— Holà ! hé ! massier de malheur, ta baguette me crève l'œil !

— Arrière, l'ami, vous m'obstruez la vue de monseigneur le doyen qui se lève en trébuchant. Il aura trop fêté le sirop vignolat cette nuit, pour être à jeun ce matin suivant les statuts.

— Bravo ! Hardouin l'allemand, te voilà clerc jusqu'à la cheville, depuis que tu chantes à Saint-Victor au vu de tous ces grimauds de pages ébahis d'ouïr un bœuf ! Par quelle vertu se change-t-il en un âne ! *Plaudite !* capètes, mes frères !

— *Parabolus, parabolus !* disait en tirant un cornet de cuir de sa robe un effronté clerc de Suède, jouons-nous pas aux *deux et six* pour nous remettre de cette badauderie ! matation ? Diomèdes, sois béjaune ! je préfère à si creuse philosophie une pipe de vin de Sanguiltier ! En attendant, voyons la chance ! à la *Vergette !* la *ronfle* ou les *turots !*

— Aussi vrai que j'adviens de la rue l'*Ecorcherie*, je voudrais tenir en mes bras ce damné chanoine qui traite Aristote de lunatique et de *claquedents*, Aristote, le père de l'Université et de la science, et qui me fait toucher si loyalement par année mes quatre sous parisis aux humanités de Saint-Jacques !... J'argumenterais *pro et contra...*

« Silence, en place ! »

Et le timbre creux des sous-bedeaux faisait suer d'envie un gros chantre de Notre-Dame.

— Par mon scapulaire d'Atoga ! jeune homme, fit en reculant de surprise un vieil Espagnol qui se trouvait placé dans l'ombre près d'une figure à manteau, vous ne bougez, mai re, et pourtant ce dernier sermon est un puits encyclopédique, et vaut à lui seul le traité *De morali scientia*, le *Metalogicus* et le *Polycraticus* de Salisbury le docteur ! Hum ! quel flot d'idées et de périodes latines ! Jeune homme, j'ai vu des maîtres à Madrid, je sais par cœur Richard l'évêque, Pierre Hélie et Abélic, qui sont des vôtres ; mais Yves de Saint-Victor, tout grand ami qu'il est, ne vaut pas l'archidiacre qui vient de nous parler de Nabuchodonosor..... *Nabuchodonosor !* quelle thèse !

— « Tout ceci, maîtres, est loin de *l'âne de Buridan !* »

Reprit avec une sorte de supériorité un petit écrivain, allongeant sa tête rase près du balustre, et caressant sa barbe pointue, en affectant d'élever l'index comme un docteur.

« Il y a quatre ans, c'était la nouveauté d'alors.

« Cet âne-là fit vivre la Sorbonne et braire l'envie pendant une année. On ferait bien moult croisades et neuvaines avant d'en trouver un qui le vaille ! Imaginez, monseigneur, un âne... entre deux boisseaux. *Utrum, utrum ?* disait le maître.

— Je le vois encore, ce brave jeune homme, avec son gros commentaire de Diomèdes, dans la haute chaire de Navarre. *Utrum, utrum ?* lequel des deux ? l'âne a faim, l'âne a soif...

— Vous êtes embarrassé, n'est-ce pas ? Que ferez-vous ? Je me trompe, monseigneur, que fera-t-il ? Eh bien ! voilà le *franc arbitre*. Par ainsi, et maintenant que vous savez ce qu'il en est, c'est pour vous *le pont aux ânes !* »

— Evohé ! bravo ! messire le scribe de l'archevêché, cria la voix gutturale d'un sacristain de Cluny, parliez-vous pas de Jehan Buridan, le maître par excellence ? Un frais docteur par la rate Dieu ! et que les femmes œilladaient en chaire en raison de ses mains blanches ! C'est que je m'en souviens, moi qui le voyais mainte fois souffler sa lampe à l'heure des matines, de peur qu'on ne sût qu'il avait veillé... Le plus jeune maître en hermine et bonnet qui ait onc rendu son nom égal à celui de notre Pierre Abailard ! C'était beau de le voir plongé dans un livre, comme un chantre dans un muids. Vous souvint-il pas qu'il parla quatre heures à jeun sur ce dilemme de l'*âne*, comme ils disent ? Depuis onc il ne fut revu. Les uns disent que le diable l'a enlevé par les cheveux jusqu'à Pise, d'autres qu'il est astrologue, plusieurs enfin, qu'il s'est fait *invisible* dans l'ancienne logette du vieux clocher de Cluny... et que son fantôme se confesse chaque soir à l'abbé. Toujours est-il que cette nuitée j'ai vu, sous le grand verger, une ombre aussi noire, vrai Dieu, que ce manteau, qui ne dit rien à votre gauche . . . .

— « Or donc en place ! vous tous des quatre nations ! Silence ! oyez, la thèse est reprise ! »

Chacun regagnait déjà son rang, les uns ajustant leurs robes de grosse frise fourrée de renard, d'autres essuyant les taches de vin d'une buvette prochaine, dont ils advenaient plus dispos, bien que les décrets universitaires imposassent le jeûne sept heures durant, comme loi du combat ; ce qui n'empêchait pas les écuelles illicites d'arroser en fraude les fromages de Brie et les langues fumées, qui soutenaient les athlètes.

Pendant ces dialogues divers, le personnage qui se tenait à la vitre grasse de brouillard, collant sa face aux barreaux de la salle, sans plus s'occuper de se raffermir sur ses jambes grêles, venait de concentrer son examen scrupuleux sur une figure placée près du vieil Espagnol, à quelques pas de la chaire, et qui, dégagée d'une toque noire, n'en restait pas moins obstinément cachée en partie par les plis d'un gros camail...

Dans ce moment, tout violet et diapré que fût son visage, d'après son grade d'échanson, le vieux clocheteur sentit le rouge de ses pommettes s'effacer de ses joues maigres, tant cette vue glaça de crainte sa curiosité bonne et naïve, plissa les rides de son cou tendu, et fit sur tout son être l'effet d'un coup de baguette.

En effet, le fatal coup d'œil qu'il venait d'échanger à la hâte, planait encore égaré sur la singulière statue qui demeurait tournée vers lui, comme le sphinx vers le passant.

C'était bien la plus bizarre étude de docteur qui se fût vue en pareille solennité. Un surplis bleu, ramené à la hâte vers le menton, voilait sa bouche, et ne laissait voir que l'aride majesté d'un large front, l'entourant dans l'ombre d'une auréole blanche et pâle, et sous lequel tombait d'aplomb un regard fixe et morne, tantôt courbe sur les feuillets d'un large livre à fermoirs, ou faiblement soulevé sur tout ce tumulte comme celui d'un matelot qu'on vient de poser à terre, encor étourdi de son naufrage.

Il demeurait assis dans le calme le plus profond. Son attention était à la fois rêveuse et sombre, triste et moqueuse ; indifférente au milieu de ce heurtis de controverse et d'orgueil, d'erreurs et de phrases, de vérités savantes et de bizarreries futiles. A tout cela, il restait froid, lui, docteur et homme grave, le seul peut-être qui ne s'émût pas à ce grand assaut de l'intelligence ; le seul qui reniât son siècle, et prît en dédain ce vain carrousel de la pensée.

Et ainsi le vit-on, ce Méphistophélès de Marguerite, entré dans la classe de Faust, revêtu de sa fourrure et de sa logique...

Il avait écouté d'étranges rhéteurs, cadençant leurs phrases et leurs colères, s'allumant la joue pour une ligne d'Aristote, et foudroyant tout par amour de la syntaxe et de l'analyse. Tous avaient leur secte, et seul de tous il avait oublié la sienne. Pour lui, le temps des vanités n'était plus ; le docteur s'effaçait sous l'homme.

Peut-être alors repassait-il un autre livre, celui de sa vie, un livre fait d'une seule page.

Il se leva.

Plus d'un frémit à ce visage ainsi découvert. Pour lui, restant debout, il ne prit soin de se draper comme les autres, de farder son geste et sa voix.

Il ouvrit un missel sur cette chaire ; et, levant la main, il prononça ces paroles :

Licet occidere reginam (1).

C'était le premier mot de sang jeté à cette voûte. — Une voûte paisible, qui n'avait jusque-là que le schisme pour ennemi, et qu'Aristote pour bourreau.

Et il y eut d'abord une stupeur profonde, un silence creux et terrible. On n'entendit que le bruit des agrafes retombant de tout leur poids sur le livre.

Un fougueux murmure s'éleva. Puis tous les bancs eurent une voix, tous les piliers un écho.

En même temps un bras nerveux, bien que desséché, celui d'un petit vieillard au nez pourpre et aux joues pâles, saisit le docteur par la robe, et le tira brusquement, en dépit de lui, dans la foule, malgré les cris sans nombre et trois rapières de gentilshommes dont l'acier brilla ; pendant que chaque docteur s'élançait de sa place, ou bondissait sur son escabelle. Tout à coup il y eut un cri, puis un silence. Cet intervalle ressemblait à celui de la vague qui se retire.

Le nom de Jehan Buridan venait d'être jeté à la Sorbonne par un clerc, qui promenait sur l'assemblée le livre où il se trouvait écrit. Sur les feuillets ternes, un seul, — rouge et sanglant, se détachait....

Sur cette feuille, le verset fatal était écrit.

L'assemblée était muette. On entendait quelques cris dans la longue rue.

Chacun cherchait en vain le docteur....

Et ainsi il avait rempli sa tâche. Frappé à l'esprit et au cœur, et dans un temps où il n'y avait ni le couteau de Jacques Clément, ni la borne de Ravaillac, il en était venu à créer ce que, jusque-là, nul homme et nul docteur n'avait osé faire : *le sophisme*, singe du vrai, réduisant la phrase en un secret et le syllogisme en une vengeance, parole armée, lettre qui brûle et qui tue, monstre à deux visages, énigme de l'âme, foudre brève, — la mort avec un nom d'auteur !

Un siècle plus tard, Jean Petit justifiait en pleine Sorbonne l'assassinat de monseigneur de Bourgogne sur la personne du duc d'Orléans (2).

CHAPITRE V

La barque de madame Jehanne

—

— *Jam fr.gida, cymba.....*
(VIRG.)

— Voilà, voilà celui qui revient de l'enfer !
Iambes, XIII · BARBIER.

— Médeciner est mon invention,
Je suis de tous l'aide et subvention.
Subjecte m'est des herbes la puissance
Dont gist en moi de santé la fiance !
(AMBROISE PARÉ, premier médecin
de Charles IX)

Avant que le sublime maçon de Colbert, médecin de profession, se fût vengé par le Louvre des épigrammes de Boileau,

le sol royal de ce palais avait subi plus de changements que le manteau de cour d'un gentilhomme. Tour à tour coupé et vendu, disgracié et remis en faveur, ce vieux favori des rois garde, un temps à peine, le sceau de chaque dynastie. C'est d'abord le chenil de Dagobert, qui veut y loger sa meute, puis le château-fort de Philippe-Auguste, qui lève son fier bastion sur la cité, la prison d'un roi de Navarre (1) et le hochet royal de Charles VI qui l'achève. Voici plus tard un soleil d'Espagne à ses vitraux; François Ier loge à cette auberge Charles-Quint; et alors c'est une *villa* de luxe, neuve et soudaine; aux empereurs de Constantinople et d'Allemagne, à toutes les royautés en voyage s'ouvre le hangar de la monarchie, et chose étrange! les rois de France seuls n'y font pas leur lit; les uns préfèrent le Palais de sa cité, les autres se retirant à leurs jardins de plaisance. Et pendant ce temps le Louvre est triste sous ses grilles noires, et le brouillard de Paris tombe à ses dorures, à ses ardoises, à ses marbres; il faut que Henri III et ses mignons y jouent aux quilles pour qu'il y ait du gazon à ses cours, et que Charles IX y pointe l'arquebuse pour éterniser sa fenêtre; sans cela et jusques à Louis XIV, le Louvre caduc allait se peupler d'oubli comme la cour d'une abbaye, et l'on ne se souviendrait que du cavalier Bernini serrant la main de Perrault.

En l'an de grâce 1328, Charles IV régnant, c'était donc une brave et bonne citadelle que le gothique manoir du Louvre. J'en suis marri pour ceux qui n'aiment pas les donjons, mais elle apparaissait crénelée et montrant ses dents de brique au premier vilain qui la regardait en face. Les fossés et les parapets jouaient à l'entour d'elle comme des couleuvres. Au milieu de grises tournelles, surgissait la tour principale, nommée la *grosse tour*, isolée des autres, et jetant son ombre aux ailes de ce palais lézardé.

C'était un triste séjour !

La nuit surtout, et quand un ciel d'orage pesait sur les flots d'encre de la Seine, qu'un faible éclair vînt alors à voler sur le château, vous eussiez cru voir, à l'aide de ce phosphore incertain, un de ces noirs dragons de la Fable accroupis dans le silence, et dont un rayon argente l'écaille.

Si triste et austère qu'il fût, ce palais eut pourtant ses jeux et sa gloire. La haute forêt qui s'avançait ovale au bas de ses murs, prêta d'abord aux rois fainéants le dais tranquille de son feuillage; c'était un *Rambouillet* de quelques perches, où se donnait parfois la répétition des chasses royales; le daim y était épargné, mais le maître-queux y figurait le quenivet à la ceinture. Quatre bœufs traînaient cette royauté lourde et bourgeoise, qui dormait les pieds dans la pourpre, ignorante de tout, et signant avec le pouce comme un honnête marchand de la Beauce.

Mais vienne l'Orient, les croisades et les tournois; tout se réveille, Louis IX campe loin du Louvre, à Tunis et avec la peste; quelques règnes plus tard et avec un million de revenu, seul apanage de la couronne (moins chère alors qu'aujourd'hui), Charles V rehaussa de son mieux le royal hôtel, les trèfles se colorent, l'acier des lances brille aux panneaux, les trompettes sonnent, les preux accourent, la chevalerie a son siècle.

Au temps de cette histoire, le chemin qui longeait alors le fossé des tours, vers la pointe Saint-Nicolas, par une nuit calme et sereine, la solitude ordinaire des rues voisines fit place au plus magnifique tintamarre qui ait signalé le règne de Charles le Bel.

Aux portes des écuries nombreuses de ce bourg, où les seigneurs logeaient leurs servants, affluait une longue procession d'écuyers et de varlets, les uns chevauchant avec orgueil et se pavanant de leur lance vermeille, peinte d'étoiles, d'autres à pied et tenant la rêne à leurs montures d'honneur, sur le pavé jonché de paille et de feuilles fraîches. Le son des fifres et des trompes dominait par intervalles le tintement criard des clochettes suspendues au cou des mules, dont la crinière agitait des plumes d'autruches touffues. La confusion était grande, la poussière couvrait les manches de soie bleue et les chapels de ces gens officiers, dont la plupart tenaient en main différentes pièces d'armures, des gantelets, des targes, des brassards, des écus et des plombées. Nombre d'écharpes sifflaient dans l'air comme les langues d'une flottille; suivant l'usage, aucun de ces gens ne portait le haubert; mais, revêtus d'une riche tunique d'armoiries, ils marchaient la tête basse ou haute, près de leurs coursiers d'Espagne ou de Hongrie, l'étrier galamment rejeté sur la housse du maître. Quelques sacquebutes glapissaient dans cette mêlée en notes grotesques et vives.

---

(1) *Occir une royne ne craignez, il est bon de ce faire.* R. Guaguin. Manuscrit de la Bibliothèque, feuillet xcii.

(2) 8 mars 1408.

---

(1) Charles le Mauvais.

A la marche lente et attristée de ceux qui s'en venaient les derniers, et plus encore à quelques taches de sang sur leurs gaubissons bosselés, on distinguait au premier coup d'œil les réprouvés de cette *montre*, combattants les moins fortunés de cette foule, au milieu de laquelle s'élevaient comme autant de mâts confus les échasses de vingt saltimbanques et bateleurs, menant en laisse un ours et une licorne, porteurs de coffres bariolés et de longs branchages de saule : derrière eux, le peuple qu'une longue rampe d'archers à hoquetons de drap noir reconduisait honnêtement comme un vilain à coups d'es-*courgées*.

Le feu de quelques étoupes huilées, qui se balançaient en guise de torche sur cette multitude indécise, l'eût presque laissée dans l'ombre, si les étincelles subites de quelques bruyères enflambées ne l'eussent faite à cet instant plus radieuse et plus vive.

De ce même endroit, des cris sans nombre et le piaffement aigu des chevaux auraient appelé les habitants de ces ruelles à leurs fenêtres, quand bien même quelques lanternes de corne et plusieurs torches de résine tristes et maigres n'eussent fait arriver un parfum de fête jusqu'en ce reculement du Louvre.

En effet, la rue du Chantre et celle de Champ-Fleury semblaient déjà se renvoyer d'autres acteurs par les deux angles parallèles ; des corporations entières de marchands, de pages, de porte-guidons à cheval, et surtout des femmes à bonnet de haute frange, sorties des *clapiers* voisins, venaient déjà se mêler aux groupes d'écuyers dont les chevaux creusaient le sol, pendant que les barres de fer criaient aux portes et dans la rainure des grilles.

C'était à grand'peine qu'on eût entendu le croassement des grenouilles dans l'eau verte de ces longs fossés du Louvre.

Pareils à de noires silhouettes, ces groupes nombreux semblaient danser sur la muraille, tant la flamme étincelante dessinait en saillie leurs gestes et la bigarrure de leurs costumes.

Les uns restaient et criaient ; d'autres jouaient près du brasier sur de longs tapis ; bien des bourgeois cherchaient leurs femmes, et finissaient par s'oublier avec une autre ; car la rue Froidmantel donnait ce jour-là, n'étant qu'à trois pas du palais et prélevant sa subvention sur le Louvre. Il y avait là de folles filles chantant à gorge déployée pendant que les archers buvaient, que des *sachettes*, ou femmes vêtues de sac, faisaient la quête auprès des tavernes, et que plusieurs chevaliers se dédommageaient dans la rue de leur métaphysique d'amour dans les oratoires et *les veillées aux flambeaux*, en appliquant un rude baiser aux épaules tièdes et blanches des *coureuses* accroupies devant ce feu pétillant.

Ce qui faisait lever le châssis de plusieurs beaux coches à l'espagnole et à la ferraroise, qui passaient traînant au pas quelques dames de cour, lesquelles se contentaient de regarder par le vitrage...

Presqu'à la suite de cette dernière troupe attardée et distincte, qui cheminait ainsi vers le *tournant* du Louvre qu'elle semblait vouloir prendre en flanc, et au milieu d'un nombre infini d'arbalétriers et de varlets de service, un vieillard, hâtant le pas, devançait une mule grise au cou tendu, qui semblait ployer les genoux à chaque angle de rue sous le poids de la fatigue. Deux garçonnets, aux cottes de velours assez richement accoustrés, l'entretenaient pourtant de bonnes sanglades ; nonobstant le peuple qui se pressait en voyant la vaisselle d'argent ouvragée aux armes de Bourgogne, qui ressortait majestueusement des paniers de la mule.

L'inquiétude du personnage qui la précédait semblait redoubler à la vue de ce grand nombre de figures pressées et tourbillonnantes à ses yeux comme les fantômes d'un rêve. Tout à coup il frappa des mains, en avisant dans ce flot de monde une femme d'accorte figure, qui écoutait à part, sous l'ombre d'une tonnelle, les beaux *devis* d'un empirique au chaperon pyramidal et au surcot usé, d'écarlate, qui lui expliquait sans doute, devant une énorme chaudière grise de vapeur, quelque secrète opération de son art. Cette femme prêtait l'attention la plus soutenue à ses dires.

— « Ici ! de par Dieu (s'écria le conducteur de la mule, lui saisissant le bras avec violence) ! ici ! femme ! plutôt que de vous faire tirer consultations et horoscopes par cet expert.... Aurez certes loisir à cela toute l'année, pendant que je crie à l'aide aujourd'hui avec mes patènes d'orfèvre. Dépêchons, car voici Pierre Millon, maître d'hôtel du feu roi Philippe, qui soulève déjà le heurtoir du petit office... Tu me bailleras mon camail vert, et mes patins or, en remplacement de ceux-ci,

déchirés par la boue des rues depuis celle Pélican où loge l'argentier de la reine.... Mahom ! tu ne dis mot?.... Quel secret demandiez-vous, ma mie, à ce beau docteur en herbage...? Sait-il seulement, votre malin *fisicien*, ce que c'est qu'un *potpourry* de viandes et saumates ? et les épices, le piment et le vin cuit? *Vinum coctum !* ainsi que me dit à table le chanoine Eusèbe, qui croit toujours interroger en Sorbonne.

« A propos de Sorbonne, je ne t'ai point dit, Margentine, pourquoi je me suis levé de ton chevet à trois heures de nuit, afin de reconduire un homme jusqu'à la *toue* du passeur de l'Ile-aux-Vaches.... pour qu'il évadât ainsi aux recherches... Mais tu ne le dois savoir.... c'est un secret... Qu'il te suffise d'apprendre de ma bouche que l'autre nuit nous avons attendu et vainement.... le passeur ne venait pas. Enfin, au moment où je me détournais, je n'ai plus vu personne, mon compagnon avait disparu... »

Un cri aigu de Margentine interrompit l'échanson de madame Jehanne.

Ils touchaient en ce moment au verger du Louvre, large berceau planté par Louis le Jeune, et sur lequel la lune dardait une pluie de rayons, tandis que, par un contraste naturel, l'ombre couvrait de son crêpe les bâtiments du palais, consacrés aux gens de service, officiers de bouche, maîtres-d'hôtel, écuyers de cuisine, et que l'on nommait cour de la *panneterie*.

A l'angle de cette cour, et dans les ténèbres les plus douteuses, Margentine parcourant d'un vague regard les ciselures fantasques d'animaux qui encadraient le portail, venait de rencontrer, près de l'une de ces figures, deux yeux qui plongeaient sur elle, rouges comme la paupière d'un tigre, et terrifiants de même feu.

Et cependant rien n'était en saillie sur ce mur noir, l'ombre même perdait sa ligne dans cette nuit.

Avant que l'échanson troublé eût pris le temps de faire un semblable examen, un bras de fer tenaillait sa main, et un souffle, comme celui de Job, passait en glissant un nom à son oreille.

A ce nom fatal, les clefs du vieillard avaient glissé de sa main...

Un masque noir était debout, il les ramassa et pénétra brusquement dans la galerie par l'escalier en spirale de ces caveaux.

Maître Drelin restait l'œil hagard devant cette porte, comme un homme frappé de la foudre sur la marche d'un escalier, et qui va tomber en cendre. Il fit un pas en entendant des voix nombreuses, qui s'entrechoquèrent dans la galerie.

Margentine le soutenait.

— « Un bassin d'eau rose ! — Deux officiers de fourrière ! — Ici les jonçades, les gelées et les fruits de toutes sortes ! — Voici l'*entremet* du roi ! en hâte ! »

Et ce mot d'*entremet*, si redoutable pour l'échanson, le secoua aussi convulsivement que le bras inconnu du domino.

— « A l'aide ! cria-t-il (en voyant courir quelques torches), « à l'aide ! servants et tranchiers : voici belles soupières et coupes d'or au chiffre de Bourgogne ; alerte ! suspendez les tables et services, — place au premier échanson ! »

Et Margentine ainsi que lui suivant la rampe de l'escalier, ils se hissèrent comme deux serpents, et percèrent la foule.

L'échanson se trouvait déjà dans la haute galerie du Louvre.....

Certes, pour un mignon d'Henri III, bardé de soie et rechampi d'or, le col étranglé dans sa fraise, aussi bien que pour un moine d'Espagne marchant pieds nus, la cour de France ainsi murée dans ce palais, la cour convive de cette fête n'eût pas été moindre sujet d'étonnement et d'analyse. Au premier coup d'œil, la chevalerie errante en faisait un perpétuel tournoi, un tournoi fougueux, imprudent, sans but, une longue cuirasse de fer sous laquelle battait un cœur de géant.

C'était le fanatisme du glaive, qui brûle le sang ; et alors venaient les voyages, les périls d'outre-mer, et les vexations féodales ; la grille de Charlemagne restait toute rouge sur les épaules du peuple, une fois que les hommes de guerre l'avaient prise ; à nous la lice, au peuple la corvée ! et cela était plus brave qu'on ne pense. Le seigneur mourait dans un champ clos, le vilain dans un fossé ! Cette vie à part avait son orgueil, son aristocratie, ses combats, elle se devait à elle-même et elle-même s'admirait souvent pleine de foi, de vaillance et de menaces, souvent aussi folle de croyances d'enfants, et toujours insouciante du peuple. Et cependant le peuple se tenait déjà suspendu à l'arçon de ces maîtres fiers, il avait touché leur main dans les crois des ; mais ne pouvant s'asseoir en selle avec eux, il lâcha les bardes du coursier, tomba, et se souvint de sa chute.

Aussi tout ce luxe de fer et de joutes, d'écussons et de cottes de mailles pâles au flambeau, n'étant pas fait pour lui, le peuple s'en dédommageait dans la rue.

Au dehors les cris de joie et d'oubli frappaient le cintre des fleurons dorés, et se mêlaient au murmure du bal, — des feux dans la cour d'honneur, des feux sur les places et sur les hautes aiguilles des églises comme de folles étoiles dans la nuit. Un heurtis confus d'armes de toute espèce jonchait la feuillée éparse autour de la *grosse tour;* c'était là qu'avaient guerroyé les maîtres en coups de lance, les preux en faits d'armes, la visière rabattue sur leur blason comme de simples écuyers. Des hurlements de panthères et de lions, lugubre et sombre harmonie, circulaient autour des fossés sous les vastes grilles, et cette tempête inconnue allait se briser contre les vitres de la fête, comme la voix de la grêle sur les blés.

Sur l'autre rive, la tour de Nesle, morne et noire, en regard de celle du Louvre.

Au dedans de ce palais, un chaos d'acteurs toujours croissant, des échafauds tendus de soie, lissés, écussonnés, et ployant sous les *herbapés,* des morions d'acier, et des manchons de drap d'or, de longues hermines qui traînent, des mantes d'Espagne, des buffletins d'Italie, un flot de robes, de panaches, de chemises de lin, de voiles, de toques de velours, des livrées et des pages de toute couleur; des chevaliers, des bourgeois, des bouffons avec leurs ventres à grelots et leurs outres gonflées de vent. Tout ce monde dans le premier palais de France pour le plaisir d'une reine qui se meurt!

Et en effet ce n'était plus que le squelette de Jehanne.....

Jehanne de Bourgogne si pâle, mais si belle, et dont plus tard Isabeau ne fut qu'un souvenir d'orgie et de séduction : Jehanne, cette rieuse figure de jeune fille, cette noble figure de reine, si tout cela ne se fût pas nommé courtisane sous un peu de pourpre et d'or.

Le roi Charles IV lui donnait cette fête.

Pour y paraître, elle avait quitté l'deuil, le deuil rigide de sa nouvelle vie, d'une vie aride et solitaire, au dire du peuple, espèce de mort cloîtrée, car elle ne vivait plus pour la foule. Cette fois seulement, et peut-être pour s'étourdir, elle s'était refaite à être reine, reine d'une fête sans joie pour elle, mais d'une fête animée, bruyante, vrai tourbillon de la pensée, long étourdissement du cœur.

Devant elle ce panorama vivant venait jeter ses groupes fantasques comme les acteurs qui sont chargés de masquer la scène; — derrière ce tumulte, des ombres, et une fois la salle vide, place au remord, à la crainte à tout ce qui rongeait un cœur malade, un cœur de reine qui s'en va!

Car le temps et le remords peut-être avaient déjà fauché sa grâce; la perfidie de son sourire était sans pouvoir, la fièvre rongeait sa pourpre, et sa langueur seule était sa vie. Abandonnée à ses médecins, elle ne prenait conseil que d'une glace de Venise, formant le milieu de son émouchail de soie, et qu'elle ne regardait qu'au feu des lampes et des gerbes de cire, parce qu'alors elle était fardée, et que la pâleur de ses joues creuses se cachait sous les oreillettes dorées d'une couronne de velours, tandis qu'en son pâle oratoire, sa dame même en aurait eu peur.

Avec un sourire contraint, elle appuyait alors sa main sur l'épaule du fol de Charles IV, espèce de nain contrefait, qui la faisait ressembler à ces devineresses andalouses gardant près d'elles leur lutin familier. Les vieux serviteurs de la cour de Philippe l'entouraient moins par amour que par déférence; Émeric de Rochefort, Pierre Hugon, et quelques autres, suivaient encore cette pâle figure, quand tout à coup la chaleur et la fatigue lui firent poser le bras avec plus de force sur son page, qui fléchit à l'improviste en heurtant du pied une *machine.*

Le nain roula sur le tapis, aux éclats de rire de l'assemblée.....

Dans cette hésitation de la reine, un masque s'élança près d'elle, et lui posant la main sur un large gant de soie montant jusqu'au coude, il la conduisit d'un trait à la *stalle* d'honneur de la table, se contentant de se pencher alors à son oreille, puis d'aller se placer en face.

Ce domino entièrement vêtu de noir n'avait frappé la vue de personne; seulement alors quelques mots coururent, pendant que les tapisseries de cette salle voyaient remplir leurs gradins.

En même temps, près d'un *dressoir* voisin chargé de pots et de vaisselles, et recouvert d'un *dosseret* de velours, il y eut la conversation suivante :

— Vous dites, maître, que de ces herbes mirifiques dont je vous ai dépeint la couleur et le parfum, une seule pincée mise en vin tiède suffit pour envoyer rejoindre Clovis ou Charles le Chauve? Par l'œil de saint Léger le martyr! le vôtre est expert, et vous êtes un grand *mire* de prévoir tel maléfice.....

— D'après Obezo, Gilles de Corbeil, Hugues de Sens, et autres inciseurs en médecine, reprit un homme encore vert, à la barbe épaisse, et au bonnet de velours noir, levant l'index à la hauteur de l'œil, et posant dans sa main le pli de sa robe, je veux bien vous le dire à vous, messire échanson, moi, docteur de la reine..... n'employez onc si damnable ressource, serait-ce pour galvaniser un mort..... La danse de saint Guy me talonne! vous trouverez, certes, assez de clercs et *ventouseurs* en plein vent, louant la vertu de pareilles herbes aux bonnes femmes des carrefours... Effrontés vendeurs de graisses, qui viennent en cape à la porte du Louvre étaler des boîtes et des sachets, et vous vendre poivre ou cumin! écorcheurs qui devraient plutôt se faire une coiffe de leurs oreilles !

— Vrai bis ! par mon tranchoir ! Aussi ai-je fait sagement de n'en rien croire, bien que madame ma mie et très sage femme me parlât de son *amulette* comme d'un miroir du salut ! Ne me proposait-elle pas d'en faire infusion dans ce vin mellitique que je tiens en main et que nous devons verser au lever de table !... Tout cela, messire, parce que jadis elle était protégée de madame Jehanne, qui m'a si bien poussé en cour, et qui à cette heure est si dolente !... Merci Dieu ! pareil avis vaut pour moi cette belle cascade d'eau safranée et de clairet qui serpente à deux pas de nous, et vers laquelle accourt en ce moment la farce morisque avec ses tymbales et ses figures de monstres. Voyez-vous pas ce gros diable qui boit? C'est un chausselier du pont au Change, qui montre ainsi ses cornes, sans voir que ce flambeau de cire jaune roussit déjà sa mamelle... Or maintenant, maître, merci de nouveau ! voici que la cour est en place. Holà ! varlet, la serviette et l'escuelle d'argent auprès de la *salière.* — *Corpo di Bacco !* ils auront oublié le goubelet. — J'en ai la sueur aux tempes... — Mais non, voici une blanche main qui me le passe par ce trèfle du mur. — J'ai reconnu la main de ma femme... — C'est l'heure d'être gentilhomme et de montrer ma livrée neuve !

Ainsi parlant, le vieillard hâtait son service, les écuyers faisaient l'essai des viandes, les bouteillers se heurtaient, et les hérauts sonnaient de la trompe. Plusieurs mascarades et *folâtreries* venaient d'envahir la salle, au fond de laquelle repassaient d'heure en heure plusieurs toiles mouvantes, ingénieuses décorations du treizième siècle qui réjouissaient la vue des convives par leurs accidents imprévus de fleuves, de vaisseaux et de figures; pendant que les seigneurs et les dames aux chapelets d'émeraudes n'attendaient pas l'essai de sa coupe pour se livrer à leurs gais propos, et caresser les gerfauts chaperonnés sur le doigt de leurs pages.

Sur le front de la reine, assise au milieu de ce banquet, pesait alors une de ces rides qui annoncent un ressouvenir amer, une sombre et dure pensée dont le secret ne se lit qu'à l'âme ; le fard de ses lèvres l'avait quittée, son œil était fixe, ardent, sa main crispée sur sa cordelière de perles ; et ainsi placée face à face de ce masque étrange, elle interrogeait cette énigme, encore agitée de la voix qui lui avait dit son nom. Ce noir linceul l'effrayait. Le domino gardait sa toque, et ne s'était pas même découvert en faisant asseoir la reine.

Pour les vieux seigneurs qui l'eussent regardé, le spectre du barbier de saint Louis, Pierre de la Brosse, qui tua Marie (1), n'eût pas été moins sinistre.

Les masques nombreux qui l'entouraient, de quelque forme qu'ils fussent, passaient devant lui comme des acteurs devant une ombre, les grelots tintaient à ses oreilles, des pieds d'amants se parlaient sur les nattes, le vin coulait à flots; et lui n'écoutait rien de tout cela, rien de ces aveux si naïfs du bon vieux temps, où les chevaliers se confessaient aux demoiselles; rien du choc des coupes et des longs devis sur la chass ; il

---

(1) La reine Marie de Brabant.

restait au dehors de ce spectacle, son âme seule avait un regard, une fête à elle, au milieu de cette fête, — il n'était là que pour une femme.

Et dans cette nappe éblouissante de lumières, de cercles d'or, de phénix et de salamandres, dans cette pompe sévère d'armures, où les femmes se miraient dans les boucliers et les casques, cette statue immobile devant la table demeurait plus sombre encore...

Déjà pourtant, sous le dais semé d'armoiries qu'il occupait au bout de la salle, la tristesse de Charles le Bel s'animait au coup d'œil étincelant de cette fête. Peut-être ce comte de la Marche, loyal et brave, encore soucieux du supplice de Jourdain de l'Isle et des exécutions sévères de son nouveau règne, songeait-il que la reine de ce banquet était encore Jehanne de France, tandis que sa femme à lui, sœur de cette reine, et délaissée pour adultère, se mourait d'agonie aux froides murailles de Château-Gaillard, à l'heure où l'on négociait Jehanne d'Evreux pour sa nouvelle couche.

Quoi qu'il en soit, il frappa subitement de son pommeau les marches de l'échafaudage, pour appeler un banneret.

En ce moment, il vit la reine plus pâle que de coutume, et semblant chercher des yeux quelqu'un vis-à-vis de sa stalle.

Force fut au roi de considérer cette figure.

L'angoisse la plus cruelle la déchirait, et cependant la contenance de Jehanne était morne; l'empire qu'elle avait sur elle dominait jusqu'à sa fièvre; sa main, d'un blanc mat, semblait glacée.

A la contempler ainsi de marbre, plus d'un officier de table ne crut voir qu'une de ces images de cire exposées sur les lits de *parade*, après la mort des princes et reines, et servies par eux comme du vivant de leurs maîtres.

Alors pourtant on la vit se mouvoir, et tendre sa coupe au vieil échanson, qui, attendant son bon plaisir, demeurait depuis un quart d'heure dans la plus gênante attitude qu'ait jamais prescrite l'étiquette : le bras levé et le cou tendu, tenant la fiole fermée suivant la coutume.

Il allait verser le vin, et s'apprêtait à faire l'*essai* de la coupe, lorsqu'il vit la noire figure entre la reine et son flacon à lui, dont il soulevait l'anse délicatement de ses deux doigts. L'apparition le foudroya. Plus que tout autre, il croyait pouvoir deviner une dague cachée sur cet homme, qui n'avait pas même de fer à son côté.

Il frémit, ploya les genoux, et laissa tomber le flacon sur les dalles...

En un instant le masque avait ramassé la fiole, et, versant le jus dans la coupe, il la portait à ses lèvres, après avoir salué la reine...

Malgré le reste de fard plaqué à ses joues, et la chaleur des flambeaux, le froid gagna les traits de Jehanne...

Et elle n'osa reprendre la coupe après le fantôme...

Lui demeurait encore, lorsque deux ménestriers, montés sur des bœufs, à chaque angle de la salle, sonnèrent du cornet...

Ce fut le signal des damnes et *quarolles*, qui envahirent la galerie aux bleus pilastres, où pâlissaient déjà les flambeaux. Des groupes d'or et d'acier se découpèrent en fleurons sur les murs de damas et les tapisseries de haute lice : un bruit d'airain se fit entendre, l'armure pesante des chevaliers broya les dalles, les écharpes flottaient au vent, de blanches mains se posaient sur les cuirasses, et au milieu de cet enivrement soyeux de femmes, de fleurs, de lumières et de pensées, il n'y avait de place à l'âme que pour l'oubli, la seule vie du plaisir! Nul qui se prit alors à suivre de l'œil le marteau de fer sur les heures, à voir ces feux s'éteindre, et cette fête mourir.

Et pourtant le bal était à son agonie; — plus de couleur aux vitraux, plus de couleur sur les joues de cette foule heurtée, palpitante, confuse, mascarade de noblesse et d'ennui, dans ce sombre et triste palais dont les fenêtres agitaient encore leurs pavois.

Loin de cette salle, — accoudée sur les trèfles gris d'un balustre, la seule héroïne de cette fête semblait interroger le site ce du dehors avec effroi. Le ciel, déjà noir, couvrait de son crêpe étoilé la ligne du Louvre; les cris de la rue faiblissaient, et la blanche fumée de feux de joie ondulait sur les nuages. Les masses verdoyantes des Gerdains du Louvre se reflétaient avec bonheur dans la Seine, dont une lune toute brillante argentait les lames de neige. Une brise espagnole glissait aux saules de la rive, pas un son de cloche, une voix d'archer, mais seulement l'échiquier noir de vingt églises

hérissant leurs frêles aiguilles, et la tour de Billy, comme une vedette perdue dans le brouillard de l'Île de Notre-Dame.

En tirant une ligne droite devant le balcon où cette femme est ainsi posée, — une fenêtre longue, étroite, dont le treillis est fermé, — la fenêtre de la tour de Nesle...

Pour elle, elle semblait revivre de tout cela, revivre de cet air, elle, si creuse de bonheur et de fausse joie, qu'il y avait peut-être, à cette heure, une larme dans ses yeux! Ce calme d'une belle nuit, ces toits qui dorment, ces falots qui s'éteignent, comme si les yeux de la ville se fermaient, puis, à ses oreilles, ces tièdes vapeurs du bal, ce froissement d'hermines et de ceintures, — d'un côté le monde réel, d'un autre l'infini de la pensée. Dans ce tumulte, elle échappait à son rang de reine, elle était ivre, aucun regard ne la cherchait; — aucun, — si ce n'est celui d'une statue cachée derrière le vitrage peint d'oiseaux, qui laissait à son œil un libre passage.

Soit oubli, soit fatigue, l'homme ainsi penché sur la glace en losange de ces châssis coloriés, avait soulevé la mentonnière de son cache et de noir velours, et semblait aspirer plus d'air en voyant glisser les nuages. Tour à tour sa main plongeait dans le camail incliné de sa robe, ou se raidissait, humide de sueur, sur le marbre. Il se levait et se rasseyait sur la natte. Le bas de son visage était fréquemment dénaturé par un sourire nerveux.

Une fois, sans quitter place, il fit un pas pour voir de plus près une *tapisserie* qui représentait l'histoire de Moïse jeté au fleuve.

Au mouvement soudain de la reine, il se leva. Elle descendait les degrés, il la suivit. Sa marche était moins sûre que celle de Jehanne.

La reine souriait encore à une femme inclinée, qui portait avec ivresse le gant royal à ses lèvres; pendant qu'à trois pas de celle-ci, un personnage à cheveux gris, avec un large écu sur la poitrine et revêtu de sa livrée, tournait sa toque avec embarras, le front baissé et balbutiant quelques formules d'excuses.

— «Assez, femme, — qu'on ne s'enquière à l'avenir de notre santé royale.... Notre-Dame de Bruges m'exauce! mes forces reviennent, ne suis-je pas fraîche de splendeur et de beauté comme autrefois?»

Puis, comme si elle eût voulu dominer elle-même sa crainte:

— «D'ailleurs, vous me suivrez à ma promenade en Seine... Je veux me croire au délicieux étang de Vincennes.... Un page! un page! et qu'il fasse amarrer de plus près la barge....»

— «Par la châsse de saint Aure! fit à elle-même Margentine à voix basse, n'étais-je pas tremblante pourtant en faisant infuser dans le vin royal les herbes de l'amulette! L'amulette du pauvre écolier et dont la relique est sûre! Vrai bon! j'ai sauvé la reine! et mon mari ne saura jamais... Ce petit sorcier de la place du Louvre est un grand clerc! »

Et comme la robe de Jehanne balayait alors le parvis de marbre, Charles IV parut à la haute balustrade du Louvre...

Il s'écria :

« Un Dieu guard à notre belle sœur et reine! Nous retrouverez tous ici, de par le ciel, madame et mie car voici braves et bonnes nouvelles de Flandre : le pape excommunie les rebelles, et nos sujets nous reviennent. Vive Dieu! la Flandre est encore français. Par ainsi, los à Dieu et à la couronne de France! »

De joyeuses exclamations, et le son bruyant des trompes, s'échappèrent par chaque rosace des ogives, et protestèrent de l'allégresse de cette victoire. L'ambassadeur de Flandre, tenant encore le parchemin déroulé, touchait la main du comte de la Marche, — que ce dernier suivait lentement des yeux les torches armoriées d'une barque, qui semblait glisser sur l'eau plus noire de la Seine.

Le dais pavoisé de cette nacelle laissait dans l'ombre un amas confus de cottes d'armes et de bonnets de femmes à large frisure, quelques lances brisaient leurs éclairs sur les rames dorées des passeurs aux jaquettes de laine rouge. Malgré le brouillard de torches, on distinguait, en tête de la poupe, un vieillard avec une femme, et sous la tente, à l'extrémité de la proue, la reine, plutôt couchée qu'assise, et se laissant aller au fade balancement de l'eau.

Quelques chants troublaient seuls, par intervalles, ce morne silence. Ainsi gissent avec les vagues, les barcaroles de Lido, par une belle nuit de Venise.

Alors, dans cette pâle embarcation de seigneurs et **d'hommes** d'ar... passant devant la tour de Nesle, une voix chanta ce qui su...

> Il est un manoir
> Où se balance
> La pâle lance
> D'un ar her noir.
> Des créneaux que la flamme est terne !
> Un vautour plane à la poterne...,
> Votre bâton blanc à la main,
> Vous qui passez par le chemin,
> Pèlerin, que Dieu vous gouverne !
> Voici la tour
> Sans retour !

> Sous le vieux balcon
> Longues meurtrières
> Croisent en gouttières
> Leurs becs de faucon.
> Mais surtout signez-vous, mon maître,
> En voyant la haute fenêtre...
> Votre bâton, etc.

> Mais dis-nous, vilain,
> Qui reconnaît-elle
> La noire tourelle
> Pour son châtelain ?
> Est-ce un baron qui l'environne
> Du triple écu de sa couronne ?
> Votre bâton, etc.

> On dit qu'un follet
> Quand le pêcheur rêve,
> La nuit, de la grève
> Baise le gal t.
> Parfois au soir, sous les grands saules,
> On a vu de blanches épaules..
> Votre bâton, etc.

> Page et bachelier,
> Gens portant la hampe,
> Ont saisi la rampe
> De son escalier.
> On lit encor par intervalles
> Des noms au marbre usé des dalles...
> Votre bâton, etc.

> Entrez ! — n'ayez peur !
> Car c'est une femme...
> Jetez-lui votre âme,
> Dormez sur son cœur !
> La belle a du vin des croisades,
> Elle sait au moins vingt ballades...
> Votre bâton, etc.

> Au matin... sur l'eau
> La fenêtre s'ouvre,
> Et votre œil découvre
> Les plis d'un rideau..
> Alors près de la tour profonde,
> On entend murmurer sous l'onde...
> Votre bâton, etc.

La voix se tut.

Un silence de mort pesait sur les bancs de la barque. L'homme qui venait de chanter ainsi, n'avait pas même été vu posant le pied sur le rebord, au moment du départ : il tournait le dos au Louvre, et regardait la tour de Nesle. Ses yeux seuls lançaient de mornes éclairs sous les deux trous du masque, et sa poitrine ouvrait à peine un passage aux notes brèves et mourantes de son chant.

En le voyant, plusieurs archers se signèrent.

Nul ne l'avait compris, qu'une femme couchée sous le dais, en forme de tente, dont le regard ne se leva sur le sien que lorsqu'il eut fini ; le vieillard, placé à la poupe, frémit alors en le voyant se pencher vers la reine, qui ramenait sur son front pâle le rideau de la barque.

L'ombre géante de quelques nuages promenait alors son linceul sur les figures ; sans cela qui eût regardé Jehanne, renversée sur le velours de sa chaise, haletante, et l'un de ses bras posé sur son front, eût compris ce qu'il y avait d'effroi et de stupeur dans ce silence.

Autour d'elle pourtant, le bruit des grelots et les éclats de rire de la foule recommençaient avec le jeu des dés, roulant sur les tapis de la poupe, entre les mains de ses pages.

Tout à coup, en ouvrant les yeux, elle retrouva le fantôme, qui la fit rejeter en arrière.

L'homme s'était traîné jusqu'à elle, embrassant avec peine, de l'une de ses mains, le pilastre banderollé de la nacelle. Sa voix, sous le velours du masque, était plus sourde et plus horrible.

— Vous êtes pâle ? madame... Qu'est-ce ? il y a longtemps de ceci... Vous ne m'attendiez plus, n'est-il pas vrai ?

Elle tourna la tête vers lui d'un air insensé.

— D'où savez-vous cela ? et quel nom m'avez-vous dit ? Pourquoi regarder ainsi cette tour ? et qui vous a fait cette fable ?... Surtout parlez bas !...

Il reprit :

— Le nom que je vous ai dit est un vrai nom. Ne craignez rien du nom d'un mort. Ne tremblez point, reine, et ne tournez pas le visage... Je vous le répète, cet homme est mort... Je ne suis qu'un vain fantôme. Pourquoi regardez-vous ainsi au-delà du Louvre ? Le juif est mort aussi, et je ne suis pas le juif... Voyez...

Il arracha les cordons de son cachelet, et le fit voler sur l'eau.

— Regardez-moi, dit-il avec une voix creuse... Mais qu'est-il besoin ? Vous ne me reconnaîtrez pas.

Elle resta sans voix devant ce visage.

— Maintenant, reine, cria-t-il en joignant les mains avec douleur, un nom à ces traits ; un nom, par grâce ! Donnez un nom à cette pâleur de cadavre, un nom à ce qui va n'être plus !

Et la clarté de la lune, blafarde comme un falot, éclairait ce front hâve et chauve ; un sourire amer mordait ses lèvres.

Vous eussiez dit une ombre du Styx, croisant son manteau avant de payer la dîme au passeur.

Les torches étaient mourantes...

— Prenez pitié de moi, messire, si ce n'est de vous, et ne me troublez de vos rêves ! Vous ai-je parlé de la tombe, et de ceux qui sont endormis ? Douleur ! Ayez garde au moins que cela ne se sache ! Mon Dieu ! ne pourrai-je donc mourir en paix ? Que lui faut-il donc à ce ciel ? Nicolas de Lyra tient à cette heure mon testament.. Les cloches que j'ai données aux Augustins ne sonnent-elles plus ? et ce beau ciel...

— Regardez-le, dit-il, se refléter dans la Seine. Ne vous souvient-il plus, madame, que, de votre lit, ils passaient à ce lit glacé ? et à cette heure, voyez ! Vous ne reconnaissez plus vos morts..... Je vous le redis, femme, j'attends un nom, un nom de vous. Dites. — Celui de Buridan ne me va-t-il pas bien ?

Elle rit d'un rire glacé.

— Oh ! ne le réclame pas, toi qui me parles, dit-elle, car tu as déjà le front penché, et tes dents claquent la fièvre. Va, tu ne l'as pas connu, lui qui serait encore mon bachelier d'espoir et d'amour, pauvre enfant, au doux visage, blond comme le ciel, et frêle comme ces roseaux ! Damnation ! cette tour a donc parlé ? le juif, en croix, n'avait rien dit... et seul !... Oh ! vous qui me faites mourir, parlez, parlez ; qui êtes-vous ?

Son bras retombait glacé sur les minces rebords de la nacelle. Son œil couvait son reliquaire.

Jehan soutenait sa tête sur le pilier. Sa respiration était lente, la sueur mouillait son front, il plongeait de temps à autre sa main dans l'eau, et la reportait à ses lèvres. Dans cet état, il interrogeait machinalement les traits livides de la reine, et les flasques battements de la rame, heurtant les grèves verdâtres de l'hôtel de Nesle.

Soudain, et comme elle fixait sur lui un œil égaré :

— Ne le cherchez plus, dit il, en rassemblant ses forces, ne le cherchez plus, celui qui fut Jehan..... Je vous l'ai dit, reine, sur ce visage ainsi découvert, vous trouverez un second masque, plus lourd que le premier, un masque de plomb : celui du temps. Sept années de deuil ont fait cette pâleur ineffaçable. Cet enfant est un vieillard. Souvenez-vous de ceci ! madame ! De cette nuit de reine, date la nuit de ses jours, comme aussi sa force morale, sa pensée. Jusqu'à, vous ne le saviez peut-être pas ! il ignorait qu'il pût toucher seulement le revers de votre manteau royal, sans devenir sacrilège. Oh ! c'est plus grave que vous ne pensez ! Il s'exile, laissant sa mère sans linceul, nue et froide, sous vos fenêtres. Son pied se heurte aux marbres d'Italie, aux basiliques de Cordoue, aux mosquées saintes à tout ce qui arrête et console, — il va toujours et passe au-delà. Il a sa vengeance, madame, ce ne sera point le fer. — Rappelez-vous que lui, faible enfant, eût pu cent fois vous engloutir dans la Seine, le soir même qu'il vous sauva. Il ignorait seulement ce que pouvait avoir de commun avec lui la Maison de France, et de retour ici, le voilà qui frappe en maître à la porte du Louvre. Rassurez-vous, ce n'est que pour Jehanne qu'il vient, et non pour la cour ; la pourpre de la reine ne sera point tachée. Il lui parle, et l'on s'étonne. Mais son secret dort à sa pensée, comme un poison au cœur d'une bague. Et peut être la veille il a remué l'univers par une parole sanglante ! Du haut d'une chaire de docteur, il a laissé tomber une tempête, — un mot de meurtre, jusque là rayé du monde de l'intelligence, et qui peut-être aura son écho dans le temps !.. Oh ! madame ! qu'avez-vous fait ? et pourquoi ne m'avoir pas attaché vous-même la pierre au cou ? et pourquoi ne m'avoir pas étouffé cette nuit, il y a sept ans, sous vos draps de reine, après m'avoir baisé au front, moi qui déjà me mourais à vos caresses ? Qu'avez-vous fait ?

Disant ainsi, sa voix s'éteignait, son œil était morne, et de longues larmes baignaient ses joues. Il se levait furieux, puis retombait. Il y eut un instant qu'il se heurta le front aux planches, comme Ravaillac brisant la pointe de son couteau contre une charrette devant les jardins de Chanteloup

Jehanne le regardait, folle d'angoisse et de crainte. Pendant qu'il parlait, elle prononçait, égarée, sans ordre et sans suite, quelques versets de l'office des morts, puis se prenait à le contempler de nouveau, folle et stupide.

Tout à coup les deux mariniers s'inclinèrent. Matines sonnaient à Saint-Nicolas-du-Louvre.

— Dieu soit loué ! dit-elle en articulant avec peine saisie de joie, voici les chants des prêtres qui commencent...

— Il vous en manque un, madame, un qui vaut à lui seul la banque de pardons de vos évêques, vos reliquaires d'or et vos indulgences de Rome ; le seul qui puisse délier ce qui est encore lié dans le ciel. — Ecoutez ceci, reine de France, le pauvre écolier vous pardonne ! Jehan Buridan va mourir !.. et son secret avec lui !... Votre main, Jehanne, votre main !

Sa voix étranglée par le râle vibrait encore sèche et lourde. Il se tordait aux genoux de la reine, et touchait ses froides mains.

Au cri de Jehanne, les rames se cramponnaient à la rive.

Quelques flambeaux accoururent.

Tout à coup, au bord de la barque sur la grève, le vieillard placé à la poupe s'écria désespéré en élevant un mince objet entre ses doigts :

— Margentine ! l'amulette est vide !

— La reine est sauvée ! sauvée par la relique ! reprit Margentine à demi-voix.

— Vide !.... murmurait le clocheteur.

En même temps un homme écartant les rideaux du dais se leva, se soutenant à demi sur les piliers.

— Priez Dieu ! dit-il, pour haute et puissante dame Jehanne de Bourgogne et de France !

Il tomba entre la barque et le sable...

Ses lèvres étaient vertes, et à la lueur des torches on put voir un front défiguré par l'agonie du poison. Des taches livides et sans nombre couvraient son visage. Cet homme pressait de ses deux mains l'une des mains de la reine.

Il y avait sept ans qu'elles ne s'étaient serrées ainsi...

Le peu de monde qui restait se précipitait déjà par les trois portes du Louvre. La cour d'honneur gardait encore ses jonchées de fleurs lorsque Charles la traversa.

Le roi descendit sur la grève assisté de Pierre, cardinal de Saint-Clément, Nicolas de Lyra, et Thomas de Savoye.

Il ferma lui-même les yeux de la reine, qui semblait encore prier, pareille à ces vierges du Westminster, froides et pâles, les mains en croix sous leur couronne de marbre.

Personne ne reconnut l'autre cadavre.

Cependant Paris se réveillait, et la haute Notre-Dame frappait de ses lourdes volées son île de minarets dont le soleil dorait les aiguilles. La cité reprenait sa vie active. Un nombreux concours de curieux affluait autour du palais. Les deux beffrois de la grosse tour hurlaient déjà, et les hérauts d'armes clamaient :

« Dieu fasse à l'âme merci ! »

Il fallut songer à séparer les deux corps ; on ne le fit qu'avec peine. Au moment de ce lugubre divorce, un simple artisan passa ; il contempla, stupide, le front violet de Jehan.

— « Celui-ci, dit-il, je le reconnais, il prêchait avant-hier en Sorbonne. » . . . .
. . . .
. . . .

Le lendemain à son de trompe, et quand les écoles longeaient le ruban du Pré-aux-Clercs, un crieur du roi, drapé de noir, aux armes de la ville, à cheval, devant la porte de Nesle, lut ce qui suit :

« Nous, Jehanne de France, reine de France et Navarre, comtesse d'Arras, palatine de Bourgogne et dame de Salins, ordonnons et voulons que notre hôtel de Nesle et ce qui en dépend soit vendu, en telle sorte que le prix en soit donné aux pauvres écoliers de notre comté de Bourgogne, venant à Paris, tant séculiers que réguliers, lesquels, entretenus au nombre de vingt, étudieront en logique et science naturelle.

« Donné en notre hôtel de Nesle, cejourd'hui 7 du mois de mai 1326, après l'avoir commis et chargé à révérendissime seigneur Pierre, cardinal de Lyra, prêtre du titre de Saint-Clément, Nicolas de Lyra, cordelier, et à Thomas de Savoye chanoine de notre église cathédrale, nos conseillers et confesseurs ordinaires. »

La maison choisie par les exécuteurs de ce testament, et qui se trouvait auprès du couvent des écoliers, se nomma longtemps *la maison des écoliers de madame Jehanne.*

NOTES

LE PAYS LATIN

DE L'HOTEL DE CLUNY,

Rue des Mathurins-Saint-Jacques.

Voici tout ce que nous apprend Claude Malingre sur cet hôtel :

« Quand ledit *Palais* ou *chasteau des Thermes* a commencé à estre appellé l'*Hôtel de Cluny*, et pour quelles raisons, je ne le puis assurer. Mais il est certain que jusqu'en l'an de grâce 1324, il se nommait encore *la maison des Thermes*. Car, Jean du Tillet, greffier de la cour du Parlement, en son recueil de l'Histoire de France, traictant de la noble branche de Courtenay, escrit que Jean de Courtenay vendit à l'évesque de Bayeux l'hôtel de Cluny, sis à Paris, et lors nommé la *maison des Thermes*, laquelle avait appartenu à son oncle archevesque de Rheims.

« Monsieur de Saint-Julian, doyen de Châlons sur la Saone, en son livre des *Meslanges* (non encore imprimé), escrit avoir appris de bon lieu que Jacques d'Amboise, abbé de Cluny, eut, pour une année, des dépouilles venues en Angleterre *cinquante mil angelots d'or*, qui faisaient lors plus de profit que ne font au temps présent cent mille écus... De la susdite somme il en fit *rebastir* tout à neuf l'hôtel de Cluny près des Mathurins, en répara *leur collége* qui est au-dessus de la rue Sorbonne, et si fit construire la maison d'Amboise en l'abbaye de Cluny, d'autant que ny l'hostellerie du couvent (encore qu'elle soit très belle), ny le logis de Jombon , n'étaient assez capables pour recevoir dûment les abbés, prieurs et docteurs, tant de l'ordre qu'auxtres, qui de toute part de la chrétienté venaient lors aux chapitres généraux. »

(Claude Malingre, *Université de Paris*, liv. II, 287 , in-fol. de la Bibliothèque royale.)

LE DRAME

Page 11.

Quel que soit le but *philosophique* de cette histoire , je ne crains pas de rapporter ici les preuves diverses qui la soutiennent; la conformité de *Brantôme* , du poète *Villon* , *Robert Gaguin*, *Dreux du Radier*, et des *histoires chronologiques d'Espagne*, suffiraient aux amateurs de chartes et de manuscrits pour établir le fait de la tour de Nesle.

Il est constant, d'après *Brantôme*, liv. II (*Dames galantes*), qu'une reine (il ne la nomme pas) se tenait à l'hôtel de Nesle, et « faisait de là le guet aux passants, que ceux qui lui agréaient les plus, elle savait les retenir , et après en avoir tiré tout ce qu'elle en voulait, les *faisait jeter et éteindre en Seine* , de quelque sorte de gens que ce fussent.

« Je ne veux pas dire que cela soit vrai , mais le vulgaire (au moins la pluspart de Paris) l'affirme , et n'y a si commun qu'en lui montrant la tour seulement et l'interrogeant, qui de lui-même ne le die. »

(Brantôme, édition de la Biblioth. royale.)

Ecoutons maintenant Robert Gaguin :

« Fueruut quoque insignibus feminis sua fata; nam uxores filiorum Philippi tres adulterii insimulatæ sunt.... Ob hanc impudicitiam insignium mulierum, natam fabulam reor, quæ de Joanna Philippi Pulchri uxore *a rerum imperitis* memorari solet; eam videlicet *aliquot scholasticorum* concubitu usam, eosque, ne pateret scelus , protinus extinxisse , et in Sequanam amnem de cubiculi sui fenestra abjecisse , sed unum tantum Joannem Buridanum eo periculo forte liberatum. »

(*Voy.* Launoius, *Navarræ gimnasii*, parte I, lib. I, cap. II, pag. 15; il cite le liv. VII de l'*Hist. de France* de Gaguin , et Rob. Gaguin, folio xcii, de la Bibliothèque royale.)

Le mot *a rerum imperitis*, du savant Robert, ne m'effraie en rien, car il s'est trompé lui-même ; ce n'est pas *Joanna Philippi Pulchri*, mais bien Jeanne de Bourgogne, comtesse d'Artois, dont il s'agit, et ce fait ressort de toutes les dates , et principalement de celle de Buridan, dont les chartes universitaires font mention à chaque pas. Voir Crevier, *Hist. de l'Univ. de Paris*, Ockam, etc.

Il est si faux (ajoute Bayle que Buridan, encore écolier, ait été préservé du sort des autres écoliers qui avaient été reçus dans le lit de la reine en question , quelle qu'elle soit, que même *cette terrible femme* commanda de le jeter dans la rivière. (*Bulchoc. Index. chron. sur l'année 1387.*)

C'est ce que nous apprend le poète Villon *parisien, dans sa* ballade des *Dames du temps jadis :*

> Semblablement où est la reyne
> Qui commanda que Buridan
> Fût jeté en un sac en Seine!
>
>   (Ball. composée en 1461.)

Bayle, qui consacre à ce fait quelques pages d'in-folio , l'a pris du moins en amour, malgré le verbiage étrange et contradictoire de ses notes. Il s'attache seulement à attaquer comme un paradoxe l'assertion de certains auteurs qui veulent que Buridan, sauvé *par la reine*, en reconnaissance de *ce privilége*, ait inventé certain *sophisme*. Cette assertion me semble aussi fausse que celle de l'ouvrage apocryphe, cité par *Bayle*, comme *imprimé dans les pays étrangers : Commentariolus historicus de adolescentulis parisiensibus per Buridanum natione Picardum ab illicitis cujusdam reginæ Franciæ amoribus retractis*. Cette œuvre , attribuée à un maître ès-arts de l'Université de Leipsick (1471), n'existe que dans i'imagination de M. Krause , qui parle de cette pièce comme étant un manuscrit de la Bibliothèque du monastère de Seitenstadt (Haute-Autriche).

(M. Krause, *Journal littér. allemand*, in-8. *Leipsick*, 1715.)

Page 35.

« ..... *d'un lourd pierrier placé à l'angle d'une, etc.* »

L'*artillerie*, suivant *Ambroise Paré*, ne prit naissance que vers 1500. Elle fut inventée par un Allemand de basse condition, nommé Constantin Anelzen. « Quoi qu'il en soit, continue le médecin de Charles IX, cette *machine* a été premièrement appelée *bombarde*, conformément au *bombus* des Latins. Depuis cette première invention *sont venus ces horribles monstres de canons, bastardes, mosquets, passe-volans et pièces de campagne, ces furieuses bestes de coulreuvrines, serpentines, basiliques, fauconneaux, flûtes et orgues, noms tirés bien moins de leur figure et qualité que de leurs effets et cruauté.* »

(Ambroise Paré, préface sur le onzième livre de ses œuvres; *des plaies faites par hacquebutes.*)

On n'employait pour armes, jusqu'en 1516, que des boulets de pierre ou de caillou. Les arquebuses et mousquets eurent lieu plus tard.

Page 23.

« *N'est-il pas un mire dans cette foule?* »

Les *mires* qui étaient alors les médecins consultants s'annonçaient eux-mêmes par des cris; et comme l'un des remèdes les plus fréquents était alors celui des *ventouses*, ils criaient *ventouses a ventouser*, et portaient un petit coffret contenant leurs instruments, les drogues et la charpie, menant aussi avec eux des femmes pour accoucher et pour saigner, et qu'on appelait *saineresses, ventrières et matrones*. Les médecins étaient de plus nommés *physiciens*. Voir le fabliau de la *Saineresse*, manuscrit n° 7218, fol. 211. *Les cris de Paris*, etc.)

Page 28.

C. Malingre a conservé du moins l'épitaphe de ce vénérable fondateur. Elle a bien l'air d'un larcin au douzième siècle.

> Yvo, primus hujus nominis,
> Abbas Clunyacensis
> Ac primus hujus collegii fundator.
> Anno Dom.
> Ducentesimo, sexagesimo, nono (1269)
> Supra millesimum plateam emit, murosq. fecit
> In circuitu, refectorium, culinam, dormitorium,
> Ac claustrum.
> Æterna pace fruatur !

LA RUE DE LA PARCHEMINERIE

« *A cette époque les livres étaient fort rares*, etc. »

L'imprimerie fut inventée à Strasbourg ou à Mayence en 1440. Il ne s'établit des imprimeurs à Paris qu'en 1470.

Le fait suivant donnerait seul idée de la pénurie des livres avant cette époque. Grécie, comtesse d'Anjou, donna pour un recueil d'*homélies* deux cents brebis, un muids de froment, un de seigle, un de millet et douze peaux de mouton. Dans les siècles suivants, la même gêne se renouvela jusque dans le palais des princes. Louis XI ne put emprunter un petit volume qu'en déposant de la vaisselle d'argent, en présentant un seigneur pour caution, et en comptant une forte somme. (Voyez Pasquier, *Rech. sur la France, la Vie de Suger*, Félibien, *Addition aux mémoires de Commines*, t. IV, p. 39.)

Le Parchemin.

Au commencement du quatorzième siècle, un habitant de Padoue inventa une composition de vieux linge pilé et broyé par le moyen d'un moulin à eau et qui reçut le nom de *papier*; mais on ne commença de s'en servir en France, au lieu de *parchemins*, que sous le règne de Philippe de Valois.

« *Entremets* donné à la cour. »

On nommait alors *entremets* les décorations qu'aux fêtes royales on faisait rouler dans la salle du festin, et qui représentaient des villes, des jardins et des châteaux. Ils avaient lieu dans l'intervalle des services. On s'est longtemps servi dans nos pièces de théâtre du mot *entremets*, au lieu de celui d'*intermèdes*. (*Histoire de Paris*, et *Christine de Pisan*, c. 41, 3e partie.)

LA NUIT DE LA THÈSE

Page 39.

« ... *ressentis par la personne...* »

On trouve encore aux chartes une lettre de Philippe le Long, adressée au comte de Nevers, le 6 octobre 1317, qui lui recommande la punition prompte et sévère d'un nommé Hugues de *Boisjardin*, écuyer, qui s'était réfugié dans son comté. Ce gentilhomme, suivant cette missive du roi, tant *par invocation et commerce de diable* comme par aucune

voie *défendue*, et vœux *de cire* baptisés *de mauvais prêtres*, tendait à faire mourir Géraud, jadis sire de Saint-Vérain, cousin de Gérard de Châtillon, ainsi que plusieurs autres personnes de la famille dudit comte de Nevers.

A ce sujet, voyez l'*Histoire de Paris* (Dulaure), la *Chronique de Guillaume de Nangis*, années 1308-1313 ; *Mémoires de l'Étoile* et le *Journal de Henri III*.

LE SOPHISME

Jean Buridan était célèbre dans les écoles de 1326. Il devint professeur de philosophie, procureur de la nation de Picardie, et fut honoré de plusieurs missions. La Bibliothèque royale conserve pourtant à peine quelques-uns de ses ouvrages. *Quæstiones moralis scientiæ, Sophismata*, etc.

Utinam (dit la préface de son typographe), *utinam sic* Thomæ Scoti *sequaces*, etc.

Je ne cite ce passage que pour montrer de quelle école Buridan était parti pour arriver à un mot inconnu avant les Mariana, les Petit et les Bécan. La science prend toutes les formes, comme le Protée de la Fable. La raison égarant pas à pas la logique n'est pas une histoire si vieille. C'est ce que fait Buridan à la fin de ce livre ; il crée un monstre, une pensée de meurtre, dans un mot...

> Verum ubi correptum manibus vincliaque tenebis,
> Tum variæ illudent species atque ora ferarum.
> Fiet enim subito sus horridus, atraque tigris,
> Squamosusque draco, etc.   (Virg.)

Pour le seul *Sophisme de l'âne* qui fit tant de bruit dans les écoles, Bayle se croit obligé d'écrire quatre longues pages. L'épigraphe de Rabelais est bien la seule qui convienne à semblable dissertation :

« De côté et d'autre, le bonhomme avait arguments sophisti-
« ques qui le suffoquaient, mais il ne pouvait les résoudre, et,
« par ce moyen, demeurait empestré comme la souris em-
« peignée, ou un milan pris au lacet. »
(Rabelais, l. II, éd. Bastien.)

« On veut, dit Bayle, que l'âne de *Buridan* soit proprement l'état d'un âne entre deux picotins, etc. » Mais peut-être n'a-t-on pas pris garde à l'équivoque d'*asne* et à l'adverbe *an* synonyme du fameux *utrum* des philosophes, représenté, d'après le symbole du logicien Marc-Antoine, de *passeribus genois* (1), par Merlin Cocaie, dans ces vers de sa 25e *Macaronée* :

> Inter eos, stabat vir quidam corpore duplex
> Qui sustentatur *binis* tantummodo *gambis;*
> Dicitur hic *utrum*, dubiosis sensibus implens;
> Hæreticosque facit, negat hanc, probat hanc, tenet illam,
> Et sibimet duris semper dat verbera pugnis.

Voilà, pour ceux qui prennent le sérieux en horreur, une bouffonnerie latine digne en tout de *Del... eau.*

LA BARQUE DE MADAME JEHANNE

Page 44.

Qu'il me soit permis de citer, en opposition à ces stances, des vers latins sur cet hôtel qui ne subsistait plus au temps de François Ier.

Cette épigramme est de Jean Secundus, poète hollandais, qui mourut l'an 1536

IN ARCEM REGINÆ ALBÆ PARISIENSIS.

Cernite, flaventes ubi volvit Sequana limphas,
    Semirutam, fertur quam coluisse prius
Effera funestæ regina libidinis, arcem :
    Nunc ultore mali ut tempore sola jacet!

Et, quassata undis, ventis habitatur et imbri,
    Multa ibi ferales nocte queruntur aves :
Cypris ubi mitis, flammas exosa cruentas,
    Chaonias sedem ponere nolit avis :
Quâ Strix, quâ Furiæ volitent, qua plurima fatum
    Exululet raucis questibus umbra suum,
Sic domus æternum numerosæ conscia cædis
    Impia lascivæ facta luit dominæ.
Labuntur, lentis et condemnata ruinis
    Implorantque hominum pendula saxa manus.
Implorant frustra : stant hæc rata lege severa,
    Instauratricem ne ferat ullus opem,
Aut subeat gladios, pretium pietatis iniquæ :
    Et quis adhuc ausit facta nefanda sequi ?
Ea, etiam saxis mortem censura minatur ;
    Longaque post cineres stant monumenta mali (1).

(1) J. Secundus, épigramme, p. 140, Eg. Lugd. Batav., 1819.

FIN DE L'ÉCOLIER DE CLUNY

VERSAILLES. — IMPRIMERIE DE CERF, RUE DU PLESSIS, 59.